偵探蒐藏誌

DETECTIVE MOOK

臉譜偵蒐小組◎編製

推理叢書系列1

偵探蒐藏誌

製　　　作————臉譜編輯部
總　編　輯————謝材俊
副總編輯————劉麗眞
責任編輯————許鈺祥
美術設計————意思設計工作坊・陳立君／崔秀芬
行銷企劃————胡文瓊
業　　　務————郭其彬
出　　　版————臉譜出版
發　　　行————英屬蓋曼群島商家庭傳媒股份有限公司城邦分公司
　　　　　　　台北市民生東路二段141號2樓
　　　　　　　讀者服務專線：0800-020-299
　　　　　　　服務時間：週一至週五9：30～12：00 ；13：30～17：30
　　　　　　　24小時傳眞服務：02-2517-0999
　　　　　　　讀者服務信箱E-mail：cs@cite.com.tw
　　　　　　　劃撥帳號19833503英屬蓋曼群島商家庭傳媒股份有限公司城邦分公司
　　　　　　　城邦網址：http://www.cite.com.tw
　　　　　　　臉譜推理星空網址：http://www.faces.com.tw
香港發行————城邦（香港）出版集團有限公司
　　　　　　　香港灣仔軒尼詩道235號3樓
　　　　　　　電話：2508-6231／傳眞：2578-9337
新馬發行————城邦（新、馬）出版集團
　　　　　　　Cite (M) Sdn. Bhd. (458372 U)
　　　　　　　11, Jalan 30D/146, Desa Tasik, Sungai Besi,
　　　　　　　57000 Kuala Lumpur, Malaysia
　　　　　　　電話：603-9056-3833／傳眞：603-9056-2833
　　　　　　　email：citekl@cite.com.tw
製版印刷————一展彩色製版有限公司
初版一刷————2005年2月1日
定　　　價————250元
售　　　價————199元
ISBN 986-7335-21-X（平裝）

國家圖書館出版品預行編目資料

偵探蒐藏誌／臉譜編輯部製作——初版
——台北市：臉譜出版：家庭傳媒城邦分公司發行
，2005〔民94〕面；　公分（臉譜推理叢書系列；
　　1）ISBN 986-7335-21-X（平裝）
　　　1.偵探小說——評論
812.75　　　　　　　　　　　　94001041

序言
奉偵探之名

文／唐諾（臉譜出版總編輯）

每一本推理小說，都有三個最重要的名字——書名、作者名、還有書中偵探的名字，問一下，你會最先記得的，或者該說你最終會記得牢牢的，是其中哪一個名字？

我個人的答案是末者，偵探的名字。尤其是人到四十幾歲已然跨過人生折返點的記憶衰頹時刻，書名天天搞混，書寫者姓名除非像米涅‧渥特絲這樣少數特例，想想，是知道福爾摩斯的人多？還是創造他的亞瑟‧柯南‧道爾？

因此，我們曾用星空來描繪這個奇異的景象，每一個獨立的星體，閃爍著獨特的光芒、色澤、溫度和其傳奇，它們是以偵探名標示的。

其他小說通常並不這樣。這個奇異的記憶特質，其實也告訴我們，推理小說有它某種特別的認知、接近、閱讀、相處和攜帶紀念方式，或更準確來說，有至少多一種方式——在我們這個貪婪佔有的不幸時代，多一種總比少一種好，不是嗎？

小說是一本一本讀的，小說也許並沒放棄人普遍通則和共相的尋求，但它耐心的停留並兩腳站穩在具體獨特的個人和其命運遭遇、具體獨特的悲劇之上，這個小說的最基本前提，推理小說和其他小說無有不同。然而，一如本雅明指出的，現代小說取消了也壓抑了我們聽故事人一個基本人性渴求，那就是追根究底的追問接下來是怎樣？故事如何繼續？娜拉出走了怎麼辦？王子和公主結婚的下場如何（台灣現在每2.9對就有一對離婚）？公園結冰野鴨子哪裡去？

在其他小說嘎然而止只要求我們思索意義同時，推理小說卻通過書中偵探無限延伸下去的死亡冒險旅行，氣宇軒昂的一路往前行。

而也許更重要，更滿足我們匱乏已久需要的是，這個偵探總是個英雄人物，不論他是古典的、天神般不食人間煙火的智慧神探，還是菲力普‧馬羅或馬修‧史卡德那樣不運的、潦倒的、兩手空空的高貴私家偵探；不管他是否喬張作致如福爾摩斯，或殘酷冰冷如山姆‧史貝德，他們全都是我們眾裡尋他不到久矣的英雄人物。

這遠比我們想像的重要，在馬克斯‧韋伯喟嘆不幸的我們這時代——最近，在勒卡雷的小說扉頁讀到兩句話：「你不做個英雄，就很難是個正人君子。」

是這樣沒錯，真的是這樣沒錯。

目錄

DETECTIVE MOOK

1841年，美國小說家艾德嘉‧愛倫‧坡（Edgar Allan Poe）在
＜莫爾格街凶殺案＞（The Murders in the Rue Morgue）中，塑
造出具有高度邏輯推理能力的偵探杜賓（Dupin），古典神探的
形象於焉誕生。

陳查禮
**Charlie
Chan**

艾勒里‧昆恩
**Ellery
Queen**

夏洛克‧福爾摩斯
**Sherlock
Holmes**

菲洛‧凡斯
**Philo
Vance**

推理史上俗稱「古典黃金時期」的英美兩地，為後世留下了夏洛克·福爾摩斯、陳查禮、菲洛·凡斯、艾勒里·昆恩、哲瑞·雷恩、基甸·菲爾、亞倫·葛蘭特等膾炙人口的經典名探。

此刻，就讓我們一塊進入這些名偵探的迷人世界……

古典神探

基甸·菲爾
Gideon
Fell

瑞·雷恩
rury
ane

亞倫·葛蘭特
Alan
Grant

偵探 的 代名詞

夏洛克‧福爾摩斯

作者 亞瑟‧柯南‧道爾（Arthur Conan Doyle, 1859～1930）
登場作 暗紅色研究（A Study in Scarlet, 1886）
代表作 巴斯克村獵犬（The Hound of the Baskervilles, 1902）

Sherlock H

「他身高超過六呎，由於他非常的瘦，看起來還要更高些。眼光總十分銳利，削瘦的鷹勾鼻給人機警果斷的印象；下顎方稜，也一樣給人決斷之感。」這是福爾摩斯的助手，早期同居生活的室友，忠實的案件紀錄者──約翰‧華生醫師所描述的夏洛克‧福爾摩斯。

「你從阿富汗來？」1886年四月，福爾摩斯於《暗紅色研究》一案登場時，在大醫院的化學實驗室裡，對初見面的華生醫師脫口說出第一句話。這位推理小說史上具有無可動搖地位的名偵探，在作者亞瑟‧柯南‧道爾幾經考量之下──他原本叫薛倫佛‧福爾摩斯，道爾感覺這個名字不太對勁、不夠響

> 我是個顧問偵探，不知道你是否知道這是什麼行業。……如果你手頭有一千個罪案的詳細資料，而還不能解開第一千零一個案子，那是不太可能的事。
>
> **《暗紅色研究》**
> **福爾摩斯探案全集 1**

亮，最後才定下具有愛爾蘭風的名字夏洛克──花了一個多月的時間寫成，隔年正式在英國倫敦出版。

福爾摩斯與華生住在倫敦市貝格街221號B座，後因華生結婚而恢復獨居生活，但華生偶爾會在下班之後或結伴探案時繞過去貝格街坐坐。除了華生以外，小說中還出現幾位固定配角，包括蘇格蘭場的警探李士崔和葛里格森、兄長麥考夫、犯罪集團首領莫拉提教授，以及由貝格街上孩童組成的「雜牌警探隊」等等。

福爾摩斯剛出版時，並未受到市場太多注意，甚至連出版社都不是很有把握地推出這部「對一期雜誌來說太長，連載又太短」的

偵探的代名詞
夏洛克‧福爾摩斯

Sherlock‧Holmes

小說。而第二部《四個人的簽名》於美國和英國同時出版時，受到評論者的注意又更少了。即便如此，道爾仍持續為這一位偵探增血添肉，在《史全德》（一譯《海濱》）雜誌上刊載福爾摩斯的短篇探案。我們開始看到福爾摩斯抽老石南根煙斗、大量運用演繹法釐清警方束手無策的案件、嫌生活不夠刺激而開始施打毒品、坐在安樂椅上與華生閒聊的模樣。讀者群也從俱樂部一干老紳士擴及到女性和青少年，

《暗紅色研究》初版書封

大量英國人開始讀起福爾摩斯探案，連道爾的母親都迫不及待想看神探的新故事，還幫兒子構思起小說情節來。眼看道爾對出版社承諾的稿量即將完成，雖然自認這些偵探故事夠水準，道爾還是在寫給母親的信上提到：「我想，最後還是讓福爾摩斯被殺，把他永遠的結束掉。他把我的心神從其他更重要的事情上拖走了。」

這個建議在1891年末提出後，馬上被母親給否決。然而福爾摩斯的成功連帶對道爾想寫的小說造成影響，其他作品不及福爾摩斯故事的好評，讓他對福爾摩斯感到痛恨起來。出版《福爾摩斯辦案記》短篇小說合輯後，終於讓道爾下定決心，在＜最後一案＞中讓福爾摩斯與死對頭莫拉提教授雙雙墜入瑞士的河谷。華生以哀慟的語氣寫著：「想要找回屍體是絕對不可能的事，而當代最危

美國演員威廉·吉勒特飾演的福爾摩斯

險的罪犯及最傑出的法律守護者，就永遠葬身於這險惡的漩渦激盪、泡沫沸騰的萬丈深淵中。」柯南·道爾賜給筆下最受歡迎的角色死刑。

道爾自此陷入這位貝格街幽靈的追殺。讀者來信表達憤怒、抗議；到美國演講時，讀者的第一個問題都是福爾摩斯；倫敦的上班族在帽上繫黑紗帶，表達對福爾摩斯的哀悼。如此種種並不能改變道爾的決定，但以今日所知的事實來看，道爾的態度已經開始軟化了。

在此同時，美國演員威廉·吉勒特帶著《福爾摩斯》的劇本到英國拜訪道爾，準備徵求道爾的同意，將福爾摩斯搬上美國的舞台。他曾在先前的電報徵詢：「我可以讓福爾摩斯結婚嗎？」道爾的回覆是：「不行！」小說中的福爾摩斯雖曾曖昧地喜歡上某位女性，常以「那位女士」（that lady）代稱，但始終維持單身。這一點也不影響在紐約的演出票房，首演隔日還被媒體稱揚「這是戲劇性的勝利」。此刻，讀者們離福爾摩斯復活之日又近了一些。

1902年，柯南·道爾讓華生以回顧的口吻，寫下堪稱福爾摩斯最精采的長篇小說——《巴斯克村的獵犬》，讓福爾摩斯重出江湖，但未提及墜崖留下的生死之謎。一直到短篇＜空屋探案＞才正式讓福爾摩斯死而復生，並說明他消失這段期間的種種遭遇。一代神探最終在＜福爾摩斯退場＞一案退隱，不再傳出他的死訊，時至今日仍存活在讀者的心中；而「夏洛克·福爾摩斯」這個名字，則成爲推理小說史上偵探的代名詞，永不褪色。

暗號推理

自推理小說之父愛倫・坡短篇小說〈金甲蟲〉出版以來，暗號推理一直是推理小說中極常被使用的主題，足以獨立成一個類型來討論。福爾摩斯探案故事〈跳舞的人〉也運用了圖像暗號，並闡述暗號／密碼學發展初期製碼解碼的其中一個原則。

暗號的書寫無非是一種不被寫受雙方以外的人得知的訊息傳遞方式，字母、數字、圖案等都是用來記載的符號工具，如今流傳下來的古文明也常隱藏著未被解開的暗號。二次大戰期間盟軍破解德、日等國所使用的密碼，以及冷戰時期美蘇兩國諜報訊息編製與破解間的角力，帶動了密碼學飛躍性的發展，且在電腦這個處理大量運算的怪物加入下，其複雜度已非昔日小說中的三言兩語便可帶過。

暗號推理的寫作歷程，從紀錄寶藏地點、傳遞犯罪活動訊息，到死者留下文字或言語上的遺言（死前留言，Dying Message），作者無不絞盡腦汁

創造出新奇有趣且可被多重解釋的資訊，供偵探及讀者探尋事實的真相，互動性極高。2003年美國小說家丹・布朗的作品《達文西密碼》就是一例，甫一出版即造成全球性的轟動，在現實生活中廣受討論。

〈最後一案〉小說插畫

文／杜鵑窩人（推理評論家）

偵探乎？罪犯乎？
夏洛克・福爾摩斯

不論閱讀者是否從此成為偵探推理小說迷，「福爾摩斯探案」的閱讀量幾乎是一個天量。
因此，福爾摩斯給後世的偵探小說帶來的影響是不可小覷的。

姥姥很疼，爹爹不愛

誰是那個在偵探小說史上，「姥姥很疼，爹爹不愛」，犯罪紀錄一籮筐的前科犯？詳細看來，他的犯罪紀錄滿滿一長串：詐欺、騷擾、威脅、傷害、入侵私宅、濫用毒品、恐嚇取財、私了案件、防衛過當殺人等等。終日遊手好閒，未曾從事任何正當職業，而且不知是否依賴親友接濟或從事未被揭發的犯罪所得維生。此外，他的家族應該是無太多祖傳恆產留給他們兄弟倆，因此他的兄長只好找到一個機會，利用自己總合邏輯的才能，進入當時的大英帝國政府服務（他曾經誇耀

《亞瑟・柯南・道爾爵士的真實犯罪檔案》

自己兄長的重要性：「你可以說大英帝國就是他」），成為一位公務員來糊口。

他個人所接受的教育應該是依賴自修得來，而不是進入一般正常的教育系統。畢竟，不論大英帝國公立或私立學校，乃至私人家庭教師應該都會教授的文學、科學方面的基本知識，他卻完全付之闕如。他曾經宣稱：「地球繞著太陽轉，或是太陽繞著地球轉，與我有何相關呢？」其實，他並非不學無術，本身有著犯罪學和鑑識學的豐富認識，也極為精通拳術和柔道等防身術，而且可能無師自通地擅長小提琴演奏。

福爾摩斯小說插畫

死而復生的傳奇

在他初出道的時候，曾經成功地解決了兩個詭異的神秘犯罪事件，但沒有引起大眾的注意而沒沒無聞了一段時間。反而在幾年後，機緣巧合地介入幾件國內外的男女感情糾紛，竟然聲名鵲起，偵探業務也開始蒸蒸日上，接了許多案件，收入也漸漸升高。只是好景不常，他的表現卻產生了功高震主的情形，讓他「爹爹」的其他文學創作完全乏人問津。因此，他的爹爹終於不耐煩地將他送上不歸路；雖然「姥姥們」不惜重金利誘百般求情，甚至要威脅欲斷絕和他爹爹的關係，都不能挽回他爹爹此一狠心的決定，從

此杳無音訊長達八年之久。直到他的爹爹終於忍不住英美兩國出版社的長期磨功和超高價稿酬的誘惑，才有機會讓他從瑞士的瀑布水下經由西藏的高峰旅遊後復活歸來。

當然，以姥姥們的嚴格眼光來看，他的睿智雖說不減當年，行為似乎也從此改邪歸正，幾乎成為正義的化身。他的名字一直等同於名偵探，在偵探或非偵探的文學作品中，只要提到那種觀察事情目光如炬，對於迷霧後面的真相洞若觀火的人，作者常常就直接以「真是像『福爾摩斯』啊」來加以稱呼。

留予後世的遺產

如今西洋和東洋的大眾文學市場，幾乎都是以偵探推理小說為主力，追根究底，福爾摩斯探案的魅力實在是功不可沒。甚至到了現在，英國倫敦的貝格街221號B座竟然成為觀光勝地，還替福爾摩斯回覆世界各地不計

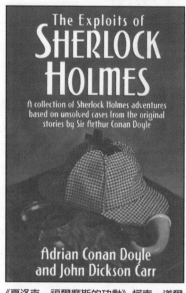

The Exploits of
SHERLOCK
HOLMES

A collection of Sherlock Holmes adventures
based on unsolved cases from the original
stories by Sir Arthur Conan Doyle

Adrian Conan Doyle
and John Dickson Carr

《夏洛克‧福爾摩斯的功勳》柯南‧道爾
之子與約翰‧狄克森‧卡爾合著

其數的來信。不論閱讀者是否從此成為偵探推理小說迷，「福爾摩斯探案」的閱讀量幾乎是一個天量。因此，福爾摩斯給後世的偵探小說帶來的影響是不可小覷的。

首先，是名偵探和助手搭檔的確立。雖然這在艾德嘉‧愛倫‧坡的時候就已經出現了，但福爾摩斯探案卻把這種名偵探和助手搭檔的組合深植人心，只要是正統的偵探小說就很難擺脫這種模式，甚至連社會派或法庭派也一直依循此一模式演出，到了二十一世紀的推理小說依然如此。其次，由於有了福爾摩斯探案的轟動影響，從此偵探推理小說蓬勃發展，常常是大眾文學暢銷排行榜的常客，也一直是大眾文學的主流之一。這股風潮甚至由英國蔓延到了全世界，從當時延續到現今；也因為

福爾摩斯探案引起的暢銷風潮，讓後世許多作者勇於投入此一創作模式，才有如今的盛況。第三，就像福爾摩斯探案的詭計曾經植基於前人的作品，福爾摩斯探案也留給後世的作者許許多多的遺產和阻礙，成為模仿和痛恨的對象。

不知道亞瑟‧柯南‧道爾若地下有知，對於他一生的功名成就竟然到了最後都還要依賴他這個「姥姥很疼，爹爹不愛」的不肖子，真不知道是否真的能安穩長眠了?!

作者簡介：
　　杜鵑窩人，貌似忠厚常不務正業的開業醫師，嗜讀推理、歷史、軍事書籍；嗜好美食的大餐及小吃，中厚之身材皆由此二者所害，但是依然不知悔改，餓性重大，拼命追求此二者而不輟。

偵探
蒐
藏
誌

城市謀殺：倫敦

1995年曾經針對美國現役推理小說作家舉辦一次票選活動：「全世界最適合謀殺的城市在哪裡？」倫敦獲選為第二名，僅次於紐約。以2000年的統計數據來看，世界主要城市犯罪率最高的竟然不是上述兩座城市，猜猜看，會是哪裡？答案是德國柏林。第二名是法國巴黎，倫敦排第三。

福爾摩斯曾經批評道：「這個城市的罪犯都喪失想像力了嗎？」但偵探不是總在犯罪發生後才登場，他們或許有降低犯罪率的嚇阻作用。有福爾摩斯守護時的倫敦，犯罪者似乎會畏懼他的威名而有所收斂，

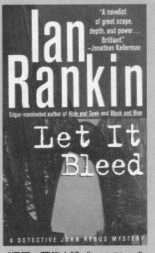

《伊恩・藍欽小說《Let It Bleed》

這一點是推理小說中相當有趣的事。作者安排筆下的偵探有意無意地守護在某個城市，無論這個城市是真實還是虛構，偵探是以警察或法醫或私家偵探的角色出場，往往會配合著該地特有的風土民情及城市景觀，獲得讀者的強烈共鳴。

福爾摩斯退休後的倫敦／英國由誰來守護呢？我們往後會介紹到約瑟芬・鐵伊筆下蘇格蘭場的亞倫・葛蘭特探長，約翰・哈威筆下的查理・芮尼克則駐守在諾丁罕。當今英國最紅的警察是誰？答案是伊恩・藍欽（Ian Rankin）的警探約翰・盧布斯（John Rebus），他在柯南・道爾的家鄉愛丁堡當班。

Sherlock Holmes

作家介紹

亞瑟‧柯南‧道爾

亞瑟‧柯南‧道爾，1859年5月22日生於蘇格蘭愛丁堡，是家中第二個小孩。1876年進入愛丁堡大學醫學院就讀，花了五年時間取得學位，後定居倫敦。為了醫治酒精中毒的父親，家庭支出龐大，道爾遂行醫扛起家計重擔。但由於並不熱中醫務，使他有多餘空閒時間，從那時起著手寫福爾摩斯探案集。

亞瑟‧柯南‧道爾

道爾以真實生活中，他的老師約瑟夫‧貝爾醫生作為原型，將其高度的觀察力與推理能力鎔鑄在小說角色中，創造出福爾摩斯這位偵探。第一篇成名作品《暗紅色研究》於1886年完成，1887年出版；1890年《四個人的簽名》出版後，他放棄了醫務而專心於寫作。雖然也寫過不少冒險及文藝小說，但卻是以福爾摩斯偵探小說聞名於世。事實上，當道爾寫膩了這個角色，在1893年出版的《福爾摩斯退場記》將他賜死，後來卻由於讀者大眾的要求，被迫技巧性的使他起死回生。

柯南‧道爾一生經歷多采多姿而且曲折離奇。他是個歷史學家、捕鯨者、運動員、戰地通訊記者及唯心論者。他曾參與兩件審判不公的案子，並運用偵探技巧使真相大白。1902年時，他曾參與波爾戰爭，在南非的野戰醫院表現優異，因而受封為爵士，卒於1930年7月7日。

更詳盡的作者資料，可在密室之王約翰‧狄克森‧卡爾所著《柯南‧道爾的一生》書中讀到。裡頭蒐集了道爾的書信筆記，以及家人朋友、報章書評等言談，是本記載豐富完整的傳記書，本書於1950年獲愛倫坡特別獎的肯定。

Sherlock Holmes

閱讀

福爾摩斯小說的方法及其順序

一 方法

福爾摩斯，做個推理小說讀者，有什麼天大理由可以不看呢？或者說，如果你還沒看，千萬別告訴別人。

推理小說始自於愛倫·坡，但真正的流水源頭、真正的星宿海卻是福爾摩斯，是從福爾摩斯開始，推理小說才有穩定的水流、穩定的方向、穩定的規格和存在的理由，從此一百年奔流不斷。

對這樣一種永恆大海般存在的推理小說，不會只有一種或寥寥幾種方式去讀它的。

你可以用朝聖之心讀它，以情感和信念。

你可以用歷史的追尋之心讀它，由此建構出你一己的推理歷史及整體世界圖像。

你可以用考古學者之心讀它，你會發現幾乎所有現存的推理小說在那兒皆能找到出處，不只如此，你還可以發現百年來被忽略、被遺忘的好東西，也許會開啓一種生命奇遇也說不定。

你可以用讀經典之心讀它，因爲它的確是經典小說。

你可以用後代推理小說書寫者，用學徒之心讀它，就像百年來所有推理小說家做的那樣，學習技藝並偷點東西。

你也可以單純讀它，正如推理第一史家朱利安·西蒙斯說的，即使走到今天，福爾摩斯不僅不過時，仍是最頂尖最新鮮的作品。

你怎麼讀都可以，就是不能不讀。

二 順序

福爾摩斯小說，真正精采的是短篇部分，像滿天繁星，熠熠發光，它開始於「我」（華生醫生）和福爾摩斯的不期相遇：「你從阿富汗來？」——這是福爾摩斯對華生講的第一句話，也是這位不朽神探誕生於人間的第一次神奇破案，一切從這裡開始。

因此，比較「正確」的閱讀福爾摩斯之道，是從短篇下手，依時間序，我們在宛

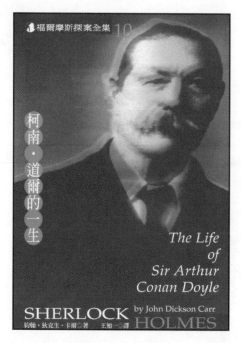

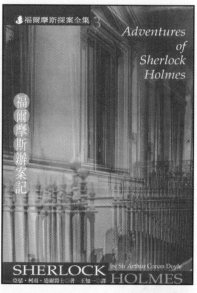

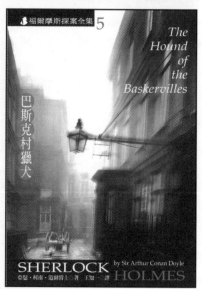

如一個一個浪頭衝擊的精妙獨立探案之外，還浮沉於時間的連續之流中，我們會看到福爾摩斯和華生逐漸契合無間的聯手推理緝凶，我們會看到福爾摩斯和罪惡象徵莫拉提教授的終極一戰，我們會看到福爾摩斯的嘎然死亡，我們還會看到福爾摩斯的復活歸來（有點驚喜也有點「媽的又來了」的感覺），最終我們還會看到福爾摩斯大俠一般飄然隱去不知所終。

這是百年推理史最驚心動魄的一道旅程，也是今天人人都該至少一生走一趟的朝聖之路。

至於四大長篇，建議您從《巴斯克村的獵犬》開始，或留到最後，這是四大長篇最棒的一部。

福爾摩斯藏書票

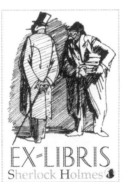

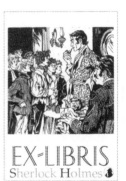

Sherlock・Holmes

檀香山 的 華人之光

陳查禮

作者 厄爾．畢格斯（Earl Derr Biggers, 1884～1933）
登場作 不上鎖的房子（The House Without a Key, 1925）
代表作 陳查禮接手（Charlie Chan Carries On, 1930）

Charlie

「他真的很胖，走起路來卻有點優雅，像是女人，雙頰像嬰兒般胖嘟嘟的，膚色有如羊脂，頭髮剪得很短，深褐色的眼珠子不斷眨著。」他是陳查禮，是個中國人，也是檀島警方最棒的偵探。

出生於中國廣東的陳查禮，自小在美國接受教育長大，同時會說廣東話和英語，曾經在夏威夷一戶人家中幫傭。之後任職於檀香山警局，家住在可以俯瞰夏威夷島的潘趣盂山上，有妻子和十一個小孩陪伴（這或許是作者對中國人多子多孫的印象所致）。幾位親戚同樣住在美國，堂兄陳麒麟住在舊金山的中國城，堂弟陳衛理則是夏威夷全中棒球隊隊長。

> 中國人是世界上最懂得心靈感應的民族，就像照相機裡的底片那麼敏感。從一個表情、一個笑容或一個手勢，說不定會察覺出異狀。
>
> **《不上鎖的房子》**
> **陳查禮探案全集 1**

圓臉小眼的長相讓人一看就知道他是個中國人，帶著啤酒肚的矮胖身材巧妙地隱藏了他警務人員的身分。雖說是中國人，穿著仍屬西式，然而謙恭的態度，見面時對人行鞠躬大禮，則透露出異於美國人的民族風範。個性溫和有耐性，常引中國諺語或孔子所說的話，並強調「中國人是世界上最懂得心靈感應的民族」來面對生活中發生的大小事。但這並不表示他在偵辦案件時只講求靈感直覺。事實上，個性謹慎的他會力求面面俱到地解釋一椿案件中的所有疑點，以西方實事求是的科學態度查證。多了份西方人少見的耐性，往往在其他人焦急得不得了的時

Chan

候，稍嫌溫吞地靜候適當的調查時機到來。

陳查禮雖隸屬檀島警局，查案範圍不只在太平洋上的夏威夷而已，小說《中國鸚鵡》安排他渡海前往美國本土，利用休假期間破了一樁詭譎的珠寶交易案。他也和英國的退休及在職警探一同辦過案，處理跨國的犯罪活動，是個工作能力備受各界稱讚的偵探，並從警探的位置升至督察。要不是作者厄爾・畢格斯英年早逝，只留下六部作品，否則陳查禮的階級應該還有繼續上升的機會。

美國讀者與評論者極喜歡陳查禮這個角色，他適時扮演了揭露神秘東方（中國）文化面紗的知識份子，卸除西方對「黃禍」的恐懼想像，修正了推理小說作家羅納德・諾克斯（Ronald A. K　　）在推理十誡中所提到「故事中不得出現神秘的中國人」——因為中國人會有特異能力的奇　說法。另一位推理小說家雷克斯・史陶德（Rex Stout）（安樂椅神探尼洛・伍爾夫的創造者）更盛讚道：「陳查禮是最棒的偵探十傑之一。」顯示出陳查禮在推理小說上的重要性。

電影工業之城好萊塢不只將畢格斯六部作品全都改拍成電影，還續拍了達三十八部的續集，並帶電影中的陳查禮周遊諸國，前往小說中不曾去過的埃及、上海（還去了不只

飾演陳查禮的演員華納・奧蘭

一次）、羅馬、巴拿馬等地，甚至參加奧運比賽。前十六部作品由留著兩撇鬍子的華納・奧蘭（Warner Oland）飾演最為著名，後因過世而另找第二代演員席尼・托勒（Sidney Toler）接替，分別在兩間不同電影公司演了二十二部陳查禮，第三任演員則找了羅蘭・溫特斯（Roland Winters）演出最後六部作品。

作者厄爾・畢格斯撰寫陳查禮系列小說之前，便已經創作過《Seven Keys to Baldpate》等小說，在地方報紙寫劇評及幽默小品，陳查禮出現後更確立了他在推理小說上的貢獻。陳查禮系列六本全都先在美國《星期六郵報》上連載後才出版單行本，除了來自東方與夏威夷結合的異國風情外（就美國本土讀者來說，夏威夷也是個充滿想像的外地），陳查禮辦案中時常流露的悲憫情懷，是當時強調睿智的名偵探所缺乏的。不但拉近了偵探與讀者的距離，也部份反映了二十世紀初期美國的社會實況；偵探不再是高高在上的犯罪諮詢者，而是體貼親民的實際調查者。

畢格斯只寫了六部陳查禮探案後，便因心臟病突發逝世，出版社集結了美國推理小說家比爾・普羅齊尼（Bill Pronzini）、傑佛瑞・沃曼（Jeffrey Wallmann）等人於1974年寫於《陳查禮推理雜誌》，以陳查禮為主角的短篇作品，於七十年後的2002年重新出版，算是對這位一代名探在新世紀的致敬。

西方對中國的想像

中國有一句成語叫「西風東漸」，意指西方的風潮逐漸影響東方社會的現象。然而，當東方的文化飄洋過海抵達西方時，又是怎樣的狀況呢？

近代歷史給予西方的印象，不再是剽悍的蒙古騎兵，而是蓄辮的清朝百姓。尤其在義和團事件後，帶給那些入侵中國的列強深刻不安，即使在獲得割地賠款之餘，腦海中仍存留著「反帝國主義的未開化邪惡暴民」模樣。當時缺乏足夠的資訊了解中國，加上大批中、日移民前往西方，於是「黃禍」(Yellow Peril) 一詞遂延續十三世紀蒙古大舉入侵的恐懼，捲土重來成為西方帶有強烈排他意味的負面觀感。英國作家薩克斯・羅默 (Sax Rohmer) 筆下的傅滿洲博士 (Dr. Fu Manchu)，即被認為是推理小說中醜化、辱華形象的代表。

傅滿洲是一個滿清貴族，一心想成為統治世界的皇帝。行事殘暴無情，精通醫學、物理、化學等，取得三所著名西方大學的學位後，領導世界各地犯罪組織，

插畫家筆下的傅滿洲博士

幹盡打劫、販毒、殺人等違法犯紀之事。羅默將東方的神秘和陰險畫上等號，並將文化交會時所產生的衝突認為是威脅，在1913年出版的《傅滿洲博士的神秘》(*The Mystery of Dr. Fu Manchu*) 中催化了這種情緒，這樣的偏見直到畢格斯的「陳查禮探案系列」出版後才有所改變。

電影中陳查禮蓄鬍的模樣，被部份人士解讀成傅滿洲形象的延續，認為陳查禮系列基本上仍是辱華作品。這是個嚴重的誤解。畢格斯以在檀香山度假時，看到報上一篇讚揚華裔警探傑出表現的報導作為起點，塑造出陳查禮這號人物，實際上對中國人形象的扭轉仍產生了一定的正面意義。然而羅默筆下的傅滿洲博士，真的是一種醜化中國的惡意攻訐嗎？或許我們可以想想，當東歐、北韓、阿拉伯世界人物被設定成電影或小說裡的反派時，創作者與閱讀者又是抱持什麼心態？這一切可能只是緣起於文化上的隔閡所造成的錯誤想像吧！

文／藍霄（推理小說作家）

陳查禮來了，但是……

　　小說敘事節奏明快，角色描寫清楚，謎團都有一定水準，邏輯演繹沒有特別離譜的差錯，意外性的表現大致上也不令人失望；六部小說並沒有不及格的失敗作，甚至《陳查禮接手》、《黑色駱駝》均可稱之為一流的本格推理。

凡事總有個開始

　　對於陳查禮探案，我並不陌生。甚至可以說，一聽到「陳查禮」三個字，我可以裝腔作勢地說：「久仰大名，如雷貫耳。」雖然一個月前，所謂的「東方智者」、「中國第一名探」陳查禮六部探案，我一部也沒詳細看過。

　　然而，凡事總有個開始。

　　我第一次知道陳查禮這個名字，是讀到星光出版社在1981年出版的《大家來破案——合乎邏輯的推理遊戲》一書。從書名來看，沒錯，就是現代「專業」推理迷會狠批痛罵的推理謎題大全。

　　推理謎題大全到底洩漏了多少推理名著的重要詭計？我無心去統計，肚子裡也沒火氣，畢竟，就算有洩漏詭計，目前我也差不多忘得一乾二淨了。而且，在推理小說翻譯出版的荒蕪年代，推理謎題與鬥智遊戲集，

身為讀者的我可是讀得津津有味，也因此從中認識推理作家的名字、名偵探的名字、推理名著的名字，誰會管它洩不洩漏詭計？

　　所以，有東方名字的偵探：陳查禮，自然在我的腦海中刻了一個記號。

以中國人物為主角的西方偵探小說

　　西方人會以中國人物為主角的偵探小說其實不多，除了荷蘭高羅佩寫《狄公案》外，最有名的就是厄爾·畢格斯所寫的這套「陳查禮探案」。

　　陳查禮是檀香山警局的探長，是個在中國出生、移民夏威夷接受美國教育的華僑。講得一口流利的英語，也懂廣東話與一些俚語黑話，三不五時喜歡引經據典，出口成章。外型上有點肥胖，推測起來應該沒有避孕觀念，所以有兩位數的小孩，卻是個有家庭觀念的好父親好丈夫。辦起案來頭腦冷靜，析

檀香山的華人之光

陳查禮

Charlie Chan

理清楚,遇事沈著,言行舉止充滿東方味。

因為形象鮮明,所以如同福爾摩斯的偵探形象,推理史上獨特的中國名探陳查禮,就算不認識原創作者,對於推理小說迷而言也是個大名鼎鼎的創意偵探。這也難怪在好萊塢的有聲電影初起之時,以陳查禮為主角衍生的偵探片陸續拍了近五十部,盛況可與日後007系列相媲美,系列電影可以拍到這種程度,可以想像陳查禮是多麼出盡鋒頭與受人歡迎了。雖然陳查禮電影化,主角找了臉形酷似黃種人的西方人來主演,扮相難免怪里怪氣,然而電影骨子裡仍可以說是第一個以正面偵探形象在美國亮相的中國人。

六部解謎作品

陳查禮探案只有六部,屬於開朗明亮的寫實型解謎推理。「推理作家一生只適合發表六部解謎作品」,范達因說得漂亮自己卻沒做到,然而陳查禮的創作者,厄爾‧畢格斯卻陰錯陽差地做到了。

以本格推理的眼光來審視,陳查禮探案雖然沒有陰森恐怖的氣氛,沒有異想天開的詭計,沒有屍橫遍野的嗜血鏡頭,也沒有推理史上獨特的創意(偵探角色塑造除外)與令人驚奇不已的結構。但是小說敘事節奏明快,角色描寫清楚,謎團都有一定水準,邏輯演繹沒有特別離譜的差錯,意外性的表現大致上也不令人失望;六部小說並沒有不及格的失敗作,甚至《陳查禮接手》、《黑色駱駝》均可稱之為一流的本格推理。

相較於電影的形象爭議,小說中對於1900年初期美國社會的透視,以陳查禮為本來扭轉中國人在美國白人心目中的刻板印象,著墨甚力。陳查禮辦案範圍多在舊金山與夏威夷之間,但是小說中不時出現的其他華僑,也算是閱讀上意外的親切感。

雖然我過去沒看......

2002年一月,印刷精美盒裝整齊的「陳查禮探案全集」在推理書市中出現,對台灣推理迷來說,就如整個探案的登場作《不上鎖

的房子》的章名所示：陳查禮來了！

所以，我也買了，但是，我一直沒看。

陳查禮真的來了，但是，台灣有多少推理讀者是與我一樣呢？甚至可以問說，陳查禮已經來了快三年，推理書架上的陳查禮夠普及嗎？

我願意猜，答案可能是悲觀的。

關於陳查禮，網路上討論得少，讀書會也少有人在提，平面媒體書評更是少得可憐，書店推理專櫃中陳查禮似乎總是躺在他的老位置上。為何如此？我買了近三年，卻始終未拆封；為何如此？我捫心自問。

在1920及30年代，是歐美推理小說發展史上的「黃金年代」。這個時期的作品，多以詭秘的謎局與嚴謹的推理來與讀者從事腦力激盪的智性遊戲。以阿嘉莎‧克莉絲蒂、桃樂絲‧榭爾絲、范達因、艾勒里‧昆恩以及約翰‧狄克森‧卡爾所謂的「古典本格五傑」是為此期的代表。厄爾‧畢格斯在1925至1932年發表的陳查禮探案，正好就在這個黃金期。而台灣真正引進陳查禮的中譯本時期，正好是2000年之後推理小說翻譯的蓬勃年代。前因加上後果，陳查禮探案難免被低估與忽略了。

說實話，要不是要寫這篇文章，短期內我

陳查禮電影海報

應該不會有機會、有動力一口氣讀完六本陳查禮探案。主要的原因在閱讀之前，相對於其他推理作品，即使把眼光侷限在同時代的歐美解謎作品，陳查禮探案就主觀上，作品的魅力與吸引力是較不夠的（還不就是創造了一個東方偵探罷了）。但閱讀之後，對於自己的偏見真是感到不好意思。

陳查禮來了，但是……

不要但是了，如果是本格推理小說迷，陳查禮探案值得好好細看。

作者簡介：

藍霄，醫師，過去是推理小說迷，最近變成推理作家。澎湖出生，高雄長大。喜歡本格派作品，但有血有肉的社會派也不排斥。

在海外打拚的華裔神探

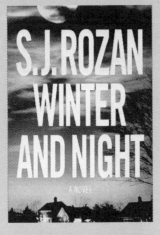

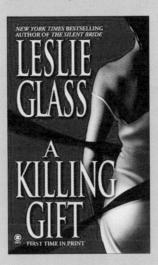

提起名揚海外的華裔神探，最耳熟能詳的當代人物，非李昌鈺博士莫屬了。大陸江蘇省出生，在台灣受教育長大，畢業於中央警官學校（現今警察大學前身），曾任職台北市刑大。結婚後與妻兒一同負笈美國，半工半讀完成紐約市立大學碩博士學位，受聘至紐海文大學任教，並創立全世界第一個刑事科學系，成為首屈一指的刑事鑑識專家。

李昌鈺曾打趣地說，他與夫人為了一圓環遊世界的夢，所以受邀投身各國刑事鑑識工作。從美國前總統柯林頓性醜聞風波到台灣319槍擊事件，重要難解的案件無役不與，雖未達到百分之百的破案率，以科學證據追查真相的精準度，早已讓世人為他封上「現代福爾摩斯」的美名，是真實世界中最值得華人驕傲的神探。

然而在虛構小說中，陳查禮之後以華人為偵探主角的繼承者是誰？美國女作家蕾絲麗・葛拉斯（Leslie Glass）筆下的愛寶・吳（April Woo），以及S. J. 羅珊（S. J. Rozan）所創造的唐人街女偵探莉迪雅・秦（Lydia Chin），都深受美國讀者喜愛，後者還以《Winter and Night》獲得2003年愛倫坡獎最佳年度小說的肯定。

作家介紹

厄爾·畢格斯

厄爾·畢格斯，1884年8月24日生於美國俄亥俄州，後進入哈佛大學就讀。早年曾爲波士頓地方報紙寫劇評和幽默諷刺小品，1912年完成一部不怎麼賣座的戲劇《If You're Only Human》，

厄爾·畢格斯

並於是年結婚。1913年轉戰大眾文學書寫，他的第一本小說《Seven Keys to Baldpate》出版後一炮而紅，不僅改編爲百老匯舞台劇，還兩度改拍成電影。之後畢格斯重回戲劇寫作，並繼續創作《The Agony Column》等推理小說。

由於健康因素，畢格斯一家遷居加州，在1919年於檀香山渡假時，看到報上一篇讚揚華裔警探傑出表現的報導，構思出以華人警探爲主角的推理小說。

1925年華人警探陳查禮正式與讀者見面，獲得空前成功，扭轉當時西方對中國人不是犯罪策劃者就是幫凶的形象。後來還躍上大銀幕，由二十世紀福斯公司拍成陳查禮系列電影共四十四部，於1930和40年代風靡一時。畢格斯總共創作了六部陳查禮系列小說，於1933年4月5日因心臟病辭世，享年五十歲。

閱讀

陳查禮小說的方法及其順序

一 方法

做爲一個推理小說讀者，有很多事不可不知，有一些書不可不看；而做爲一個華人推理小說讀者，更有一些特別的事和特別的書——陳查禮的探案故事，便是華人推理小說讀者的必要配備。這位夏威夷的移民探長，是推理小說史上首位華人神探，首位的意思是，既是歷史的最初，也是直到目前爲止排行地位的第一名。

你可以像一個正常推理讀者般讀它，六部陳查禮之書是水準之上的作品。

你也可以帶著稍稍複雜的心思讀它。在畢格斯充滿基本善意但總是對華人及其生命智慧充滿想像的筆下，我們可見識到「老外」是怎麼看待和理解我們這些來自遙遠、古老東方的人，其中隱藏了一兩個世紀的某些歷史眞相和事實，包括偏見、誤解和某些陌生人才有的洞見，這是嚴肅的，但也是很有意思的。

你還可以帶著不服氣之心讀它，如果你萬一萬一有志成為推理的書寫者的話。陳查禮可以成為你第一個標的，超越它，把陳查禮擠下來到第二名的位置——百年時光了，也真的該出現華人書寫，華人身份和造型的貨真價實神探了不是嗎？

二 順序

英年早逝的畢格斯，留下一個有趣的陳查禮，以及為數不多的六部小說。我很想說，每一本都看過才叫認識陳查禮，才摸得透這組小說夠經典、偵探夠特別的地方，而不只有「陳查禮是個華裔神探」的印象——那跟「我知道中東產石油，南北極有極光」一樣，親身感受才是真的，奪不走的。

我知道，讀者的時間有限，如要看有牢不可破的「不在場證明」、大量轉折與誤導的古典作品，《黑色駱駝》會是比較好的起頭。其次是《陳查禮接手》，詭奇的殺人動機在陳查禮接手後明快破案，維持古典推理小說的節奏，表現出滑溜的順暢感及推陳出一波波的高潮，是六部小說中值得優先閱讀的作品。

《黑色駱駝》死亡就像黑色駱駝，不請自來的守候在大門外。三年前，黑色駱駝出現在洛杉磯。這回，黑色駱駝蹲伏在威基基海灘的一棟豪宅外，瞬間馱走好萊塢美豔影星的生命。是誰駕馭這頭死亡馱獸？英俊溫文的男主角、亮麗活潑的女配角、短小精幹的導演，還是因愛生恨的仰慕者？

《陳查禮接手》由紐約啟航的環遊世界旅行團，橫渡大西洋之後來到第一站倫敦，投宿在知名的勃倫飯店，歡樂還未展顏，一名團員就慘遭勒斃。蘇格蘭警場的杜夫探長奉命查辦。凶嫌是十七名團員中的一人嗎？

自命不凡 的 犯罪諮詢者
菲洛·凡斯

作者 范達因 （S. S. Van Dine, 1888～1939）
登場作 班森殺人事件 （The Benson Murder Case, 1926）
代表作 主教殺人事件 （The Bishop Murder Case, 1928）

Philo

　　身長六呎，瘦高，典型北歐人的輪廓，臉形長而尖削。眼距寬大，眼球色淺，鼻子狹而挺，下巴中央有一道深痕，臉頰成橢圓狀，雙唇線條分明。劍術專家，喜歡戶外運動且擁有一身健美的體型，擅打高爾夫及馬球，極端厭惡走路，只要有車代步，即使只有一百碼也不願意走。常待在冠蓋雲集的私人俱樂部，但不常參與社交，偶爾觀賞現代歌劇。位於東三十八街的家中裝潢氣派，屋內擺滿他蒐藏的稀有藝術品，對藝術具有高度鑑賞力。雖身為美國人，但穿著打扮像英國上流社會人士，喜穿西裝戴氊帽，全身上下入時合宜——這

犯罪和藝術都有共同的基本要素——接觸、觀念、技巧、想像力、下手、方法和組織能力。一樁精心策劃的謀殺和一幅畫都強烈的表現個人風格。

**《班森殺人事件》
范達因作品系列 1**

就是擁有美國古典推理之父美譽的范達因筆下，恪遵理性解謎的神探菲洛·凡斯。

　　凡斯首度登場時值三十五歲，單身，哈佛法律系畢業，曾遊學過牛津。思維十分客觀理性，是少數能夠不受傳統、迷信和感情用事影響之人。小說的記述者范達因回憶與凡斯大學同窗時的初次見面印象：「一個孤僻、譏諷、刻薄的大一新生。」但這一點也不妨礙兩人的交情。「他的特殊個性令我著迷，帶給我智慧的思考能力。」這是凡斯擄獲范達因好感的理由。

　　作者兼敘述者的范達因將凡斯的個性交代得極為詳盡：「他是個憤世嫉俗的人，但很

自命不凡的犯罪諮詢者

菲洛・凡斯

Philo Vance

Vance

少無病呻吟；是一個傲慢無趣的人，但卻能以旁觀者的眼光洞悉生命的眞諦；他是現代唐・吉訶德，一口英國腔的英文令人傾倒；事實上，他偶爾也會裝腔作勢。」

凡斯在1926年出版的《班森殺人事件》中初試啼聲，由於從富有的姑母那兒繼承了龐大遺產，凡斯可以吃穿不愁沉浸在他以鑑賞藝術品爲樂的生活中，扮演諮詢者的角色而非以調查爲業的私家偵探，協助檢察官好友馬克漢辦案。破解凶殺案對凡斯來說是種消遣，在他高傲的眼中不過是場智力遊戲，將凶手視爲拿犯罪當藝術表現的創作者，自己則是嚴苛的評論家。除此之外，還具有精確識人的能力，豐富的語言天才讓他博覽群籍，深入研究人類心理的奧秘後，運用在實際生活中。以上個性與專長建立起凡斯對犯罪事件敏銳的嗅覺，從現場遺留下來的蛛絲馬跡找出疑點，再利用純粹的邏輯推理出眞凶的身分，這可能是現代鑑識科學都還比不上的精確。

曾經有推理評論家這麼批評菲洛・凡斯：「眞是個驕傲得令人生厭的傢伙。」一點都沒錯，凡斯持著近似貴族般的高傲，以一個局外人的身分指揮警察系統查案，紐約地檢署的馬克漢檢察官和刑事組希茲巡官的脾氣好得過份，幾近放任的態度隨凡斯使喚。這也難怪，到了要找上凡斯解決的案件，幾乎都是檢調單位束手無策的懸案，一到他的手裡卻能迎刃而解，天才型神探的思路果然跟一般人不同。

菲洛・凡斯的探案作品中，無一不是與讀者正面對決的智力角逐——破案線索皆已備齊，看誰能在這場鬥智遊戲率先找出凶手。與＜莫爾格街凶殺案＞（1841）相隔八十年後，菲洛・凡斯接下愛倫・坡所創造神探奧古斯都・杜賓的棒子，重啓美國推理小説舞台的燈光，再次讓讀者關注推理小説的原鄉。爲此，范達因還模仿作家羅納德・諾克斯的推理小説十誡，只是他多了一倍，洋洋灑灑列了二十條守則出來，認眞投入美國的推理文學創作。較晚出道的推理小説作家艾勒里・昆恩可說是他的繼承者，除了小説人物與作者同名的雷同趣味外，秘密（又稱國名）系列中出現的「向讀者挑戰」章節更強烈的透露出鬥智宣示，兩人一同打造美國黃金時期解謎推理的輝煌年代，而作家范達因與偵探菲洛・凡斯，也成了以公平解謎爲創作目標的後輩所尊敬的先行者。

《金絲雀殺人事件》原文書封面

自命不凡的犯罪諮詢者

菲洛・凡斯

Philo Vance

范達因的推理小說
二十條法則

推理小說乃是一種智性的遊戲，同時也是一種運動項目，作者務必與讀者做光明正大的公平競爭。誠如玩橋牌不容許作弊，作者對讀者亦不得欺騙、要詐，務必公正方可。你必須透過真正的發明之才，出乎讀者意外，以維繫其閱讀興趣。撰寫推理小說有個極其明確的法則——雖然泰半尚未成文化，但其約束力並無兩樣。而但凡值得尊敬又具有自尊心的文學性解謎小說作者，都得遵守這一法則。

因而特此列舉一種該稱之為「信條」的法則。這些法則一部份以那些偉大的推理小說家所有的常規與慣例作基盤，一部份則根據誠實的作者內在良心的啟發而成。以下即是這些法則：

一、解謎之際，讀者務必擁有與偵探平等的機會。所有的線索得記述清楚。

二、除了凶犯對偵探必然玩弄的犯罪技巧之外，作者不得刻意以欺騙或是詭計去愚弄讀者。

三、故事情節當中不宜添加戀愛性的趣味，以免不合理的情緒擾亂純屬知性的實驗。當前的課題是將凶犯推上正義的法庭，而不是把為愛情煩惱的一對男女引上婚姻的祭壇。

四、不宜把偵探本身，乃至搜查當局的一員變成凶犯，那就等同於拿燦亮的一分銅幣誑稱五元金幣去欺騙別人。

五、務必以邏輯化的推理決定凶犯誰屬。不能假藉偶然、巧合、乃至無動機的自白來決定。因為假藉巧合種種的破案法，相等於故意驅使讀者去作無謂的瞎摸，俟其失敗之後再告以「你費盡周章搜尋的東西，其實一開始就在本人囊中」。此類作者的態度與惡作劇同樣惡劣。

六、推理小說裡必然出現偵探。偵探者不

偵探案情就不能稱之為偵探。其任務乃是搜集一切線索，根據此線索一路抽絲剝繭，末了追查出於書中第一章犯下惡行的人物。一

《綁架殺人事件》原文書封面

名偵探如未能分析這些線索達成結論，那就與查看算術課本卷尾始知解答的小學生一般，不能算作解決了問題。

七、推理小說絕對需要屍體。而這屍體疑竇越多越妙。缺乏凶殺的小犯罪是單薄而不夠充分的，為一椿凶殺之外的犯罪佔去三百頁未免太過誇張。總之，你必須回饋讀者所耗費的時間與精力。美國人本質上頗富於人性，因此，殘暴的凶殺足以激起其報復心和恐懼心。他們都希望將加害者繩之以法。「無論在什麼樣的情況之下發生了令人髮指的凶殺案」（如王子復仇記），即便比誰都溫厚的讀者都會以滿腔的正當熱忱去從事追蹤。

八、破案務必採取嚴密而又自然的方法。於推理小說，求神問卜、讀心術、降頭術、水晶球之類屬乎禁忌。在根據合理的推理作智能競賽的時候，讀者有的是機會，但若要與異世界競爭、不能不在形而上的四次元世界四處搜尋，可以說已經輸在出發點上了。

九、偵探──亦即推理的主角只能有一個，誠如古希臘戰劇中的解圍之神Deus ex machina是獨一無二的那樣。為解決一個問題搬來三、四個偵探、甚至整個偵探集團的腦袋，足以分散興趣，不僅會斬斷邏輯直接

自命不凡的犯罪諮詢者
菲洛・凡斯

Philo Vance

的脈絡，也會不當的剝奪有心和自己與偵探的頭腦從事智能作戰的讀者的權利。偵探如超過一人，讀者就要分不清誰是他的推理競爭對手了。這等同於讓讀者去和一組接力賽跑選手賽跑。

十、凶犯應是在整個故事裡扮演過或重或輕角色的人物，換言之，務必是讀者所熟悉、所關心的人物才行。於最後一章歸罪於全書中一個無足輕重的小角色，這種作者等於自曝了缺乏與讀者作智能競賽的能力。

十一、作者不宜挑選僕傭——如管家、馬伕、下人、管理員、廚師——作罪犯。那等於把高尚的問題論點加以敷衍搪塞、是太過輕易的解決方式。如此將使讀者感覺不滿與浪費時間。凶犯務必是個相當重要的角色。整個罪案若只是僕傭之流低層次的所作所為，作者大可不必以書本的形式為之留下紀錄。

十二、即使連續殺人發生再多的命案，凶犯也只能有一個。凶犯當然可以擁有無足輕重的助手乃至共犯，唯務必由一個人獨自挑起全部的責任，作者應使讀者把全副情恨集中於單一的、具備邪惡性格的人物身上。

十三、不宜把秘密組織、黑手黨等等搬進推理小說之中，否則作者等於撈過界跨入冒險小說和間諜傳奇的範疇；這種一概而論的有罪性足以使一樁天衣無縫而又魅力十足的命案遭受到無可補救的污毒。固然推理小說中的殺人凶犯應該擁有正正當當的機會（例如到處都有避風港，或者加以集團性的保護），但允許其逃避到秘密組織裡可又太過頭了。相信任何一個擁有自尊心的一流凶犯，與警方單挑的時候，必都不願意佔這種優勢。

十四、殺人的方法和偵查手法務必合理而科學化。換言之，偵探小說（roman policier）裡不容採用似是而非的假科學和純屬空想的投機手法。好比利用某種新發現的元素（如超鐳）來殺人，以推理小說而言，算不得是正統的手法。又，讓被害人服用只存在於作者想像中的某種未知的毒藥，亦在禁忌之列。從毒藥學方面來說，推理小說作者不得逾越藥典範圍。作者一旦天馬行空的翱翔於朱爾維奴式的空想世界、漫無禁忌的跳躍於海闊天空的冒險領域，則已逸出推理小說的範疇。

十五、問題的真相務必始終一貫，而且明白——唯讀者必須具備能夠洞察的銳眼。也

就是說，一旦真相大白，讀者重讀一遍該作品的時候，那解答於某種意義而言，自始至終於眼前凝視讀者——事實上所有的線索都指向凶犯——讀者如與偵探同樣聰明，不必等到最後一章，始能領悟到自己已經解開了整個案件的謎。聰明的讀者屢屢如此這般的解答破案是無庸贅言的。於推理小說，我基本的理論之一是推理故事只要結構公正而正統，則絕對防止不了所有的讀者破案。你無能避免有相當數目的讀者與作者同樣的精明

能幹。作者如能就罪案與線索的敘述和提出方式上，展現適度的運動精神和誠實，則具備洞察力的這些讀者必能運用分析、消除法、以及邏輯，與偵探同時指出凶犯來。此即遊戲的妙趣所在。這也說明了那些將大眾小說嗤之以鼻的讀者，何以能夠不臉紅的來看推理小說。

十六、推理小說不宜過於重視長篇大論的說明章節、關乎橫生枝節的文學性饒舌、極其精緻的性格分析、與「氣氛」的營造。於

自命不凡的犯罪諮詢者

菲洛‧凡斯

Philo Vance

罪案的記錄與推理上，這些事所佔地位並不重要；它們將抑止情節的進行，導入不合乎主要目的的問題。推理小說的主要目的在於提出問題、並加以分析、成功的導向結論。當然，為了故事真實生動，適度的說明與性格描寫在所必需，一個推理小說作者如能將其文學方面的才能發揮至創造出逼真的現實感，並引起讀者對出場人物與問題的興趣和共鳴，則記錄一椿罪案所必要的正當而適切的「純文學」技法應數足矣。推理小說乃冷靜而莊嚴的工作，讀者所以執而讀之，並非被文學性的修飾、文體、美麗的寫景、或者字裡行間流露的情趣所吸引，而是出乎頭腦的刺激與智能活動，正如彼等狂熱於球賽乃至字謎遊戲那樣。於紐約波洛大球場如火如荼進行的棒球賽中，關乎大自然之美的演說，絲毫無助於提高球迷對這場殊死戰的興趣；在縱橫字謎遊戲的關鍵中夾以語源學或用字法之類的講解，只會使正在努力的試圖將字彙正確的加以組合起來的解謎者焦躁不耐。

十七、不宜讓職業性罪犯負擔推理小說中的犯罪責任。打家劫舍之類的犯罪屬警察的領域，而非屬推理小說作者乃至聰明的素人

（客串）偵探範疇。那一類的犯罪應屬警察刑事組的日常工作。真正吸引人的犯罪，該是出自教會重鎮或是素以慈善事業聞名的單身婦女之手。

十八、推理小說中的犯罪不該以意外死亡或自殺收尾。一部洋洋灑灑的長篇推理巨作如以虎頭蛇尾收場，對讀者無異是一椿不可原諒的欺騙行為。買了書的讀者若以「假犯罪」為由要求退書，一個具有正義感的法庭應作有利於原告的判決，給予該書作者嚴厲的告誡處分，以懲罰他欺騙滿懷好意和信任買下其著作的讀者。

十九、推理小說中的犯罪動機必須是個人的。國際性陰謀或戰略屬別的類型——如間諜小說。唯凶殺故事能涵蓋所謂的心情。反映讀者日常的經驗、化其壓抑的慾望和感情獲得某種程度的宣洩在所必需。

二十、再者，為了將我列舉的信條湊成偶數，特別列舉凡是具有自尊心的推理小說作家目前都不屑於採用的若干手法。這些手法過往使用太多，為真正愛好文學性犯罪者所熟悉。而採用這些手法，等於擺明作者的無能與缺乏獨創性。

文／曲辰（大學推理研究社社員）

想像中的紳士
菲洛‧凡斯

> 罪案對他來說，無涉邪惡（儘管他常把邪惡掛在嘴邊），只是個好像你關起門來它就只會在外面世界遊蕩的落葉，所以他可以——讀者也可以——開開心心的在書房內專注致志的對付它，當作他在賞玩美術作品或艱澀學科的閒暇娛樂。

悠遊偵探林

安貝托‧艾柯曾經在《悠遊小說林》中寫了一段約莫十一行的疑似虛構小說篇章，讓山姆‧史貝德、布朗神父、瑪波小姐以及菲力普‧馬羅，還有其他一些著名電影主角在維也納共聚一處，讀來很有後現代的拼貼荒謬感。但是如果仔細想想，1929年的美國推理小說世界，也有著近乎相同的戲謔現象。

菲洛‧凡斯的《聖甲蟲殺人事件》辦完後案情報告集結成書，艾勒里也因為在羅馬戲院的表現開始出名，紐約一口氣出現了兩顆巨星，美國另一頭的舊金山大陸偵探社無名探員也開始頭角崢嶸起來。即使將時間後推十年，菲力普‧馬羅在洛杉磯現身，前面講到的三個偵探還是同時存在著。

有趣的部分在於，任何一個讀者只要讀了這些小說，就會發現即使同是美國，但是卻有著根深柢固的歧異描述。先講凡斯與昆恩，優

雅、華麗，有凶殺案發生，他們只要到現場娛樂性的看看屍體，再思考一下，或許裝腔作勢一陣子，便可以漂亮的解開謎題，並帶著無限的悲劇表情；可無論是無名探員或是馬羅，都得在街頭打滾，浸染著殘酷的腐敗氣味，才能在人性的夾縫中找到解答。

在這種差別之中，我們大致可以嗅到兩者基調的不同，其中又以菲洛‧凡斯最死硬派，自頭至尾都沒有改變過他紳士雅痞的一面（艾勒里倒是後來有修正過性格與設定，比較面對現實），讓小說中刻意營造的殘酷、凶惡，讀來有如童話故事般清爽，絲毫不讓人顫慄。

為什麼會這樣？

賞玩犯罪的神探

我想這跟作者的意圖有關，無論書中安排了多詭譎的謎團——可能是人在泳池內離奇失蹤卻徒留龍爪痕印在池畔、可能是專司懲奸

自命不凡的犯罪諮詢者 菲洛・凡斯

Philo Vance

聖甲蟲殺人事件
The Scarab Murder Case

作者◎范達因(S.S.Van Dine)
譯者◎黃淑齡

除惡的埃及復仇女神沙克美雕像殺了人——或是如何強調案件的難度，除了思維上的運作，我們都看不到偵探對於這個案件的觀感。菲洛・凡斯總是像一抹幽魂，來去飄忽在罪案現場、餐廳酒肆、自家大宅之間，間或輔以大量的資訊性演說。罪案對他來說，無涉邪惡（儘管他常把邪惡掛在嘴邊），只是個好像你關起門來它就只會在外面世界遊蕩的落葉，所以他可以——讀者也可以——開開心心的在書房內專注致志的對付它，當作他在賞玩美術作品或艱澀學科的閒暇娛樂。

這完全上承了古典推理小說的理性脈絡，罪案只是為了提供一具屍體作為智性娛樂的材料，我們不能夠以「心靈」面對罪案，而

該以「頭腦」面對罪案，所以偵探也不應該洩漏自己的心情，只要負起解謎的責任就可以了。如今看來過於老套，可是卻恰巧對了那時候美國人的胃。

融入美國的英式情調

彼時的美國，經濟正蓬勃發展起飛中，人民的平均收入提高，形成了一個適宜於閱讀推理小說的環境（推理小說風潮要能帶動，得立基於兩個條件：國民收入有一定水準與民主的政治），於是范達因的推理小說投其所好的出現了。值得注意的是，純是推理小說並不代表暢銷，范達因小說的大賣其實還取決於一個因素，他成功複製了英式情調於他的書中，並與美國的風景相互融合。

曾經是英國殖民地的美國，雖然獨立之後

不斷強調屬於自己的「美國精神」，但過去完全因襲自英國的規章、禮儀、文化影響下，難免會有一種戀慕的心情產生，當讀者正在鞏固自己國家與傾心他國的心情中掙扎著，菲洛‧凡斯挾著正確的姿態與正確的血統，吸引了所有人的注意。

我們會發現，凡斯在美國的宅第中，過的是純然的英式生活，他有管家、有自己的私人律師，與當地的士紳階級有所交往。他謹慎有禮，對待生活一絲不苟，無法容許自己有脫序的行為發生（所以發生兇案要前去現場得先更衣，家居服跟外出服是不同的）。對執法者，他的態度則有階級上的不同，像與馬克漢檢查官相處的方式，就很像是跟平輩論交又帶著點輕蔑的態度；跟希茲巡官說話時，則直接有命令的意味在內。綜合以上，再加上他高貴的嗜好：收集藝術品、研究埃及文化、養蘇格蘭犬，這完全是一個現代貴族的行徑，卻走在美國的街頭，這讓讀者完全能滿足於對英國的想像。

純然理性的娛樂

但也因為凡斯這個人太過英式了，在《葛蕾西‧艾倫殺人事件》一書中就顯得相當左右支絀，因為他所經歷的，是一個純美式的案件，不但涉及黑道幫派、還有小小的戀愛事件，這一切都與他的身分不搭——你如何以看待藝術品的心情去看待黑幫犯罪呢？這也讓菲洛‧凡斯在《葛》一書中卡通化了起來，給人滑稽突梯的錯覺。

身為貴族神探，菲洛‧凡斯帶給人的，是種不止於智性娛樂，還有體會當時的英式風情以及藝術情調的樂趣。也只有他的出現，才會有之後追隨他的艾勒里‧昆恩的誕生。雖然稍嫌造作，但是仍可以給我們一種純然理性的娛樂。

> **作者簡介：**
> 曲辰，本名不可說（反正好查的很），目前就讀於嘉義某大學文學相關研究所，是個認為推理小說的故事性勝於一切的獨斷論者。

Philo Vance

作 家 介 紹

S.S. 范達因

S. S. 范達因

說范達因是美國古典推理之父，這絕非只是形容，更不是溢美之辭，這是真的。

從1841年美國的艾德嘉‧愛倫‧坡匕刃一閃般開啓了推理小說書寫類型之後，整個舞台便立即移往英國，往後整整八十年時間，不論就小說的質、量或讀者歡迎程度來看，美國本土皆乏善可陳，一直要到1924年，范達因（本名萊特，W. H. Wright，生於1888年10月15日）以知名藝評家之身化名寫作，三年之內連續出版《班森殺人事件》、《金絲雀殺人事件》和《格林家殺人事件》三書，刷新了美國推理小說所有行銷紀錄，推理小說才重新回到美國。也就是說，推理小說的源頭是愛倫‧坡，但美國自身的古典推理小說卻是自范達因出現才開始算數。

范達因對推理小說另一個不可抹滅功蹟是，他寫下著名的〈推理小說二十條守則〉，這是推理歷史上最全面、最完整、最嚴厲也最光明磊落的寫作誡律，以終極理性為依歸，史稱推理大憲章。范達因的小說，徹底服膺如此的理性召喚，呈現出均衡素樸的邏輯之美，是古典推理最純粹的展現。

作者畫像

閱讀

菲洛·凡斯小說的方法及其順序

一　方法

范達因在漫長的推理小說歷史上有個最特別、最醒目的位置——他是推理小說理性的極致，之前沒有，之後也沒有，如果我們把推理小說中的理性成分畫成一道曲線，會大致呈現山峰的形狀，范達因恰恰好在最高點。

之前從愛倫·坡、柯林斯到柯南·道爾，都比范達因有駁雜的社會性、情感性內容；之後，克麗絲蒂、昆恩也不以為推理小說的書寫有必要結晶成這麼精純理性的樣式——一句話，范達因正是推理小說大師中最純粹科學思維的人，他的書房如秩序井然、一塵不染的實驗室，嚴格禁止情感的細菌滲透進來。

了解范達因如此特質，我們便大致知道怎麼讀他了。

這是個鬥智的閱讀，決鬥的雙方是你和范達因，勝負判決在於你能否在范達因揭示最終解答之前，先一步看破案情關鍵，逮住凶手。基本上，你不必太擔心不公平的問題，身兼裁判的范達因是個公正磊落的人，他會盡力將解答所需的全部線索攤出來，你知道的和他知道的一樣多，輸贏就只在，推理能力。

如果有人野心勃勃，想掂量自己的推理能力，找推理大師較勁，那你的對手就是范達因，非范達因莫屬。

此外，范達因也慷慨寫成了二十條推理書寫規章以言志，這份推理小說的理性「大憲章」附在每一部范達因的小說之前，拒斥情感，排除一切的直覺、印象、鬼神等等非理性成分，就像柏拉圖建造《理想國》所做的一樣，當然，現實中的其他推理小說並不見得非如此書寫不可，但通過這份憲章，以及范達因表裡如一的小說，你會輕易把握到古典推理的理性核心。

二　順序

再說一次，范達因的小說是相當精純的理性產物，因此，喜歡秩序的、有理性潔癖的、不要有拖泥帶水情緒情感的、嗜好計算如處女座如〈星艦迷航記〉中火神星人史柏克的人，尤其歡迎到這個乾淨的推理世界來。

《格林家殺人事件》這是理性設計一次輝煌的演出，一座深宅大院，一團糾纏不清的家族情感恩怨，一場突如其來的壯麗深夜大雪，理性卻在這個最不理性、最紊亂駁雜的情境和場景中，堅定找到自己抽絲剝繭的方向和順序，把愛因斯坦所稱「木頭紋路現實世界」的粗糙，轉化成「大理石紋理理知世界」的秩序光滑，這是一部傑作。

《主教殺人事件》，范達因的名著之一。主教，是一枚西洋棋的棋子，也是書中凶手的化名，伴隨著一首熟悉的天真童謠：是誰殺了公雞羅賓？「是我，」麻雀說：「用我的弓和我的箭，是我殺了公雞羅賓。」一樁詭異的謀殺案，一個好的謎題。

《葛蕾西‧艾倫殺人事件》，理性過剩的范達因，在他的＜推理小說二十條守則＞中明白揭示，推理小說不可有意外，不應描寫愛情，然而晚年的范達因，卻在本書中創造出一名天真可愛無心機的女孩葛蕾西‧艾倫，意外結識了到鄉間出遊的菲洛‧凡斯。在范達因乾淨的理性線條中，增添了柔美的風味，像日後接替他的艾勒里‧昆恩探案。

紐約警局 的 父子好搭檔
艾勒里‧昆恩

Ellery G

作者 艾勒里‧昆恩 （Ellery Queen, 1905～1982）
登場作 羅馬帽子的秘密 （The Roman Hat Mystery, 1929）
代表作 多尾貓 （Cat of Many Tails, 1949）

> 偵查犯罪的過程
> 不再是中古時代
> 對著水晶球胡言亂語，
> 而是不折不扣的現代科學，
> 其根本就是邏輯。
>
> 《希臘棺材的秘密》
> 艾勒里‧昆恩作品系列 5

以夏洛克‧福爾摩斯和菲洛‧凡斯為原型的年輕推理小說家艾勒里‧昆恩，父親理查‧昆恩是紐約警局探長，與家僕朱南住在紐約西八十七街的石砌公寓頂樓。他的書房裡蒐集了大量犯罪相關的文獻及推理小說，晚年將其設立成私人的犯罪博物館。作者並未對昆恩父子的長相做太多描述，只提到艾勒里是個鼻樑上掛著一付金邊夾鼻眼鏡的英俊男子，開著杜森堡愛車行走各地，父親理查則是頭髮灰白的矮小老紳士。

昆恩父子首度登場，是在1929年《羅馬帽子的秘密》一書。羅馬劇院發生了一起凶殺案，死者的禮帽不翼而飛，紐約警局探長理查‧昆恩帶領手下進行調查，以推理小說家為職的愛子艾勒里一同參與辦案。延續了福爾摩斯以降「偵探—助手」的組合，揉合前輩偵探菲洛‧凡斯協助警方辦案的模式，以邏輯解謎的智性遊戲為起點，與偵探同名的作者艾勒里‧昆恩創造了這樣一號名探。

昆恩父子的個性大不相同，父親講求務實、著重長年辦案所積累的經驗，「犯案就像是經營生意，而每種生意都會在生意人身上留下不可抹滅的痕跡」；兒子強調

ueen

Ellery Queen

理論、認為破解謎圍只是符號上的推演，「我選擇了無視人性的部份，當它只是個待解的數學難題」。兩人在案件偵查上雖多有意見不合的時候，但追捕凶手的決心倒相當一致，聯手出擊時的力量非常強大，成為犯罪者懼怕的偵查組合，堪稱推理史上最成功的父子搭檔。

　　艾勒里年輕時個性直率稍嫌急躁，幽默、頑皮的個性讓他的舉止看起來像是個大男孩；隨著年歲的增長，處世才逐漸變得圓滑起來，人情味也越來越濃。他不再是一眼即看穿眞相的天才，犯下曾經造成傷害的大錯後讓他更加小心謹慎，並修正早年略顯傲慢的態度（連作者本人都批評：「這傢伙的個性眞是討厭極了。」）。艾勒里因此從古典神探的形象慢慢往當時掀起「美國革命」的冷硬派風潮靠攏，故事寫實度提高，配合廣播劇的製作與改拍成電影的風潮拉近與讀者間的距離。艾勒里也不再「堅持」偵探故事中應避免加入愛情元素的原則（前輩作家范達因、羅納德・諾克斯；創造宋戴克博士的奧斯汀・傳里曼、彼得・溫西爵爺的桃樂絲・榭爾絲都

曾這麼認為），在《災難之城》談起戀愛、最後結婚生子去了。從「偵探神」的一端逐步往「平凡人」移去，且不損及其獨特的魅力。

整體而言，歐美的評論者將艾勒里‧昆恩探案劃分成四個時期。首先是1929～1935年的國名系列，以《「國名＋物件」的秘密》做書名，小說中安排一章「向讀者的挑戰——所有跟破案有關的線索至此俱已齊備，真相／真凶只有一個，你能在結局揭曉前識破嗎？」挑釁意味強烈，同時表現出作者對作品的強烈自信，是此時期的一大特色。1936年以旅日美籍女作家為題材的《生死之門》（The Door Between），在日本被譯作《日本庭園的秘密》，組成十本秘密系列，但實際上只出版了九部作品。第二時期為1936～1940年，此時是昆恩作品的過渡期，舞台的場景從紐約延伸出去，前往好萊塢等地。1940～1958年進入成熟的第三期，嘗試新的題材、深耕偵探以外的角色及情節，故事顯得較前期作品飽滿許多，《多尾貓》、《災難之城》

等便是此一時期的傑作。之後進入第四期作品，作者在經營雜誌、提拔新進作家之餘，放手讓其他作家代筆延續昆恩探案，水準已大不如前。

除了小說以外，以艾勒里‧昆恩探案改編的廣播劇、電視劇、電影、漫畫，甚至紙上遊戲，在當時都是極為熱門的衍生商品，帶給橫跨經濟大蕭條及二次世界大戰的美國人民極具休閒娛樂的一道出口，並對往後半個世紀美國甚至世界推理小說造成重要的影響，艾勒里‧昆恩遂成為陪伴許多人成長的著名偵探。

Ellery Queen

何謂「大偵探」？

在大眾文學創作中，作家通常會塑造出一號貫串全局的英雄式人物，讓讀者有個聚焦注視的對象，牽動情緒投射其中。這往往成為一部作品是否受歡迎的關鍵。在推理小說的書寫上同樣如此，穿越謎團、揭露真相的「大偵探」（Great Detective）便成為不可或缺的要角。

大偵探這個角色剛創始時，帶有強烈的比較性質，顯示其過人的聰明、高度的洞察、快速的行動力及無畏的勇氣，甚至帶有一份孤高的心態，暗示無法破案的調查者腦筋死板又無能。如此尖銳的個性卻引起讀者的注目與喜愛，英雄形象不斷膨脹，純粹理性思考、悖離現實的偵探所活躍的舞台是平凡人無法登上的，也就容許他們擁有異於常人的特殊才能與癖好。諸如喜愛黑夜，大白天把百葉窗拉起點蠟燭的杜賓；嫌生活缺乏刺激，施打毒品的福爾摩斯；隨身攜帶鑑識用公事包，素有移動實驗室之稱的科學調查者宋戴克博士；強調即使從未下過棋，動腦就可以贏過棋王的「思

插畫家筆下的溫西爵爺

考機器」凡·杜森教授等等。以致於英美黃金時期的「紳士神探」（Gentlemen Sleuth，溫西爵爺、赫丘勒·白羅為代表）、安樂椅神探（Armchair Detective，足不出戶便可辦案的偵探角色，尼洛·伍爾夫為代表）等，都延續了這個傳統。

就算到了反抗古典神探、強調行走在殘酷大街上討生活的冷硬派私探登場時，依舊擺脫不了大偵探的靈魂。從大陸偵探社無名探員、山姆·史貝德、菲力普·馬羅到當代的馬修·史卡德，只是增添了前人較缺乏的人性以及對當下社會現況的關注，來解決諸多懸而未決的案件。誠如小說家雷蒙·錢德勒在著名的論述〈謀殺巧藝〉一文所說：「他就是英雄，他就是一切。」以個人的道德價值觀面對身旁的人事物，從他的角度詮釋世界，來引起閱讀者的共鳴。

當然，大偵探絕非男性專制的角色，諸如鄉間老小姐珍·瑪波、芝加哥私家偵探V. I.華蕭斯基、女法醫凱·史卡佩塔等，也是數一數二的知名人物。

文／凌徹（推理小說作家）

群眾與邏輯

艾勒里‧昆恩
的國名系列

在群眾中唐突出現的屍體，所帶來的不只是伴隨死亡而來的絕對震撼，更是二者在意義上的彼此衝突。國名系列中的屍體絕非無名個體，死者生前的社會地位與特殊身分，使其在死後同樣保有獨特性，不會成為無名屍體。

群眾之中的屍體

發表於1929年的《羅馬帽子的秘密》，是艾勒里‧昆恩的首部作品，日後所謂的「國名系列」由此揭開序幕。此系列最終共完成了九部作品，並被視為是昆恩創作的第一時期。

在國名系列中，除了一致的命名慣例之外，作家昆恩將「群眾」導入作品內，更是故事中最顯著的特色。

相較於傳統的推理小說，被害者常常出現在少數人的群聚裡，昆恩的做法明顯不同，他是將屍體直接置於廣大的群眾之中。《羅馬帽子的秘密》中，屍體出現在羅馬劇院裡，現場都是正在欣賞戲劇的觀眾。《法蘭西白粉的秘密》中，屍體出現在百貨公司的櫥窗裡，周圍滿是圍觀的顧客。最極致的演出則在於《美國槍的秘密》，大運動場上的牛仔明星在騎馬時被槍殺，目擊的是客滿的二萬名觀眾。偵探艾勒里一語道破這個事實：「我們又回到了昆恩父子辦案的特色——總是有一卡車的疑犯」（《美國槍的秘密》，P.108），這正是國名系列引人注目的重點所在。

在群眾中唐突出現的屍體，所帶來的不只

是伴隨死亡而來的絕對震撼，更是二者在意義上的彼此衝突。國名系列中的屍體絕非無名個體，死者生前的社會地位與特殊身分，使其在死後同樣保有獨特性，不會成為無名屍體。唯一的例外在於《中國橘子的秘密》，雖然死者的身分不明，但由於作家昆恩在屍體上賦予強烈的裝飾性，其特殊性也自然由此而生。

　　相對的，群眾之中單一個體的匿名性與一般性，使得群眾內沒有突出的個體，這代表著每個嫌疑犯表面上看來都是相同的，也因而完美地隱藏於一個廣大的保護傘之下。不只如此，每具屍體遭謀害的方式，也無法突顯出某個個體的存在。也就是說，無論是槍殺、勒斃或是其他方式，光憑藉殺人的方法，並無法限定嫌犯的身份。既然每個個體都有能力犯下罪行，個體的匿名性由此增強，難以特化。

　　此外，通常用來鎖定犯人身份的「動機」，在此處也被普遍化而無法得到特化的效用。殺人動機的普遍存在，導致任何人都可能是

The American Gun Mystery

美國槍的秘密

艾勒里‧昆恩 著
Ellery Queen

溫怡惠 譯

凶手，也同樣強化了個體的匿名性，難以特定出嫌犯的存在。

群眾之中的個體，其匿名性與一般性導致嫌犯的隱匿，對於偵探或警方，無疑地將是一場驚人的挑戰。

通往真相的邏輯

於是，警方必須先完成的，自然是將群眾做出一定程度的區分，縮小範圍。原本的一般群眾，會被某項條件劃分為目標群眾，警方才能從中進行搜索。與死者關係密切的人，或是隸屬於特定環境中的人，都是劃分出目標群眾時的可能條件。有了目標群眾，警方的動作才能展開，不在場證明、現場的疑點等等，也才有施力的對象。線索，由此而生。

偵探艾勒里在解謎時所依據的「邏輯」，絕非單純的口號，那正是從群眾中尋找真凶的方法與途徑。在匿名的眾多個體中，沒有突

插畫家筆下的昆恩父子

出點可以鎖定，此時唯有依靠邏輯，將線索套入形式中加以推演，一步一步地往前推理，真凶才有可能現形。

因此在國名系列中，解謎時常見的情節，不外乎「因為某個線索的出現，可以知道只有某個人才可能是真凶」，或是「逐漸排除目標群眾的可能範圍，最後得到真凶」。無論形

紐約警局的父子好搭檔

艾勒里‧昆恩

Ellery Queen

式如何，隱藏在群眾之中的嫌犯，都無法藉由個體的特殊性而得到真凶，只有邏輯的推演，才有可能抵達真相。

偵探艾勒里所善用的演繹邏輯，構成了其推理方法的基本主調。而這，也正是在以匿名個體為主體的群眾為對象時，所必須採用的推理形式，可說是通往真理的最佳途徑。

由於邏輯的廣泛運用，讓昆恩得以增加「向讀者的挑戰」一章，也藉此明確區分出問題篇與解決篇。「向讀者的挑戰」的出現，其意義便是代表著完全的公平遊戲。在本章之前的問題篇中，作家昆恩必須將偵探艾勒里所會用到的所有線索，毫不保留地攤在讀者面前，無論只是提及還是再三強調，用來進行邏輯推理的線索都必須存在，不得隱瞞。做為國名系列的主要支柱，邏輯的存在更是在此得到了明白的彰示。

當然，昆恩不是一成不變的作家，他的作風絕非到了第二期才開始轉變，在國名系列的後期已經呈現出與前期不同的風貌。昆恩開始注重事件的裝飾性，使得群眾的角色在後幾部作品中相對變淡，而邏輯的運用也不見得如同銅牆鐵壁一般的堅實。昆恩的求新求變，在此可見一斑。然而，透過群眾與邏輯所建構出來的第一期作品，特色鮮明，已經成為精彩無比的古典傑作，此點殆無疑問。

在欣賞國名系列時，無論是隨著偵探艾勒里的邏輯推理前進，或是接受作家昆恩的挑戰自行推理，都是能夠得到樂趣的閱讀方式。提供了公平的條件與線索，也設計了精彩的推理與真相，這就是艾勒里‧昆恩的國名系列。

作者簡介：

　凌徹，嗜讀各類推理小說與評論的推理迷，特別偏愛本格推理。

推理雜誌《艾勒里·昆恩雜誌》

在艾勒里·昆恩影響美國推理小說發展的諸多貢獻中，不能不提這本已有六十餘年歷史的推理雜誌——《艾勒里·昆恩雜誌》（EQMM, Ellery Queen Mystery Magazine）。

1941年秋天，時值二次世界大戰、出版用紙缺乏期間，承接昔日「紙漿廉價雜誌」（Pulp Magazine）推動小說創作的動能，由這對堂兄弟中的佛列德瑞克·丹奈肩負起主要的編輯任務，邀集推理作家投入雜誌短篇小說的書寫。「將推理作家的視野全面提升到真正的文學創作領域上，」革除讀者對廉價雜誌時期水準參差不齊、有騙取稿費嫌疑的印象，「鼓勵優秀作家、培植有創作慾望的新作家。」是丹奈為雜誌定下的方向及期許。吉卜齡、福克納、海明威等美國著名小說家，四十位諾貝爾文學獎與普立茲獎得主都曾在雜誌上發表過作品，史丹利·艾林（Stanley Ellin）、愛德華·

霍克（Edward Hoch）等都是丹奈慧眼拉拔，以精巧的短篇小說取勝的作家，並在推理史上佔有極重要的位置。丹奈的確做到了他曾許下的承諾。

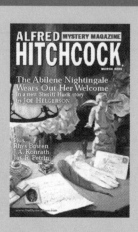

丹奈於1982年辭世後，主編職務由伊蓮娜·蘇利文（Eleanor Sullivan）接下。有趣的是，伊蓮娜之前還是另一份刊物《阿佛列德·希區考克雜誌》的編輯（AHMM, Alfred Hitchcock Mystery Magazine，1956年創刊，現今經營第二久的推理雜誌），在丹奈死後全心投入《艾勒里·昆恩雜誌》。如今這兩份刊物已成為美國最重要的兩本雜誌，並有電子版供讀者線上訂閱。

附帶一提，今年是昆恩誕生一百年，雜誌將今年定為「昆恩年」，並陸續將這對堂兄弟往來的書信文件等資料逐一公開，有助讀者對艾勒里·昆恩更深一層的認識。

文／林斯諺（推理小說作家）

入世神探
艾勒里・昆恩

艾勒里於推理上的挫敗，揭示了「人不可能成爲神」的眞理；從早期國名系列中神的層次降爲人，透過他的雙眼，更寫實性地描繪了我們所熟知的人群，及人眞實的一面。

專心戮力於解謎藝術的推理作品

從一名作家作品風格轉變的軌跡，我們可窺知其背後創作觀的演進，從而更能品味其作品的內涵。按寫作年份細讀艾勒里・昆恩的一系列小說，更是能明顯體會出此種書寫風格上的改變。

早期的昆恩探案著重在傳統解謎破案的模式上，所有拼圖中的元素全是爲了謎團而存在，可謂除了「謎」之外，少有其他顯著主題的揭露，而呈現一種單一性、專心戮力於解謎藝術的推理作品。

也許是隨著人生歷練的累積，以及意欲挑戰不同寫作方向的嘗試使然，從1935年的《西班牙岬角的秘密》之後，昆恩的作品開始逐漸出現了異於以往純粹解謎藝術的質素。昆恩第二創作期的第一本小說，也就是1936年的《特倫頓小屋》，我們可以開始感受到，雖然整本書的重點仍舊置於謎團的架構與解決上，但作者書寫筆觸已更爲細膩，開始試圖利用描寫角色的內心世界與矛盾衝突來串聯並鋪陳故事，代之以早期稍嫌冗贅、沉悶的單純查案過程。

從神的層次降爲人

而在下一本的《生死之門》，昆恩更貼近「人」了。這本小說裡雖然有著古典推理中的不可思議謎團「密室殺人」，但作者專注於角色描寫的心思更爲顯著；幾百頁的篇幅中，警方例行問話的偵查篇章幾乎看不見，取而代之的是以故事中人物的女性視角去看待整件案子的演變，以及她的心理衝突；結尾關鍵詭局的運作本質，更是直指人性深層，令讀者產生共鳴。

1942年以《災難之城》為首，確立了昆恩轉型後的風格。作品仍舊以謎團為底盤，卻反映了更多人性，探討了更多題材。著名的《十日驚奇》、《多尾貓》，很明顯地，作者試圖在打破神探的形象，讓他能更貼近現實。故事中艾勒里於推理上的挫敗，揭示了「人不可能成為神」的真理；艾勒里從早期國名系列中神的層次降為人，透過他的雙眼，更寫實性地描繪了我們所熟知的人群，及人真實的一面。人所標榜的正義與公理並非永遠都是對的，任何被認為確定的事實都值得再挑戰；而人生的本質，不外乎虛無、痛苦以及錯誤，而且大多是由人的愚昧所造成的。「人總是妄想成為神，自以為能掌控一切」，這正是昆恩作品中不變的一個主題。還記得《多尾貓》結尾的最後一句

話嗎？閱畢該書，不禁感慨，艾勒里學到教訓，我們更應該學到教訓。

題材多元與創新

1999年出版的《The Tragedy of Errors》是昆恩作者之一，也就是丹奈的最後長篇小說大綱，在大綱的最後一頁丹奈註記了幾件事給另一名昆恩——李，說明李在將大綱擴寫成長篇時應注意的事項。其中一項解釋了該篇作品所欲呈現的人性主題，而且此主題應當在最嚴格的推理小說框架內展現。由此可看出，昆恩並不因對推理小說做多方寫作嘗試而拋棄推理小說的本質、忘卻推理小說的靈魂；相反地，他反而在盡最大的努力令推理小說題材多元與創新，並增添深度。而他所關懷的小說主題，當然是以人性為本。

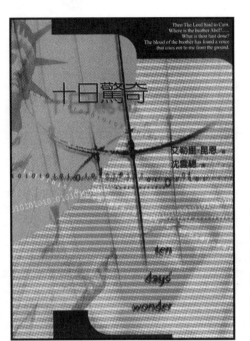

昆恩中後期作品在筆調上與早期也有不小的差異。由於風格轉變，在文字的描述上更爲成熟、收放自如。例如在《災難之城》中以生動的筆觸寫活了萊維爾這個虛構的城市；《十日驚奇》中，筆風透顯著對於生命的無力與無奈感，清楚呈現整部作品的色調，而讓讀者身陷其中；在《多尾貓》中，以戲而不謔的筆觸與深刻的文思描繪了紐約的社會觀察與群眾心理。昆恩的文字是有魅力的，而其魅力來自作者特有的心理洞察與描述筆法。這正是昆恩小說在巧妙謎團之外的另一迷人之處。

最帶有人味的偵探

我私心認爲艾勒里在傳統的解謎推理小說中是最帶有人味的一位偵探，他不但介入案件的道德層面，也以謙遜誠摯的態度看待之；小說本身可說是冷硬與本格的最佳結合，在精巧的推理故事外呈現了人性面貌，證明了解謎與冷硬並非是完全不相容的。

艾勒里‧昆恩給了我們一個精采的推理世界，讓我們在峰迴路轉的謎團之後，仍有餘味，得以省思，有機會更看清這個瘋狂世界中瘋狂的人類所做出的可悲反應。在最嚴格的推理小說框架內，昆恩所做的，值得喝采了。

作 者 簡 介 ：

　　林斯諺，現就讀於花蓮師院，最喜歡的推理作家爲艾勒里‧昆恩；著有推理小說〈羽球場的亡靈〉、《尼羅河的背影》等。

作 家 介 紹
艾勒里·昆恩

一個介紹艾勒里·昆恩的網站

艾勒里·昆恩其實是兩個人,一個是佛列德瑞克·丹奈(Frederic Dannay),一個是曼佛瑞·李(Manfred Lee),這是一對出生於1905年的堂兄弟,艾勒里·昆恩這個名字是他們聯手創造出來的。而這個名字,據推理評論家安東尼·鮑查(Anthony Boucher)所言,「艾勒里·昆恩,即是美國推理小說的同義詞。」

艾勒里·昆恩

所謂推理小說的同義詞指的是,從1928年首部長篇《羅馬帽子的秘密》問世開始,昆恩便逐步接收了范達因美國首席古典推理大師的位置,以每年一至兩部的速度穩定出書,一路貫穿到七〇年代,統治時間長達半世紀之久;而昆恩扮演的可不只是書寫者而已,他們(因為有兩個人,就像是連體嬰)同時辦雜誌,編選集,搞廣播和電視,不讓古典推理征服全國勢不罷休——他們既是王者,也是傳教士和大使。

做為推理小說家的昆恩,不以創新詭計取勝,他們最大的力量來源,是通過對過往推理名著的整理和深刻理解,總結前代大師之精髓而集其大成,使小說呈現一種高度成熟期的穩定水平,成為基本古典推理迷極佳的選擇。

曼佛瑞·李於1971年去世,佛列德瑞克·丹奈則在相隔十一年後的1982年辭世。

紐約警局的父子好搭檔

艾勒里‧昆恩

Ellery Queen

艾勒里‧昆恩小說的方法及其順序

一　方法

怎麼讀艾勒里‧昆恩呢？這個問題其實可簡單改成——怎麼觀賞一座博物館？

所謂的博物館，用最白話來說是，把好東西、精華的東西，盡可能完備的、大量的蒐集一起展示，它的觀賞對象既是大眾，也可以上升到此行此業的精英份子；它的觀賞意義，既是享樂，也可以是知識的歷史——你可以快快樂樂看完它，當一次健康輕鬆的休閒之旅；也可以駐足徘徊不去，讓每一樣精品都成為一個理解和思維的窗口，由此窺探其背後更深奧更華麗的世界。

集古典推理小說大全的艾勒里‧昆恩小說，就是推理史上最像博物館的東西，它有原創的詭計，但更多是總結了前代推理大師的最聰明創造加以巧妙變形而來——這種不倚靠單一個人智力，而等於是歷代

大師集體創造的成果，讓昆恩小說數量龐大，而且每部小說都像俄羅斯娃娃一般，一個詭計套著一個詭計，讓人眼花撩亂，因此才會有人感慨，看了昆恩，等於是總結一次推理小說的百年傳統一般。

也因此，昆恩小說一般傾向於厚重，讓諸多詭計及其衝撞變化有足夠容身空間——你會去觀賞一間只收兩樣東西、三分鐘就看完的「博物館」嗎？

閱讀昆恩，便是一趟這樣的豪華饗宴之旅，而且可玩樂良久，讓享受延長。唯一和真實博物館不同的是，你不用排隊，不用在人潮中掙扎，不用在夜間關館時惆悵離開，這個推理博物館就開在你的房間，你的床頭，你的浴缸，你可以好整以暇為自己泡好茶或煮好咖啡，甚至調杯酒，找到一個最舒服的姿勢（這是最重要的），愛怎麼看就怎麼看。

二 順序

昆恩小說,基本上包含一大一小兩個不對稱系列,大的是以推理作家本人艾勒里·昆恩爲主的頑皮調笑探案,小的則是爲數只四本的雷恩悲劇系列,以睿智、優雅的莎劇名演員老雷恩爲書中破案神探,莊嚴、神奇、且戲劇性十足。

享樂爲主的昆恩小說其實可抓到哪一本看哪一本,但這裡,我們仍從俗建議一條可能的旅遊路線,讓不想多麻煩的人有個心安的開始。

1. 《Y的悲劇》可能是個好開始,儘管它其實是雷恩系列的第二部曲。這部發生在典型古典推理命案現場——封閉性家庭大宅中——的小說,詭計套詭計,一關破了還有一關,凶手身份呼之欲出卻一轉再轉,是最標準百年傳統推理精華凝結而成的單一結晶,是昆恩小說的鑽石。

2. 《X的悲劇》,然後我們倒回頭看首部曲,欣賞雷恩的登場,這串連續謀殺,係由一場發生在密閉的、人擠人的公共汽車(即密室)的詭譎謀殺案開始,但這一般而言已足夠支撐一部長篇推理的漂亮謀殺詭計,竟只是全書的序曲而已——

3. 《××××的秘密》,接下來我們跳到昆恩系列,我們建議由其中的「秘密」時期開始,這是艾勒里·昆恩年輕闖天下的成名力作,有勃勃的野心和活力,有自由不羈的想像力,並毫不吝惜的放手使用眾多詭計於同一本書,不像一般成名老作家一樣資源枯竭,只小氣的壓榨所剩不多的謀殺詭計。

《希臘棺材的秘密》 希臘裔的藝術經紀商喬治‧卡奇斯，因心臟衰竭病逝於自家書房。葬禮舉行的那一天，秘書瓊安‧布瑞特覺得不對勁：「氣氛有些緊張。」沒來由的女性直覺竟應驗了一連串謀殺案的發生。葬禮結束後，律師烏哲夫遍尋不著卡奇斯的遺囑。沒有人進出放有遺囑的房間、收放在保險箱裡的遺囑不翼而飛，找遍整個宅第毫無所獲。是誰偷了遺囑？新舊遺囑間的差異是犯人行竊的動機嗎？聰明的艾勒里做出結論：只剩一個可以藏遺囑的地方還沒搜過，那就是……

《西班牙岬角的秘密》 艾勒里與探長父親的摯友麥克林法官同行，前往西班牙岬附近的海濱小屋避暑，一抵達便發現手腳被綁、受傷昏厥的女子——她是西班牙岬主人的千金女兒蘿莎‧高佛雷。這是一樁綁架事件嗎？消息傳回高佛雷家之後，蘿莎的男友柯特連忙趕抵小屋，卻帶來另一樁噩耗：家中宴請的客人約翰‧馬可陳屍在別墅濱海的陽台。死者全身赤裸坐在椅子上，濃密黑捲髮上戴的黑色軟呢帽稍稍右斜，只留一件歌劇式的披肩掛肩膀。屍體為何被安置在此？為何一絲不掛？

《中國橘子的秘密》 唐諾‧柯克是個熱愛集郵的出版社發行人。一天，有名男子前來拜訪柯克先生，助理歐斯邦引入接待室等待後，柯克與好友艾勒里‧昆恩一同回到住家兼辦公室，發現接待室的門被鎖住，事情似乎有些不對勁。接待室沒有鑰匙，只能從內部上鎖，艾勒里懷疑發生了竊盜案。從另一側房門進入後，裡頭躺著一具已無生氣的軀體：臉部朝下趴著，手臂曲在身體底下，兩根鐵製角狀物從頸背後的外套伸出來……

扮裝能手 的 聾偵探

哲瑞・雷恩

Drury La

作者 艾勒里・昆恩（Ellery Queen, 1905～1982）
登場作 X的悲劇（The Tragedy of X, 1932）
代表作 Y的悲劇（The Tragedy of Y, 1932）

犯罪──
暴力犯罪起源於人的激情
──是人生命這齣戲
最精純的結晶物，
而其極致便是謀殺。

《X的悲劇》

　　哲瑞・雷恩，出場時年屆六十，但保養得當，古銅色的肌膚平滑細緻，身材修長且肌肉結實，碧綠帶灰的眼眸顯示出精神上的朝氣蓬勃，整個人看起來只有四十多歲，只有灰白的頭髮透露出他的實際年齡。年輕時患耳疾失聰，僅能以讀唇語的方式辨識對方所說的話。曾是百萬知識份子景仰的著名莎劇演員，現已退休隱居在紐約哈德遜河畔的哈姆雷特山莊。僕人奎西的名字同樣取自莎劇人物，打點雷恩的起居並擔任他的化妝師。家中的擺飾及個人服裝皆屬伊莉莎白時期風格，說話不時援引莎劇對白，處處表現出不忘舞台演出的熱情。

　　好友薩姆巡官與布魯諾助理檢察官，在遇上困難無解的懸案時，便會驅車來到這座古堡，邀請雷恩以私人身分協助查案。雷恩不是個只安坐動腦的偵探，而是標準的行動派，過去演員生涯的化妝技巧在此派上用場。僕人奎西協助他進行各式各樣的扮裝設計，還假冒薩姆巡官出門訪查過，讓人無法分辨誰才是冒牌貨。

　　擁有絕佳的洞見和推理能力的雷恩，在1932年《X的悲劇》一案中登場，長年舞台歲月的錘鍊使得他的言行滿溢對生命的睿智、世故與同情。「過往在舞台上，我殺人無數。行凶之前，我總要為此痛苦掙扎，得受盡良心嚴酷的

折磨。」因此，雷恩比一般的名偵探更能從凶手的觀點察覺命案的真相，不光只從現場遺留下來的證據進行推理。「人類的行爲純粹是其心理的延伸。」顯示雷恩受以心證推理見長的布朗神父影響，屏除表象的神秘，看見一般人所看不到的犯罪核心。

哲瑞．雷恩前三部作品是「字母悲劇」系列，從X到Z完結，每一個字母在小說中都代表著某種意涵；1982年

以《A代表不在場證明》（*A is for Alibi*）的字母女士蘇．格蕾芙頓（Sue Grafton），就是模仿雷恩探案系列書名，希望將二十六個字母設計成二十六本推理小說。哲瑞．雷恩在《哲瑞．雷恩的最後探案》中下台一鞠躬，結束了僅有兩年四本書的生命，作者艾勒里．昆恩便專心地寫昆恩探案系列了。

艾勒里・昆恩與巴納比・羅斯

30年代的紐約

1931年，《X的悲劇》小說出版，作者巴納比・羅斯（Barnaby Ross）看似個名不見經傳的新人，卻與當時已出版三本國名系列作品的艾勒里・昆恩吵了起來。這是怎麼一回事？

原來這對愛搞鬼又有生意腦袋的堂兄弟，取了另一個筆名叫巴納比・羅斯，寫了新的哲瑞・雷恩探案系列，再由李扮演昆恩、丹奈扮演羅斯，在美國辦起巡迴活動，像是擂台賽一般，批評對方小說的缺點，並挑戰解開對方所設的謎題。此舉一出，自然引起讀者的好奇討論，直到三年後謎底揭曉——兩人其實是同一個，才知道被這對小說家給玩弄了。此時以哲瑞・雷恩為主角的系列業已完結，重心再度回到年輕偵探昆恩身上，讀者不但不以為意，昆恩的小說反而更加暢銷。

這對搭檔或許想測試一下讀者們夠不夠資格當偵探，兩個筆名取的音節數一樣，又熟悉對方小說的脈絡，聰明人應該可以聯想到兩者間的關係，但當時似乎沒人識破他們的把戲。這或許透露了一個訊息：推理小說中常用的「一人飾兩角」詭計，在現實生活裡似乎還蠻管用的。

巴納比・羅斯這個筆名倒是在1961年重現江湖，只不過不是由昆恩所寫，寫的也不是推理小說，代筆者是唐・崔西（Don Tracy）。

時至今日，昆恩與雷恩這兩個系列的作者都以艾勒里・昆恩名之，讀者們再也不怕被騙了。

哲瑞・雷恩

Drury Lane

文 / 老查（推理小說迷）

生命中的激情戲劇

人生本是一齣戲，盡其在我，演出自己。有著菲洛・凡斯的優雅，卻對人的生命更充滿世故和同情。雖然在《哲瑞・雷恩的最後探案》之後，雷恩便溘然長逝，但是透過由雷恩所擔綱演出的短短四個劇目，讓我們看到了生命舞台中的執著。

人生如戲，戲如人生

「犯罪——暴力犯罪源於人的激情——是人生這齣戲中最精純的結晶物，而其極致便是謀殺......過往，我是由大師用線操縱的；如今，我內心湧現一股強大的驅力，在這齣比人為戲劇更偉大的生命戲劇裡，我要自己來操縱拉線......」。拿「人生如戲、戲如人生」來形容艾勒里・昆恩筆下的古典本格神探哲瑞・雷恩，真是再貼切也不過。

以設立於1663年的倫敦皇家劇院（Theatre Royal Drury Lane）作為神探的名字，身為作者，艾勒里・昆恩塑造這個人物時的企圖心可以說是昭然若揭。哲瑞・雷恩從七歲開始經歷了無數的劇場生活，扮演了各種不同的莎士比亞戲劇中的角色；五十年的演出訓練造就了他對角色中的人性有著更深一層的體悟。然而，入戲太深的結果與影響，反而在其晚年時激起了人生最璀璨的劇場高峰。

將生命完全投入在舞台演出

他出場時已經自劇場退休，居耳順之年但不順耳，是一個需依靠讀唇術與他人進行溝通的老帥哥（總是令我聯想到電影明星史恩・康納萊）。修長而穩重的身材、沈穩敏銳的容貌配上銀白色的長髮，隱居於哈德遜河畔、名為「哈姆雷特山莊」的古堡內。堡中的僕人亦皆以莎劇人物命名，擺設和佈置皆仿造維多利亞時期，就像是從古英格蘭世界割出一塊，放置於二十世紀的紐約一般。言談之間喜歡援引莎劇對白，身邊還伴隨著最忠實的朋友兼侍者，不但為戲劇，還為辦案時的化妝大有助益。

中國傳統的觀念總認為戲子無情，但是當雷恩滔滔不絕地用戲劇的角度來闡示他對人生以及命案的看法時，你明顯地感受到一個將生命完全投入在舞台演出的癡狂人物。在擔任莎劇演員時，時常因為劇情的需要，而

使得他必須扮演殺人者的角色。「行凶之前，我總要爲此痛苦掙扎，受盡良心嚴厲的煎熬。但退休後，我就像是一個第一次接觸新事物的小孩一般，我才發現在現實世界中有何其多的馬克白和哈姆雷特。」他的戲劇舞台才剛落幕，生命舞台卻隨即開始接受鎂光燈的洗禮。

由於長期浸淫在舞台人物的靈魂中而不能自拔，這使得他退休後才眞正開始有時間去觀察這個眞實世界，就如同新生兒初見世界時的新鮮感，和急於想認識世界的好奇心。

化失聰之阻力爲助力

當然，雷恩的性格雖然或多或少被莎劇中的悲劇角色有所制約，但他無疑是一個極爲樂觀之人。試想一個在舞台上叱吒風雲、獨領風騷的莎劇演員在發現本身聽力逐漸衰退，甚至惡化到無法掌握音量的強弱及音質變化時，其內心的衝擊可想而知，這無疑等於是對其舞台生命的一種謀殺。一般人在遭逢這種打擊後，只怕紛紛心灰意冷、鬱鬱寡歡；但雷恩雖選擇從劇場中退休，但在人生的劇場上仍積極的尋求演出的機會。他努力地學習讀唇術以因應人際間的溝通；他仍然於每年的四月二十三日在自宅的私人劇場演出最拿手的劇目「哈姆雷特」；他化失聰之阻力爲助力，而使他能更輕易地集中精神去

思考複雜的謎團；他也有著和前輩奧古斯都·杜賓一樣的雞婆和熱心，而主動地關心令警方頭痛的約翰·克拉瑪一案──進而展露出其絕佳的推理能力。對其舞台生命的謀殺案來說，他不也是身體力行的漂亮破案？

犯罪在他眼中只不過是一齣劇本

記得一句很有名的布袋戲對白：「有人的地方，就有是非；有是非的地方，就是江湖。」黑白世界中無人關心人際之間的惡意萌生，所以雷恩利用同理心和同命感去感受犯罪背後的眞相無疑是極其可貴的。搭配他頗有自信的「五力」：理解力、洞察力、集中力、精力、以及偵探推理能力，犯罪在他眼中只不過是一齣劇本，謀殺只不過是一種演技。

人生本是一齣戲，盡其在我，演出自己。有著菲洛·凡斯的優雅，卻對人的生命更充滿世故和同情。雖然在《哲瑞·雷恩的最後探案》之後，雷恩便溘然長逝，但是透過由雷恩所擔綱演出的短短四個劇目，讓我們看到了生命舞台中的執著。

哲瑞·雷恩，落幕，但不謝幕。

作者簡介：
老查，一個低調且偏執的覆面推理愛好者。

行行出偵探：殘疾人士

各行各業的人都有機會當偵探，哪怕是身體有殘缺，一樣可以是名偵探！失聰的退休莎劇演員哲瑞・雷恩就是個好例子。

除了雷恩以外，我們在此介紹幾位響噹噹的人物讓讀者們認識認識。

忍司特・布拉瑪（Ernest Bramah）筆下的偵探馬克斯・卡拉道斯（Max Carrados）是個英國人，騎馬時被走在前面的朋友所踢開的樹枝打到眼睛，從此失明。但卡拉道斯眼盲心不盲，直覺極為敏銳，其他感官也因失去視覺而異常發達，尤其是手指的觸覺，不需靠點字協助即可從印在紙張上的筆跡壓痕讀取內容。加上有個過目不忘的助手僕人，可以同雷恩一樣，用纖細的心靈與不受干擾的清晰思路，漂亮地解決案件。

同為盲人偵探的還有美國作家貝諾・肯翠克（Baynard Kendrick）創造的退休軍官鄧肯・麥克倫（Duncan Maclain）。

除了身體傷殘者，還有心理生病了的偵探。電視影集＜神經妙探＞（Monk）裡的亞卓安・蒙克（Adrian Monk）原本是優秀

畫家筆下的哲瑞・雷恩

的舊金山警探，妻子在一場爆炸案喪生後使得他精神崩潰，因此患有強迫症。凡事要求整齊有序，使用的牙刷要以熱水燙過，只穿固定的一套衣服出門。不能忍受髒污的他可以半夜起床吸地板、洗浴室，與人握手後需要濕紙巾清潔乾淨，因此為整齣戲帶來連串幽默笑點。蒙克在市長的協助下成為警局顧問，護士夏蘿娜擔任他的助手，幫忙警局的史陶德邁爾隊長處理案件。他總能很快地從案發現場找到警方忽略的線索，並迅速鎖定嫌犯，再從對談中找出破綻，令其俯首認罪。

推翻一般人對殘疾者總是需要幫助、處於弱勢的印象，推理作家們創造出這一批稟賦特異的殘疾偵探，顯示了一個具有邏輯解謎、推理組織能力的頭腦，比任何生理或心理的不便都來得重要許多。

專破密室與不可能犯罪 的 胖博士

基甸·菲爾 Gideon

作者 約翰·狄克森·卡爾 （John Dickson Carr, 1906～1977）
登場作 女巫角 （Hag's Nook, 1933）
代表作 三口棺材 （The Three Coffins, 1935）

> 我說我認為在偵探小說裡，最有趣的故事莫過於封閉密室時，情節生動鮮明，而且充滿想像力，現實生活中找不到如此教人目眩神迷的故事。
>
> 《三口棺材》
> 密室之王卡爾作品集 6

「我又犯下罪愆了，海德雷，我再一次說對了真相。」說出此話的不是別人，正是專門破解密室及不可能犯罪的高手基甸·菲爾博士。

密室之王約翰·狄克森·卡爾筆下的菲爾博士是個英國人，在哈佛取得學士與博士學位，碩士則是在牛津拿到。已婚，住在林肯郡的查特罕小鎮上（後來搬到兄弟高台街），曾擔任過學校校長，後成為一位老字典編纂家。

身材高大，體重達兩百八十磅，走起路來總是氣喘吁吁，活像個聖誕老人。髮色灰黑帶捲（常常蓬亂成一團），目光炯炯有神，臉色常保紅潤，胖到長出三層下巴來。戴著一付垂有黑色寬緞帶的夾鼻眼鏡，抽著海泡石煙斗，喜戴鏟形帽、穿西式小禮服加黑色大斗篷，手挂一或兩根拐杖行走。嗓門大且宏亮，老遠就能聽到他的聲音。待人和藹，纏功一流，說起話來豪爽不做作，易從他人口中套出有用的證詞。喜歡喝酒（尤其是威士忌跟啤酒），在登場作《女巫角》提到他投注精力在撰寫《英國上古時代飲酒習俗考》這部巨著上，只是始終被眾多不可思議的懸案打斷而寫不完。

「這人在我所見過的人當中，擁有最多冷闢、毫無用處又極吸引人的情報……不管什麼樣的話題他都說個不停，一講到昔日英格蘭的輝煌與各種體育活動時，就更要滔滔不絕了。他愛好聽樂隊表演、看多愁善感的通俗劇、喝啤酒，還有看胡鬧的喜劇，是個很棒的小老頭。」菲爾博士的好友鮑伯·梅爾森教授如此向人介紹他。的確，基甸·菲爾隨口就能說出關於女巫（《女巫角》）、吸血鬼、魔術（《三口棺材》）、撒旦（《撒旦之屋》，暫名）等神秘故事，對世界上各種不可思議的事件瞭若指掌，這怎麼是

專破密室與不可能犯罪的胖博士

基甸‧菲爾

Fell

Gideon Fell

普通人會去記憶的事呢？

有時讓人覺得他是個口出狂言的瘋癲怪老頭，但在面對不可思議的密室案件時，條理地分析現場遺留下來的線索，戳破一個個掩飾罪行的謊言，是菲爾博士的拿手好戲。「所謂密室，本質上是一種幻象。」在眾人丈二金剛摸不著腦之際，嘴裡嚷著「事情再清楚不過」的，大概只有菲爾博士一人吧？他是作者卡爾繼處女作《夜間行走》中的偵探亨利‧班克林（Henri Bencolin）後，融合美國與英國人的個性所塑造出來的系列主角，具有英國人的紳士風範以及美國人的坦率性格，贏得全世界讀者的青睞，成為英美推理小說黃金時期代表偵探之一。

小說中常出現的一名配角，是蘇格蘭場的督察長海德雷，扮演助手華生的角色。在《女巫角》中從美國前往英格蘭鄉間拜訪菲爾的青年藍坡，偶爾也會在小說中出現。

以菲爾博士為主的諸多作品中最被人津津樂道的，應屬1935年出版的《三口棺材》了（英國版改名為《空幻之人》）。專破密室殺人事件的菲爾博士在小說第十七章〈密室講義〉中，暢談推理史上著名的密室詭計，說明無論是密室或準密室作品，多半不脫他所做的分類。因著菲爾博士的分析，使得命案真相得以浮現，以高明的密室佈局與推理破解，使得此書穩坐「密室‧不可能的犯罪」作品中無可搖撼的王者寶座，後繼者及卡爾的其他小說也難以超越。

菲爾博士的探案生涯長達三十四年，共有二十三部長篇及多部問世，最後一部作品是1967年推出的《Dark of the Moon》。作者卡爾死後，著名評論家，也是卡爾傳記《奇蹟的解釋者：約翰‧狄克森‧卡爾》（John Dickson Carr: The Man Who Explained Miracles）的作者道格拉斯‧格林（Douglas Greene），於1991年再出版短篇作品選集《Fell and Foul Play》。

文／黃羅（文字工作者）

密室推理簡史

不可能的犯罪‧密室殺人

曾經有人這麼形容：「不可能的犯罪」（impossible-crime）這種類型故事就像巧計一樣；事實上，它不能僅以巧計而自滿，它必須比巧計還要出色才行。「不可能的犯罪」所蘊含的謎團非得令人著迷困惑不可，它還必須具備叫人驚訝卻能信服的解答。所謂「不可能的犯罪」，一定是當時的狀況乍看下會讓人產生「這命案怎麼可能發生？」的疑竇，故事的雙重軸心是「誰幹的」（whodunits）和「怎麼幹的」（howdunits），而其中最常見的手法就是「密室殺人」（locked-room mystery）。

在「密室殺人」的推理小說中，死者常被發現陳屍於從室內上鎖的房間裡。再者，室內通常只有這位受害人，況且除了這扇房門外，別無其他途徑可以出入。為了使小說更具戲劇性，作者還會設計死者是遭受槍擊或利刃刺殺，然而案發現場卻不見致命凶器。像這樣充滿奇想的犯罪主題，在推理文學史上已有數不清的變形。時至今日，要說到密室推理小說這個子類型，約翰‧狄克森‧卡爾絕對是公認的第一把交椅；但若要追究第一篇密室殺人的故事，那就得回溯到愛倫‧坡1841年刊登在《葛拉翰雜誌》四月號的短篇小說〈莫爾格街兇殺案〉，發生命案的所在正如文中指出是常人無法穿透的公寓房間。

短篇密室為主流

愛倫‧坡寫出這樣的曠世傑作，立意並非改寫文學史；他的眼界其實層次更高，想在世人面前創造一位新時代的解謎者、一位可以打破舊規範束縛的新浪漫英雄，此人便是著名的神探杜賓。只可惜後繼的小說創作者全專注於殺人詭計的構思上，反而讓世人忽略了愛倫‧坡的本意。所幸在一連串迴響中佳作頻生，像是1892年柯南‧道爾爵士所寫的〈花斑帶探案〉，故事中有奇異的吉卜賽人、相貌殘忍邪惡的老醫生，以及嚇得直發抖的女委託人，末了的密室之謎當然也被福爾摩斯解開了。同一年伊瑟瑞‧冉威爾（Israel Zanwill）出版了應《星報》之邀所寫的《弓區大謎案》（*The Big Bow Mystery*），十五年後法國作家卡斯頓‧勒胡（Gaston Leroux）發表了《黃色房間的秘密》（*The Mystery of the Yellow Room*），此書被後來的

「密室之王」狄克森‧卡爾譽為「史上最棒的偵探小說」。

於二十世紀初期問世的密室佳作多半以短篇為主流。傑克‧福翠爾（Jacques Futrelle）的〈十三號牢房的難題〉，是凡‧杜森（Van Dusen）教授探案中最具知名度的作品，收錄於1907年出版的《思考機器》一書中（臉譜即將出版）。M. D.卜斯特（M. D. Post）特創造的神探阿本納老伯（Abner Uncle）也相當有名，他那篇〈都多爾夫殺人事件〉原創性奇高，此作一發表就像放下一塊穩固基石，奠定了密室推理蓬勃發展的根基。

除此之外，共襄盛舉的還有G. K.卻斯特頓（G. K. Chesterton），此人是早年英國著名的新聞記者、藝術家、詩人、評論家、天主教護教論者，發表的五部推理作品《布朗神父探案》（Father Brown）幾乎全以「不可能的犯罪」為主，故事清一色不脫密閉空間、消失蹤跡的凶手、人人有嫌疑個個沒把握的亂局等範疇，其中較獲好評的〈天上來的劍〉、〈新月館的奇蹟〉、〈阿波羅巨眼〉皆是密室推理，另一篇〈隱形人〉所提出的解答更是創意驚人，難怪成為無數後輩作家模仿或改寫的挑戰範本。

長篇傑作登場

短篇打好基礎之後，長篇推理隨之登場。較具代表性的有范達因發表於1927年的《金絲雀殺人事件》，此作在美國掀起一股推理熱潮，也替范達因本人帶來暢銷作家的封號。1934年艾勒里‧昆恩的《中國橘子的秘密》更是震驚文壇，書中的命案現場乃說必然是密室，但詭異的是整個房間看起來好像被一隻巨手當骰子杯拿起，用力搖撼過後再放回去。所有家具都被移動了，被害者的衣服被反穿，地毯、掛畫都轉了向，呈現詭異的倒置狀態。

當然了，密室推理能夠蔚為風潮，約翰‧狄克森‧卡爾自是功不可沒，他一生寫了八十多本小說全屬於「不可能的犯罪」，而密室殺人詭計的各種可能性也已被他開發始盡，1935年的作品《三口棺材》已被評論家公認為史上排名第一的密室傑作，其中第十七章〈密室講義〉更是闡述密室殺人手法的最佳教材。卡爾不但化名卡特‧狄克森（Carter Dickson）另創新系列探案，還和多位同儕切磋以文會友，最有名的例子是1944年時，他和克雷頓‧羅森（Clayton Rawson）（魔術師

偵探梅利尼（Merlini）的創造者）以相同的條件設定互相較勁寫作，因而激盪出另一部永垂青史的名作《他沒殺害樹蛇》；另一段佳話則是文藝復興式的奇才安東尼・鮑查受到卡爾的啓蒙，寫出《九九神咒》一書來向「密室大師」致敬。

密室推理的巔峰時期

史家認定三〇、四〇年代是密室推理的巔峰時期，許多原本不沾這一味的作者跟著隨之起舞，甚至有幾位大師級的名家也技癢投入了這個領域，像是桃樂絲・樹爾絲（Dorothy Sayers, 臉譜預定出版）、F. W. 克勞夫茲（F. W. Crofts）、艾德蒙・克里斯賓（Edmund Crispin）和喬治・西默農（Georges Simenon），「謀殺天后」克莉絲蒂起碼就貢獻了《謀殺在雲端》、《美索不達米亞驚魂》、《白羅的聖誕假期》三本密室推理；難怪後來業界有此一說：「沒寫過密室推理，哪夠格稱得上是推理作家」。

二次大戰後，密室推理的熱潮逐漸走下坡，巧合的是評論家也認爲卡爾此後的創作力不比往前。儘管如此，願意挑戰密室推理的作家仍大有人在，有些晚生後輩的小說更是可以媲美古典名作，譬如說七〇代有瑞典夫妻拍檔荷瓦兒 & 法勒夫婦（Maj Sjowall &

Per Wahloo）的《上鎖的房間》、九〇年代彼得・拉佛西（Peter Lovesey）的《嗜血神探》，以及從六〇年代縱橫至今的愛德華・霍克（Edward Hoch, 臉譜即將出版）近千則短篇推理。在密室研究的專書部份，勞勃・亞迪（Robert Adey）所編撰的《密室謀殺和其他不可能犯罪之全書目》中，共列出兩千多本可讀性相當高的密室小說，足可供現代推理迷參考嚮往之。

概括來說，密室推理從愛倫・坡的〈莫爾格街凶殺案〉萌芽、集大成於古典黃金時期、再由二次世界大戰後逐步沒落，其間著實擁有一段悠久而卓越的歷史。時至今日，即使當道的推理類型早變成犯罪小說或懸疑驚悚作品，但仍有不少忠實的密室推理迷（包括作家和讀者）前仆後繼地爲之瘋狂。密室、不可能的憑空消失、眾目睽睽下不可思議的謀殺，當你展書翻閱看到上述元素時，那要恭喜你了，因爲眼前即將展開一場令人目眩神迷的魔幻之旅！對了，近視者別忘了扣好安全帶哦，免得屆時跌破一地眼鏡！

作者簡介：

黃羅，一生為謎所困，只好以追球回擊為樂。性情略為沉靜，好扮隱形人，自認雙目乃攝影機是也，願能紀錄普天下之喜怒哀樂，可惜暫以撰文維生，嗚呼哀哉！

文／冷言（推理小說作家）

不可思議的超豐滿神探
基甸‧菲爾博士

卡爾似乎很喜歡讓死者死在親朋好友眼前，並且讓這些人證明死者不可能在那樣的情況下被殺害。就像魔術表演者在表演脫逃術一樣，卡爾除了將自己關起來之外，還非得用最堅固的繩子綁住自己的手腳，最後再讓觀眾確定繩子和牢籠都是牢不可破。

卡爾，久仰大名

「不可能的犯罪」一直以來就是本格推理迷的最愛！從歷史上第一篇推理小說＜莫爾格街凶殺案＞開始，就已經宣示了不可能的犯罪在推理小說中的重要性。

在臉譜正式推出約翰‧狄克森‧卡爾的作品之前，他的大名早就在台灣推理迷之間被廣爲傳頌。《猶大之窗》、《三口棺材》、《綠膠囊之謎》……等等，我想卡爾是唯一一位在沒有完整中譯本的情況下，推理迷竟然還可以對他的作品如數家珍的作家。被稱爲「密室之王」的卡爾在推理小說的眾多詭計類型裡獨鍾密室，並且將密室的可能性發揮臻至極限，可見他對密室的喜愛之深。而密室詭計正是「不可能的犯罪」的類型當中，作家們前仆後繼挑戰的題材。

匪夷所思的犯罪場景

閱讀推理小說的過程中，繁複累贅的論證、堆積如山的證詞或是原地打轉的劇情都是讓讀者感到枯燥無味的東西。但是，這些東西卻大量充斥在一般的推理小說當中。扣除這些東西後還能留下來的小說不多，卡爾的小說是少數還可以存活的。

卡爾的作品，令人注目的焦點總是集中在他所設定令人匪夷所思的犯罪場景。在他所設定的場景當中除了凶手是誰之外，還同時包括了更多待解的謎團，在宣誓效命理性的推理小說當中，他往往能夠滲入超越理智的神秘因素。在《歪曲的樞紐》一書中，死者在有目擊者作證無人靠近的情況下被殺害；《綠膠囊之謎》中死者在眾人眼前表演一場證明沒有人能夠準確描述所觀察事情時被殺害。卡爾似乎很喜歡讓死者死在親朋好友眼前，並且讓這些人證明死者不可能在那樣的情況下被殺害。就像魔術表演者在表演脫逃術一樣，卡爾除了將自己關起來之外，還非得用最堅固的繩子綁住自己的手腳，最後再讓觀眾確定繩子和牢籠都是牢不可破。

然後，卡爾會再一次證明自己是世界上最偉大的魔術師！而當中最稱職的當屬外型酷

似聖誕老人的基甸‧菲爾博士。

截至目前為止，臉譜所推出的六本作品都是屬於基甸‧菲爾博士的探案，在卡爾畢生長短篇的密室案件當中，菲爾博士登場約莫一半的篇幅。菲爾博士體型高大肥胖，據說是卡爾根據卻斯特頓的形象所創造出來的。菲爾博士所經手的案件都是充斥著怪奇、神秘元素的「不可能犯罪」，然而這些不可思議的謎團對博學睿智的菲爾博士而言，困難度卻似乎還比不上他所編纂的辭典（詳情請見《女巫角》）。

專解不可能犯罪的超豐滿神探

推理小說當中的偵探形象往往決定了作品的成敗。偵探設定包括了外型、個性、經歷、年齡……等等，每一點都決定了這名偵探受歡迎的程度。比起已經有較完整翻譯本的歐美神探福爾摩斯、昆恩、白羅、凡斯，我們透過中譯本所能夠了解到的菲爾博士可說是相當不足的。

菲爾博士身材高大肥胖，戴著鏟狀帽子、身穿黑披肩、鼻樑上掛著夾鼻眼鏡；他頭上的頭髮蓬鬆散亂、他臉上的鬍鬚不修邊幅、

他的目光炯炯有神、他的見解獨到精闢。基甸‧菲爾博士探案系列從1930年代開始，幾乎整個卡爾的寫作生涯裡都可以見到菲爾博士的蹤跡。這位專解「不可能犯罪」的「不可思議超豐滿」神探，以他猶如聖誕老人的形象風靡了歐美古典推理的黃金時期，一位對約翰‧狄克森‧卡爾研究最完整、最透徹的評論家道格拉斯‧格林認為：「三〇年代的菲爾博士探案的特色是創造力、氣氛、意外性、敘事技巧幾近完美的結合，最佳作品可能包括《三具棺材》、《歪曲的樞紐》以及非系列的《燃燒法庭》。」然而以卡爾的創作生涯來看，目前台灣讀者所讀到的只不過是他正開始要往巔峰邁進的作品而已。

> **作者簡介：**
>
> 冷言，台北人，目前就讀於高雄醫學大學牙醫學系研究所，推理入門書是綾辻行人的奪命十角館。以復興台灣本格推理小說為志向，認為「推理小說本來就要有詭計」。著有＜風吹來的屍體＞、＜找頭的屍體＞等短篇推理小說。

密室講義

在門窗皆關閉的前提下，要討論逃脫的方法之前，所謂有秘密走廊通往密室這類的低級伎倆，讀者是無法接受的，因此凡是自重的作者甚至不需聲明絕無秘密通道之事。至於一些犯規的小動作也不必討論了，像是壁板間的縫隙，寬到可伸進一隻手掌；或是天花板上的栓孔居然被刀子戳過，塞子也神不知鬼不覺地填入栓孔，而上層的閣樓地板上還灑了塵土，佈置成似乎無人走過的樣子。這動作雖小，卻同樣是犯規行為。無論秘密洞穴是小到如裁縫用的頂針，或大到如穀倉門，基本準則絕不改變，通通都是犯規。

有一種密室殺人，案發現場的房間真的是完全緊閉，既然如此，凶手沒從房間逃出來的原因，是因為凶手根本不在房裡。理由是：

一、這不是謀殺，只是一連串陰錯陽差的巧合，導致一場看似謀殺的意外。先

JOHN DICKSON
CARR
GRANDMASTER OF MYSTERY

THE BURNING COURT
A GOLDEN AGE MASTERPIECE

"Very few detective stories baffle me nowadays, but Mr. Carr's always do."
—Agatha Christie

《燃燒法庭》原文書封面

是，房間尚未上鎖之前裡面可能發生了搶劫、攻擊打鬥，有人掛彩受傷，家具也遭到破壞，情況足以讓人聯想到行凶時的掙扎拼鬥。後來，受害人因意外身亡，或是昏迷於上鎖的房間內，但所有事件卻被當作發生於同一時間。

二、這是謀殺，但受害人是被迫殺他自己，或是誤打誤撞走入死亡陷阱。那可能是一間鬧鬼的房間所致，也可能被誘引，較常見的則是從房間外頭輸入瓦斯。不管是瓦斯或毒氣，都會讓受害人發狂、猛撞房間四壁，使得現場像是發生過困獸之鬥，而死因還是加諸於自己身上的刀傷。

三、這是謀殺，方法是透過房間內已裝置好的隱藏機關，它藏在家具上頭某個看似無害的地方。這個陷阱的設計可能是某個死去多年的傢伙一手完成，它可以自動作業，或是由現任使用者來重新設定。譬如說，話筒裡面藏著手槍機械裝置，一旦受害人拿起話

筒，子彈就會發射貫穿他的腦袋；還有一種手槍，扳機上面繫著一條絲線，一旦水結冰凝固時，原先的水就會膨脹，如此隨即拉動絲線。我們再舉鬧鐘（這是很受歡迎的凶器）為例，當你為這種鬧鐘上緊發條時子彈便會射出來；或者，我們有另一種精巧的大型掛鐘，上端安放了可怕的鏗鏘鈴聲裝置，一旦吵鬧聲響起，你想要靠近去關掉它時，一觸碰便會擲出一把利刃，當場劃破你的下腹；此外，有一種重物可從天花板擺盪下來，只要你坐上高背椅，這個重物的威力包準敲得你的腦袋瓜稀巴爛；另有一種床，能釋放致命的瓦斯；還有會神秘消失的毒針——當我們研究了這些五花八門的機關陷阱之後，才真正的進入了「不可能犯罪」的領域，而上鎖的房間可就算是小兒科了。

四、這是自殺，但刻意佈置成像是謀殺。某人用冰柱刺死自己，然後冰柱便融化了！由於上鎖房間裡找不到凶器，因而假定是謀殺；或者，某人射殺他自己，所用之槍縛繫於橡皮帶尾端——當他放手時，槍械被拉入煙囪而消失不見。此伎倆在非密室的情況下，可改成槍枝繫著連接重物的絲線，射擊

後槍枝被迅速拉過橋樑欄杆，隨即墜入水中；同樣的方式，手槍也可以猛然拂過窗戶，然後掉入雪堆裡。

五、這是謀殺，但謎團是因錯覺和喬裝術所引起。譬如房門有人監視的情形下，受害人被謀殺橫屍於室內，但大家以為他還活著。凶手裝扮成受害人，或是從背後被誤認為受害人，匆忙地走到門口現身。接著，他一轉身卸下所有偽裝，搖身一變換回原本的面貌，並且立刻走出房間。由於他離去時曾走過別人身邊，因而造成了錯覺。無論如何，他的不在場證明已成立，因為後來屍體被發現時，警方推定的案發時間是發生在冒牌受害人進房之後。

六、這是謀殺，凶手雖是在房間外面下手的，不過看起來卻像是在房間裡犯下的。我把這種犯罪歸類，通稱為「長距離犯罪」或「冰柱犯罪」，反正不管它們怎麼變化，都是基本雛形的延伸。

七、這是謀殺，但其詭計的運作方法，剛好和第五項標題背道而馳。換句話說，受害人被推定的死亡時間比真正案發時間早了許多。受害人昏睡（服了麻醉藥，但沒有受傷）

在上鎖房間裡。所以用力撞門也叫不醒他。這時凶手開始裝出驚恐的模樣，先強行打開門，接著一馬當先衝進去，刺殺或切斷被害人的喉嚨，同時讓其他在場的人覺得自己看到了其實沒看到的東西。

煙囪在偵探小說中是不受到青睞的逃脫途徑，當然秘密通道除外。我來舉一些重要的例子，例如中空的煙囪後頭有個秘密房間；壁爐的背面可以像帷幔一樣展開；或是壁爐可以旋轉打開；甚至在砌爐石塊下藏著一間密室。此外，許多帶有強烈毒性的玩意兒都能穿過煙囪管掉下來。不過凶手爬上煙囪而逃亡的案例倒是少見，一來是幾乎不可能辦得到；二來是這種舉動比起在門窗上面動手腳，還更加卑鄙無恥。

在門和窗這兩種首要類型中，門顯然是較受歡迎的。以下是一些經過變造，以使門像

《三口棺材》原文書封面

是能從內反鎖的詐術範例：

一、將插於鎖孔裡的鑰匙動些手腳。這種傳統方法相當受到歡迎，但是到了今天，由於其各種變化的手段都廣為人知，所以很少人真去使用。可以拿一支鉗子夾住鑰匙柄，並且轉動它。還有一種非常實用的小技巧，只需一根兩吋長的細薄金屬條，某一端繫上極長的結實細繩。在離開房間前先將金屬條插入鑰匙頭的小洞，一端朝上，另一端朝下，如此便可行使槓桿作用。細繩垂落於地，然後從門底下拉至房間外頭。接著從門外關起房門，只消拉動細繩，在槓桿原理的作用下，鑰匙轉動而將房門上鎖，這時再抖動細繩使金屬條鬆脫，等它落地後你就可以從門底下把它拉出來。於相同的原理下，可以有各種不同的應用，但細繩絕對是不可或缺。

二、不破壞鎖和門栓的情形下，輕鬆移開

房門的鉸鏈。這種手法乾淨俐落，大部分男學生都熟悉箇中技巧，尤其是想偷上鎖櫥櫃裡的東西時便可派上用場，不過前提是鉸鏈得裝置在門外才行。

三、在門栓上動手腳。細繩再度出場：這一回用到的技巧是衣夾和補綴用針，衣夾附著於房門內設計成槓桿裝置，藉此在門外關上門栓，這時再從鎖孔拉出細繩即可。還有一些手段比較簡單但效率不高的方式，但一條細繩是少不了的。你可以在長細繩的一端打個不牢固的結──只要猛然一拉，繩結就會鬆脫──並且扣成一個環套。此環套纏繞於門栓的握柄，細繩部分則向下垂落，且穿過門底下。此刻房門已被關上，這時往左右兩邊任一方拉動細繩，即可閂上門栓。接著再使勁抽動細繩，繩結便從握柄上鬆脫，然後就可以拉出細繩。

四、在可滑落的栓鎖上動手腳。通常的作法是，於栓鎖的下方墊著某樣東西，然後從門外關上房門，再抽掉墊在裡頭的支撐物，讓栓鎖滑落且上鎖。說到這個支撐物，隨時能派上用場的冰塊顯然是最佳工具，用冰塊撐起栓鎖，等它融化之後栓鎖便會掉下來。另外在某個案例中，光憑關門的力道夠大便足以讓門內的栓鎖自己滑落。

五、營造出一種錯覺，簡單卻有效。凶手殺了人之後，從門外將房門上鎖，並把鑰匙帶在身上。然而大家還以為鑰匙仍插於房內的鎖孔裡。凶手就是第一個裝出驚慌失措並且發現屍體的人，他打破房門上層的玻璃鑲板，把鑰匙藏於自己手中，然後「發現」鑰匙插在鎖孔上，再藉此打開房門。若需要打破普通木門上的壁板時，這種伎倆也行得通。

至於上了鎖的窗戶，有好些種有趣的範例，譬如早期的假釘頭，到近代用來唬人的鋼製窗套，都能在窗戶上面動手腳；你還可以打破窗戶，小心地扣住窗子的鎖鉤，然後離去的時候只需換上一塊新的窗玻璃，再以油灰填塞接合即可。由於新的窗玻璃和舊有的非常相似，使得窗戶像是從內部反鎖。

──整理自約翰・狄克森・卡爾作品《三口棺材》

專破密室與不可能犯罪的胖博士

基甸・菲爾

Gideon Fell

作 家 介 紹

約翰・狄克森・卡爾

卡爾是美國賓州聯合鎮人，生於1906年11月30日，父親是位律師。從高中時代起卡爾就為當地報紙寫些運動故事，也嘗試創作偵探小說和歷史冒險小說。1920年代末卡爾遠赴法國巴黎求學，他的第一本小說《夜行者》（*It Walks By Night*）在1929年出版。他曾經表示：「他們把我送去學校，希望將我教育成像我父親一樣的律師，但我只想寫偵探小說。我指的不是那種曠世鉅作之類的無聊東西，我的意思是我就是要寫偵探小說。」

1931年他與一位英國女子結婚定居英國。在英國期間，卡爾除了創作推理小說外也活躍於廣播界。他為BBC編寫的推理廣播劇＜Appointment with Fear＞是二次大戰期間BBC非常受歡迎的招牌節目。美國軍方因而破例讓他免赴戰場，留在BBC服務盟國人民。1965年卡爾離開英國，移居南卡羅來

約翰・狄克森・卡爾

納州格里維爾，在那裡定居直到1977年過世。

卡爾曾獲得美國推理小說界的最高榮耀——愛倫坡獎終身大師獎，並成為英國極具權威卻也極端封閉的「推理俱樂部」成員（只有兩名美國作家得以進入，另一位是派翠西亞・海史密斯（Patricia Highsmith）。卡爾擅長設計複雜的謎團，生動營造出超自然的詭異氛圍，讓人有置身其中之感。他書中的人物常在不可思議的情況下消失無蹤，或是在密室身亡，而他總能揭開各種詭計，提出合理的解答。他畢生寫了約80本小說，創造出各種「不可能的犯罪」，為他贏得「密室之王」的美譽。著名的推理小說家兼評論家艾德蒙・克里斯賓就推崇他：「論手法之精微高妙和氣氛的營造技巧，他確可躋身英語系國家繼愛倫坡之後三、四位最偉大的推理小說作家之列。」

卡爾於1977年2月27日因癌症病逝，享年七十二歲。

閱讀

約翰‧狄克森‧卡爾小說的方法及其順序

一 方法

推理小說世界中，有少數幾位大產量的大師級人物，像克莉絲蒂、像艾勒里‧昆恩，他們的存在，對於推理閱讀者最美好的「功能」是——你選擇一次，終生保用，不必再徬徨於書店中焦躁的尋找，每個夜晚的獨處時光、每一天躺上床後的半個鐘頭，你會顯得悠閒而且幸福，你永遠有書在手可讀。

約翰‧狄克森‧卡爾是這少數大師中的一位。

但卡爾有其最獨特有趣的地方。那就是其他大產量的大師，要支撐如此為數眾多而且動輒跨越幾十年的書寫時間，他們總是「狐狸型」的無所不寫；卡爾卻不如此，他以無以倫比的專注和堅持，不四下掃射，而是把全部子彈集中打向同一個點，那就是推理小說中最迷人的「密室殺

人」詭計——被害者為何孤伶伶死在全然封閉的此地？凶手怎麼進來呢？怎麼逃逸甚至該講憑空蒸發掉的呢？

卡爾是密室殺人世界的一隻刺蝟，窮其一生，思考密室，想像密室，建構密室，玩密室……

在卡爾筆下，密室早不只是個上鎖的四壁房間而已，它成了個華麗無匹的概念，海灘是密室，古堡是密室，街巷是密室，鄉間城鎮是密室，人心更是個永恆的密室——宇宙四方，無不存在密室。

卡爾有個狂野的夢想，那就是他每一部小說中至少都有一個以上的密室，這個狂想最終並沒完全成功，連卡爾自己都弄到無以為繼的地步，但這恰恰好說明，卡爾一個人已把密室走到極限不是嗎？

讀一個卡爾，你就解開宇宙間所有的密室。

 順序

七十年來評價最高的**《三口棺材》**，你可以帶著朝聖或是踢館的心態來讀——怕什麼，有那麼多十大、百大書單背書，評論家和讀者用力鼓掌叫好，就放心地拿這本當第一優先吧。

你明明知道這很不可思議，但結局又合情合理。加上重要的＜密室講義＞一章——可能會讓人怯步，因為戳破了不少密室小說的詭計，整理出密室推理書寫的可能，但總要有人這麼做，而且交給一個創造出更精采、穩坐第一且以此類型創作為主的作家來寫，一點都不浪費或可惜。

接下來可以看看**《歪曲的樞紐》**，個人認為更勝一籌且結局叫人拍案。事實證明卡爾還真有一套，他又秀了一場精采的魔術秀，讓每位讀者深感值回票價。

蘇格蘭場 的 思考型警探

亞倫·葛蘭特

Alan Gr

作者 約瑟芬·鐵伊 （Josephine Tey, 1897～1952）
登場作 排隊的人 （The Man in the Queue, 1929）
代表作 時間的女兒 （The Daughter of Time, 1951）

亞倫·葛蘭特，三十五歲未婚的蘇格蘭場探長。高度中等，身材勻稱，面孔俊挺，但「怎麼看都是一副警察架勢」──這是作者約瑟芬·鐵伊在登場作《排隊的人》給葛蘭特的評語。

葛蘭特在《歌唱的砂》中回答他人的詢問時，說自己是個公務員。「人們比較願意相信公務員是人，但不會有人相信警察是人。」葛蘭特如是說。也因此，誕生於「大偵探」輩出的英美古典黃金時期，葛蘭特就顯得平凡多了。他沒有特別的嗜好，任職公家機關，雖繼承了一筆不算少的遺產，看起來頗有古典名探的遺風，但仍老老實實地堅守工作崗位，是個平凡卻也再真實不過的一號人物。

他有一樣特殊的興趣和能力，那就是對人

> 我感覺我是個警察，
> 我像警察一樣的思考，
> 我問我自己每個警察
> 偵辦每個謀殺案時
> 問的問題：
> 誰是獲益者？
>
> 《時間的女兒》
> 約瑟芬·鐵伊小說全集 1

們長相的濃厚興趣，以及如照相機般高度的記憶能力，並擁有對犯罪偵查極有幫助的敏銳直覺。配合條理的分析及踏實的訪查，生平雖然只辦了六個案子（在小說《法蘭柴思事件》中更只是驚鴻一瞥，把偵探的風光讓給了熱心的小鎮律師），卻帶給讀者無窮盡的喜愛與回味，成為經典名探之一。

鐵伊的小說碰觸到惡意謀殺的比例不高，而是試圖將犯罪推理這條路放大來看，清清楚楚地告訴讀者「不是只有血腥的謀殺才是推理小說」。更不用說是瘋狂的連續殺人事件了，那多半是強調戲劇張力所顯示的虛構場面而已。尤其以警察作為職業的故事中，不是時時都在成立專案總部，處理轟動全國的重大犯罪。偵辦過程更不是雷厲風行的搜索

逮捕，而是需要耐心毅力的等待與找尋。警察會犯錯、焦慮、疲憊，這些性格在葛蘭特身上都找得到，不就是同平常人一樣嗎？

因此，葛蘭特在心理跟生理上也會受傷。在《歌唱的砂》中因幽閉恐懼症纏身而到鄉間釣魚靜養；在《時間的女兒》裡因斷了腿住院，閒來無事看著綽號「駝子」的英國國王理查三世的畫像。這位被廣大英國人民認為在四百年前謀殺了他兩個可愛小姪兒，以確保他王位穩固的殘忍君王，看在葛蘭特眼裡壓根兒不是這麼回事。

於是他大量閱讀歷史書籍，與協助他的年輕美國人布蘭特追查這樁歷史事件的真相，企圖還理查三世一個清白。

理查三世像

過去不只一位歷史學家對此提出質疑與辯駁，但始終敵不過莎士比亞《理查三世》戲劇等影響，葛蘭特稱之為「湯尼潘帝」。他說，「重點是，每一個知道這是無稽之談的人都不加以辯駁，現在已經無法再翻案了。一個完全不實的故事漸漸變成一則傳奇，而知道它不是事實的人卻袖手旁觀，不發一言。」表妹蘿拉在信中附和，「奇怪的是，當你告訴某人一個故事真相時，他們都會生你的氣，而不是生說故事者的氣。他們不想違背自己原先的想法，因為這會讓他們心中有一種隱約的不舒服。」即便書名直接引用英國古諺：「真相，是時間的女兒。」依舊無法改變四百多年來英國人民的既定印象。但在推理小說史上卻將「歷史推理」（Historical Mystery）第一名的位置穩穩地保留給《時間的女兒》，至今還沒有其他作品可以替代；著名評論家H.R.F.基亭亦將此書與《法蘭柴思事件》列入推理百大選書之中，可見其貢獻度與重要性。

推理小說子類型：歷史推理

歷史推理小說大致上有兩個寫作方向：一是以寫作者當下的時空追查過去的歷史案件；一是將整個故事場景搬到過去，偵探和調查方式都是以當時存在的為主。前者的代表是約瑟芬·鐵伊的《時間的女兒》，後者則是高羅佩的《狄公案》。

類似《時間的女兒》寫法的作品，一方面要符合取得的史實，一方面需要作者提出新的發現、見解及足以扭轉讀者既定印象的佈局，否則很容易淪為論文式的報告，或史料整理的資料堆砌而已。此類傑作有日本作家高木彬光仿《時間的女兒》所寫《成吉思汗的秘密》（名探神津恭介也住進醫院，去解開歷史懸案，台灣目前無譯本）。

以過去的時空為背景的小說創作難度更高，需依據當時的時地虛構出似真似假的故事。例如使用歷史上的名人作偵探，將稗官野史融入小說添增趣味，卻又要符合歷史上曾經發生過的事件，寫作難度勢必更高。此類的傑作有日本作家海渡英祐的《柏林一八八八》（以日本文豪森鷗外為偵探，與德國鐵血宰相俾斯麥一同辦案的故事）、伴野朗《五十萬年的死角》（以北京人頭骨失竊為主幹，日軍侵華及國共內戰穿插其中）、森雅裕《莫札特不唱搖籃曲》（貝多芬、徹爾尼與舒伯特追查莫札特之死）、卡

插畫者筆下的阿本納老伯

洛琳·勞倫斯的＜羅馬少年偵探團＞系列等，是目前台灣可找到的讀本。

義大利知名符號學大師安貝托·艾柯更以中世紀為背景，寫出膾炙人口的修道院謀殺案《玫瑰的名字》；另一位台灣沒有翻譯的重要英國作家艾莉絲·彼得斯，在艾柯之前便創造了卡德菲修士，時空背景是十二世紀的英國。

美國推理小說家M.D.卜斯特，在1917年創造了活躍在美國第三任總統傑佛遜時代，象徵西部開拓精神的維吉尼亞州牧場主人阿本納老伯。席奧多爾·馬西森更以達文西、亞歷山大大帝、賽萬提斯、南丁格爾、伽利略等名人作偵探，寫了十二篇短篇故事，先發表在《艾勒里·昆恩雜誌》上，後集結成《偉大的偵探們》一書出版。著名推理作家約翰·狄克森·卡爾、彼得·拉佛西、H.R.F.基亭、朱利安·西蒙斯（後面兩位也是著名的評論家）也曾投入此類型的寫作行列。

值得一提的是，荷蘭漢學家高羅佩援引了中國公案形式，以唐朝宰相狄仁傑作偵探，寫成一系列＜狄公案＞故事，讓中國的公案與西方的偵探交會激盪出智慧的火花。除此之外，古埃及、希臘、羅馬也是作家喜愛的時空，只可惜台灣在這方面的譯介不多，讀者難以一窺歷史推理在西方的繁花多樣。

文／夏空

觀顏知心的探長
葛蘭特

在書裡葛蘭特是一個智力水準超越一般平凡大眾的著名探長，他也對自己的才能有著一定的自信，這可以從他有一次讚賞得力助手威廉斯所說的話──「你真是華生再世」──而略見端倪。

你看起來一點也不像警察

約瑟芬・鐵伊在 1929 年至 1952 年間為推理小說的讀者們留下了八本傑作，其中六本的系列偵探是蘇格蘭場探長葛蘭特。

在處女作《排隊的人》中，葛蘭特探長初登場時約三十五歲，作者鐵伊描寫他是「樂於犧牲奉獻、睿智機警和勇氣可嘉」，而「最令人激賞的一點就是：他怎麼看都一副的警察架式。高度中等，身材勻稱，可以說是──短小精悍。」

這樣的描述雖然稍嫌簡短，卻可以說就是作者對這位偵探的基本設定，如果仔細地觀察整個系列，可以發現葛蘭特的確一直保持著上述各項優點：和許多人一樣，儘管常常抱怨生活，卻還是熱中他的工作；心思縝細、計畫嚴密，臨機應變明快果決，雖然說多半時間是個用腦辦案的探長，不過和嫌犯出乎意料的面對面時，又能毫不遲疑的在第

一時間拔腿緊追而去。唯一有出入的是，從第一本書開始，無論是由事件相關人物或同僚的對白或反應，都一再顯示了其實葛蘭特的相貌與他的職業並不相稱，在《一張俊美的臉》裡，他忠心的屬下說得更是坦白直接，「你看起來一點也不像警察」，說這話的威廉斯甚至還因此相當羨慕他。而他那多年前繼承了一筆相當可觀遺產的經歷，更是頗符合他黃金時代偵探的出身背景。

邏輯與想像並重

和二〇或三〇年代的同輩偵探相比，葛蘭特無疑是真實與生活化許多的人物，辦案有其特殊的優雅節奏。最明顯的例子就是，無論案件中待處理的事務是否還千頭萬緒，就寢和用餐這兩件生活大事依舊在辦案過程中處處留影。葛蘭特的偵探手法也與眾不同，他並非像福爾摩斯及其後繼者一般，講求完

整的證據收集、嚴密的邏輯推演，以及精確無誤的犯人指認，更多的時候，他憑的是第一印象與直覺判斷，加上手上僅有的狀況證據，混合理性與臆測，試圖尋找最有可能破案的偵察方向。當然這樣的作法常常會讓他誤入歧途而徒勞無功，在《一先令蠟燭》裡，當別人說到他被狀況證據蒙蔽了第一印象時，他的解釋是「其實，我是邏輯和想像並重的。幸好如此，既然我是警察的話，那些證據或許只是狀況證據，但是已十分完備」，對一個明瞭自己擁有不凡想像力與直覺的人來說，這可以說是最委婉的辯解了。

獨沾一味的觀人術

葛蘭特另一項著名絕活是獨沾一味的觀人術，他曾憑此由素不相識的十二位男子排列而成的指認隊伍中，推斷出那位真正的犯人。不同於當代福爾摩斯流從人的外觀、衣著及配件尋找分析判斷的依據，葛蘭特看的單純就是一個人的臉，看五官，看神態，看語氣，再配合宛如照相機一般的場景記憶力。這項絕技便成為他辦案的利器，每每在遇到案情糾結時，讓他可以藉由重複尋找記憶中的畫面，發現前所未見的新線索。

在書裡葛蘭特是一個智力水準超越一般平凡大眾的著名探長，他也對自己的才能有著一定的自信，這可以從他有一次讚賞得力助手威廉斯所說的話──「你真是華生再世」── 而略見端倪。

但是像書裡真實而細微的一般平民一樣，鐵伊想藉葛蘭特傳達的還是一個凡人偵探。他無疑是聰敏的，卻依然常常犯錯，也曾真心希望自己是偵探小說裡那些有著過人直覺和不偏不倚判斷力的神奇怪物，而非只是一個刻苦老實、才智平庸的探長（《一先令蠟燭》）。也因為鐵伊，我們不再只能看到超人偵探們沈思抓頭，絞盡

腦汁，到處踱步，愁眉苦臉，一言不發，自言自語，然後在一連串內心戲之後才點化我們，我們終於能一窺偵探的內心世界，讀到偵探的思考過程，原來即使天賦如葛蘭特探長，還是會有煩惱、猜測、焦慮、懷疑，有反覆掙扎的豐富情緒。

追求答案的勇氣與毅力

鐵伊也讓葛蘭特在書裡面對各式各樣艱難的疑問與困境，不是幾無頭緒（《排隊的人》），就是線索太雜、動機太多（《一先令蠟燭》），或是要帶傷挑戰對歷史公案裡罪人的指證，或是要抱病解開偶遇案件中故者的身世（《歌唱的砂》）。然而一貫相同的是，葛蘭特永遠有那麼多追求答案的勇氣與毅力，有那麼多銳利激盪的設想與質疑，而我們知道當所有問題一一解答完畢，故事的真相也就會隨之彰顯。其實到

最後我們期待的是他解答過程中最後的那道靈光乍現，之前一連串的碰壁失誤，則是我們必須陪他走完的，痛苦而又美麗的旅程。

六本作品讓葛蘭特探長在偵探史上奠定了風格獨樹的地位，可是身為還想再更瞭解他的讀者，卻永遠只能感嘆意猶未盡。鐵伊有限的作品已顯現出豐富多面的可能性，如果不是英華早逝，想必後世會有更多經典流傳。

斯人已逝，佳作永存，在滿足與遺憾之餘，讓我們再讀一次葛蘭特探案安慰自己。

作者簡介：

夏空，台灣台北人，人間─網路漂流者，推理小說閱讀為深層興趣之一，閒時並參與推理相關闇黑社團與網站經營。

黃金時期的女性作家代表

首先來談談何謂黃金時期（Golden Age）推理小說史上的「黃金時期」，前頭先歷經了推理小說之父愛倫‧坡、法國推理小說之父加伯里奧（Emile Gaboriau）、英國的韋基‧柯林斯（Wilkie Collins）的發展期，接下來到了短篇推理興盛的1890～1920年——此時是福爾摩斯、布朗神父、「思考機器」凡‧杜森教授、怪盜亞森羅蘋、鑑識專家宋戴克博士等人專擅的年代。1920年是一個分界點，此年阿嘉莎‧克莉絲蒂（Agatha Christie）的處女作《史岱爾莊謀殺案》（The Mysterious Affair at Styles，雖然那不是她最好的作品）與F.W.克勞夫茲《桶子》（The Cask）二書的出版，普遍被認為是宣告長篇推理小說成熟期的到來。此時小說的特徵是以莊園及密室為題材的故事激增，強調「是誰幹的」（Whodunit）找凶手趣味，並如同生物史

上的寒武紀大爆發般，出現了質、量均有大幅提升的作家作品。掀起「美國革命」的達許‧漢密特和雷蒙‧錢德勒也在這個時期出道，雖然一般不將他們定位成具有古典解謎承襲傳統的黃金時期作家。

推究黃金時期如此百家爭鳴的榮景，一方面是過去三十年的耕耘努力終於開花結果，一方面是第一次世界大戰的結束影響。人民生活環境的改變，教育水平提升及工作型態的劇烈變革，為推理小說的成長灌溉了豐沛的養分，促使創作者前仆後繼的投入，並快速累積大量創作。阿嘉莎‧克莉絲蒂、約瑟芬‧鐵伊、桃樂絲‧榭爾絲、瑪格莉‧艾林翰（M. Allingham）、娜歐‧馬許（Ngaio Marsh）等人便是重要的女性作家代表。

她們的成功並非偶然，都是勤搖筆桿的認真作家。只出版八部推理小說的鐵伊在

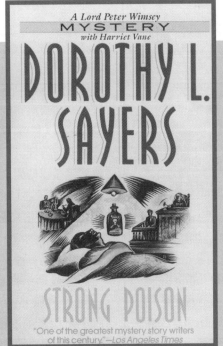

桃樂絲‧樹爾絲小說《強力毒藥》原文書封面

劇作上另有成就，克莉絲蒂八十餘本的巨量寫作更不用說，樹爾絲日後放下小說創作往研究但丁神曲的路上走去，艾林翰原本就出生在一個寫作家族中，馬許到了八〇年代仍持續創作，每個人都有其傲人的寫作才華。在此之前並非沒有活躍的女性作家，寫下《角落裡的老人》的奧希茲女男爵（Baroness Orczy）就是其中之一，但五位作家的作品廣受讀者與評論者的好評，在於她們以或通俗或文雅的字句，細膩地描繪出名探的模樣、鋪陳詭譎的案情，引起原先以男性作家為主的推理界關注。

黃金時期多指1920～1945二十五年間，又有二〇年代的第一黃金時期及三〇年代的第二黃金時期之分。朱利安‧西蒙斯（Julian Symons）在《血腥的謀殺》（Bloody Murder）一書中將短篇推理盛行時期（1890～1920）稱作第一黃金時期，1920年以後的黃金時期則分為二〇和三〇年代討論；霍華‧海克拉夫（Howard Haycraft）《謀殺之樂》（Murder for Pleasure）則將1918（第一次世界大戰結束）～1930年視為黃金時期，1930年以降稱近代期。至於1945年二次大戰後的推理小說發展，則更加繁茂興盛了。

作家介紹

約瑟芬·鐵伊

約瑟芬·鐵伊，1897年（一說1896）生於蘇格蘭因弗內斯，先是就讀當地的皇家學院，之後在伯明罕附近的安斯地物理訓練學院接受三年訓練，然後展開物理訓練講師的生涯。後來，

約瑟芬·鐵伊

她辭去教職照顧她住在洛克耐斯的父親，並開始寫作。

這位英籍女作家，是1930年代以降、推理史最輝煌的第二黃金時期三大女傑之一，也是其中最特立獨行且行事低調的一位，以至於推理史上對她的記載不多。和她齊名的阿嘉莎·克莉絲蒂、桃樂絲·榭爾絲都是大產量、行銷驚人的作家，鐵伊卻窮盡一生之力只寫了八部水準齊一的優秀推理小說，是推理史上極少數一生沒有任何失敗作品的大師。此外，她另以筆名伊麗莎白·麥金塔創作戲劇，同樣獲得文壇好評。

鐵伊從來不掩飾她對大量複製、套公式寫作方式的厭惡，也從不討好讀者，只服膺自身對理性的追求。她的小說稀有、嚴謹、細膩且構圖雄大，這使她在歐美推理史上佔領著一個最特別的位置。

約瑟芬·鐵伊1952年逝世於倫敦。

一　方法

怎麼讀鐵伊？對台灣讀小說的人而言，有個最簡單的方法——你怎麼讀張愛玲，你大概就可怎麼讀鐵伊。

這個方法是台灣當代名小說家、被譽為張派嫡傳的朱天文所建議的。

這說明了鐵伊的小說，不只是情節的曲折和破案結局的震撼而已，就像讀張愛玲，你不會只關心故事和書中人物的結局一樣。

讀張愛玲，你會一字一字讀，一句一句讀，欣賞每個人物，每一句對白，窺探其中的微妙心思和惡意，享受精準而有凝視焦點的景物描摹，並難以言喻的感受到萬事萬物、以及掙扎其中的人們，細膩層次豐盈且無可抗拒的流逝和變化——這裡，小說不再是個「結果如何」的謎題而已，小說是個整體，不是工具，不可分割。

鐵伊的推理小說，不像英式古典的架空書寫方式，她是那種打開書齋，正面進入社會現實的書寫者，這讓她如福克納所說的，她筆下的生死、失敗的挫

傷，感情和背叛，都是有來歷有重量的，而且有著啓示。

我們也建議讀鐵伊小說的人注意書中的葛蘭特探長，在強調奇才異能的推理名探世界中，他不是那種「末端放大」的假人，卻是推理小說史上最飽滿的人物，沉靜、聰明、寬容，像個忠誠的老朋友那樣，風雨故人來。

二　順序

對於鐵伊這樣一位奇特獨行的推理小說大師，我們建議一個相襯的閱讀順序──從最難的先來。

那就是《時間的女兒》。推理史上第一奇書，現代的葛蘭特探長偵破四百年前理查三世的血腥謀殺案，這裡，鐵伊所書寫的人性惡意和愚昧，不存在於凶手，亦不存於被害人，而是貫穿四百年下來，包括湯瑪斯‧摩爾和莎士比亞在內，一代代人們的傳承和常態。

然後是《法蘭柴思事件》。推理史上最好的一本不存在死亡的推理小說，這裡鐵伊依據一名年輕女孩被誘拐脅迫的眞人實事，明白指出人們的愚昧無知如何能扭曲是非，召喚暴力，並一代一代重演這樣的悲劇。

再來是《萍小姐的主意》。一部最張愛玲的細膩之作，年輕心理學家萍小姐到女校演說後扯入一樁微妙迷離的謀殺案，在燦若繁星的諸多高中女孩之中，呈現最美麗卻也最危險的圖象。

第四本是《歌唱的砂》，鐵伊的收筆之作，葛蘭特探長的最後演出，是最見葛蘭特探長本色的佳作。

接下來的閱讀順序是：《一先令蠟燭》、《一張俊美的臉》、《博來‧法拉先生》，以及《排隊的人》。

1929年，美國推理小說家達許・漢密特以作品《紅色收穫》、《丹恩咒詛》、《馬爾他之鷹》，創造出私家偵探山姆・史貝德和大陸偵探社無名探員，掀起一場「美國革命」，豎立起推理史上另一座重要的里程碑。

山姆・史貝德
Sam
Spade

大陸偵探社探員
Continental
Op

美國革命最重要的象徵，便是行走在冷酷大街上的私家偵探。他們必須武裝起自己的體魄及言語，衝撞每一個犯罪之都甚至自我的黑暗面。於是我們見識到山姆‧史貝德、菲力普‧馬羅、馬修‧史卡德三位身處不同時空的硬漢，看見了貼近社會呼吸與脈動的城市風景。

冷硬私探

力普‧馬羅
hilip
arlowe

馬修‧史卡德
Matthew
Scudder

尋找馬爾他之鷹 的 冷硬派私探

山姆·史貝德
Sam Spa

作者 達許·漢密特 （Dashiell Hammett, 1894～1961）
登場／代表作 馬爾他之鷹 （The Maltese Falcon, 1930）

身高約六呎，手臂粗壯圓滾，肩膀寬大厚實，強健的體格讓他看起來像熊一樣。皮膚像孩子似的柔軟嫩紅，淺褐色的頭髮從高平的太陽穴向下長，在前額聚集成點。眼睛呈黃灰色，兩道向外張揚的濃眉貼在額上，鷹勾鼻、長下顎，V字形的嘴配上V字的下巴，看起來就像是個金髮撒旦──私家偵探山姆·史貝德在美國冷硬派（hard-boiled）作家達許·漢密特的文字敘述中，被勾勒出如此幹練的模樣。

山姆·史貝德的首度登場，是在1929～30年美國《黑面具》（*Black Mask*）雜誌上，分五回連載的長篇小說《馬爾他之鷹》。當時的設定是三十多歲，單身，抽杜蘭牛茯草製成的手捲菸，與在他口中「跟平常人一樣笨」的合夥人邁爾斯·亞傑，於舊金山合開「史貝德&亞傑私家偵探社」，並聘請了一位名叫

> 一個人的合夥人被殺了，
> 他應該做點事情。
> 不管你對他的想法如何，
> 都沒有區別。
> 他是你的合夥人，
> 你就應該想點辦法。
>
> **《馬爾他之鷹》
> 漢密特小說系列 1**

依非·普蘭的女秘書。

史貝德雖有一身魁梧體魄，但不輕易施展身手。原創者漢密特賦予他更屬害的兩樣武器：機智的腦袋和便給的口才。在《馬爾他之鷹》中他善用這兩項能力，追查出合夥人的真正死因，並從馬爾他之鷹的爭奪戰裡全身而退。我們甚至可以說史貝德是個狡詐的男人，所有行動的最終目的只爲自救，讓他可以繼續幹私家偵探不至於飯碗不保。漢密特與錢德勒兩位美國冷硬派偵探小說始祖所說的故事，幾乎戳破了在推理小說黃金時期中，讀者們看到私家偵探優雅、高貴，不必爲生活奔忙的過度美化印象：其實他們也是人，也要在這犯罪之城的殘酷大街上討生活的；也或許那些名偵探已經是過去式，不復存在的了。

曾受雇於美國平克頓（Pinkerton）偵探

Sam Spade

社的漢密特，有以私家偵探爲職的眞實經驗，轉換到他寫小說的筆下，便誕生了山姆‧史貝德與大陸偵探社的無名探員兩個重量級冷硬私探，但前者似乎不如後者得寵。漢密特只讓史貝德在《馬爾他之鷹》這部長篇，與另外三部短篇小說露臉（分別是〈A Man Called Spade〉、〈Too Many Have Lived〉、〈They Can Only Hang You Once〉，後集結在《A Man Named Spade and Other Stories》一書，1944年出版），且短篇的評價不及長篇。也就是說，史貝德最精彩的案子只有《馬爾他之鷹》一部，代表作即處女作，幾乎等於最後一案。難道這個角色不夠討喜嗎？喜愛他的支持者可不會這麼想，美國大眾也給了相當明確的答案。史貝德受歡迎的程度促使好萊塢將《馬爾他之鷹》三度搬上大銀幕（1931、1936、1941年版），最後一個版本由亨佛萊‧鮑嘉（Humphrey Bogart）飾演史貝德，更成爲最經典的冷硬派私家偵探原型。1946年出版社再將這部作品改編成漫畫版，40年代改編成一系列被名爲〈山姆‧史貝德冒險記〉（The Adventures of Sam Spade）的三十分鐘廣播劇，前後達六年之久，但劇本已非漢密特所寫。

史貝德這個角色深植人心的原因，除了是冷硬派私家偵探的先驅與原型外，《馬爾他之鷹》這部小說其他人物的陪襯亦功不可沒。神秘美麗的委託人、馬爾他之鷹寶藏的傳說、合夥人之死等人物與情節穿插其中，用精簡的對話和行動維繫小說進行的步調，突顯了貫串全局的私探史貝德的獨特魅力。此外，推理小說評論者普遍認爲鮑嘉演出的電影具備了推波助瀾的作用，帶給當時美國大眾眞實、具體、貼近生活、帶有英雄氣息的偶像明星記憶，並引領後輩作家的模仿與創新。山姆‧史貝德遂成爲推理小說史上，無可撼動的冷硬私探首席代表。

誰是亨佛萊・鮑嘉？

亨佛萊・鮑嘉（Humphrey Bogart, 1899～1957）絕對是冷硬派小說入侵好萊塢後，讓人第一個聯想到的硬漢私探代言人。

鮑嘉出生於紐約一個富有的家庭，父親是曼哈頓著名的外科醫生，母親則是藝術雜誌插畫家。進入耶魯大學預科班後，因違反校規遭逐，在一次世界大戰期間（1918）加入美國海軍服役。軍旅生活中不慎傷及上唇，日後卻成為他在銀幕上緊繃雙唇、說起話來看似不動聲色而又口齒不清的個人特色。

退伍後，鮑嘉進入紐約劇院工作，並對演藝生活感到興趣。1922年首次參與舞台劇的演出，整個二〇年代在紐約舞台大量登場，但在百老匯的發展不盡人意。1930年初入好萊塢參加福斯電影的拍攝，依舊發展不順，直到1936年參與電影〈Petrified Forest〉而重回好萊塢，彼時扮演強盜、流氓的角色居多。

1941年是鮑嘉演藝生涯的轉捩點，接演了約翰・赫斯頓（John Huston）執導，改編自漢密特同名小說的電影〈馬爾他之鷹〉（台灣另譯成〈梟巢喋血戰〉），成功詮釋山姆・史貝德這個冷硬私探的角色，以其中的硬漢形象征服了影迷的心，躍居好萊塢一線男星位置。

之後與英格麗・褒曼（Ingrid Bergman）合演〈北非諜影〉，獲得1943年奧斯卡最佳影片，將他帶往事業的巔峰。

五年後，鮑嘉和霍華・霍克斯（Howard Hawks）合作另一部與原著同名電影〈大眠〉（The Big Sleep，台灣另譯成〈夜長夢多〉），再度成功扮演錢德勒筆下的菲力普・馬羅。當時鮑嘉的形象等同於冷硬派小說中私家偵探的模樣，間接促成了小說在美國的持續熱賣，並造成其他作家的崛起與跟進。鮑嘉與第三任妻子，同樣是好萊塢知名演員的洛琳・白考兒（Lauren Bacall）結縭，成立自己的製片公司，從此接演的戲路更加寬廣，不侷限在銀幕鐵漢一角，接下來為他奪得了奧斯卡影帝的殊榮，以及國內外眾多影迷的支持與好評。

雖然在銀幕上鮑嘉多以冷漠、堅毅的性格登場，私底下卻是個工作敬業、溫文儒雅的紳士。事業如日中天的他，在1956年因不停咳嗽而被妻子白考兒勸做檢查，赫然發現自己罹患了食道癌，而且已經進入末期。消息一出，震驚了整個好萊塢，但敬業的鮑嘉仍堅持拍完最後一部電影才進行切除手術，可惜時候已晚。隔年一月十四日，鮑嘉在白考兒陪伴的睡夢中去世，享年五十九歲。

文／陳國偉（遊唱，小說家）

神話的肇始 硬漢的起源
山姆‧史貝德

Sam Spade

你也許說他勢利，但置身於所謂的「殘酷大街」上，沒有僥倖的可能。他必須擁有最強大的武裝，不能讓自己成為最輸的輸家。

他的名字叫Sam

他們叫他史貝德，也叫他Sam，一個普通的名字，但卻極富美國象徵的名字。

作為一個偵探，史貝德的外型並沒有古典時期男性偵探大致有的俊美；當然他也不至於像是赫丘勒‧白羅或尼洛‧伍爾夫那般，有著肥胖的身軀，因為那樣的身材根本無法讓他們在都市叢林中生存。在原始森林中誰是最巨大的野獸？雄壯、威武，有著凶狠的本能，以及貪婪的眼神？答案只有一個，那就是熊。

史貝德有著熊一般的身型，「圓滾粗壯的手臂、雙腿、軀體和寬大厚實的肩膀」、「皮膚像孩子似的柔軟嫩紅」，像剃了毛的熊——看起來似乎沒那麼有威脅性，甚至有些滑稽的可愛。可是作者漢密特在《馬爾他之鷹》的一開場，就為我們的偵探定了調：

「V字臉的金髮撒旦」。

這樣的長相，讓我們好好奇到底會是怎樣的人生，不知道《時間的女兒》中的葛蘭特探長會怎麼分析他的面相？「下顎很長，皮包骨，比較柔軟的V字嘴之下突出V字的下巴。鼻孔往後彎，再形成另一個較小的V字。黃灰色的眼睛槓成一條橫線。然後V字的主題又蠻攏於鷹勾鼻心上。」這些彷彿撒旦的標準五官配備？工於心計的傢伙？陰沈、神秘而富有魅力？還是——執著於追求勝利的性格與人生？

因為你只能活一次

在漢密特的創作生涯中，史貝德只出現過四次，三則短篇，一本長篇，這也正是為什麼人們總從《馬爾他之鷹》認識史貝德，因為那裡保存有他最完整的原型。

人們說他冷酷、貪婪、現實，他的合夥人

<馬爾他之鷹>電影劇照，左為亨佛萊·鮑嘉飾演的山姆·史貝德

大贏家嗎？他或許沒這麼大的野心，他要做的只是在不賠本的狀況下，能夠贏幾把，能夠在一場又一場的生死遊戲中，獲得一些繼續下去的新本錢。

正因為他的賭本是命，只要天秤太過往輸面傾斜，那便沒有挽回的餘地，他必須讓天秤維持在往贏面傾斜，這樣他才有存活的必然把握。必要的時候，他也可以把心愛的美女給送上絞刑台，然後送她一句「如果他們吊死妳，我會永遠記得妳。」

英雄神話的起源

雖然漢密特口口聲聲說史貝德是「金髮的撒旦」，但其實他讓偵探具備的卻是最「本格」──標準的人性。正是因為有這種種，才讓史貝德有貼近現實的一面，在這樣的寫實向度上，建構了他理想的那一面，或者說，夢幻的那一面。

這也可以說明史貝德為何成為冷硬派偵探

亞傑的死訊傳來，他回頭再睡了一覺，隔天把門上對方的名字撤掉，沒有哀悽的神色，情緒也沒有絲毫的降半旗。

你也許說他勢利，但置身於所謂的「殘酷大街」上，沒有僥倖的可能。他必須擁有最強大的武裝，不能讓自己成為最輸的輸家，雖然他不見得是贏家，但在舊金山這個現實大賭盤中，他絕不讓自己滿盤皆輸；他想當

的原型，幾乎是完美的美式英雄典型。他冷血、強硬，但根源來自於人性的原欲，他不會像卜洛克筆下的史卡德那麼脆弱，但也不像米基・史畢蘭筆下的麥克・漢默那般好萊塢式的不死硬漢。他綜合了現實與理想的「男人」形象，一個面對「冰的世界」小心翼翼，但又大膽出擊的「英雄（熊）」。

當然，史貝德面對世界的態度，極可能是漢密特現實經驗的投影。一如眾所周知，漢密特曾經在當時美國最大的平克頓偵探社當過探員，親自走過那死亡的蔭谷，因為這樣的經驗，使得史貝德具有一種高度的現實性，但又糅雜著理想的男性氣質，那種強悍的氣味，我們也依稀可以在美國西部拓荒文學中，嗅聞得到。

「妳的山姆是偵探」

史貝德完美的形象，其實多少佔了一個大便宜——他的出場次數太少，所以他不必擔負所有系列偵探都會面臨到的瓶頸：如果作者要讓他更現實化，那勢必得走向史卡德，人性的脆弱、孤獨一一浮現，或是兒女情長，讓偵探更像真人，削減他的神話性。不然就是走向

007式的無敵英雄，徹底成為理想國度裡的神祇，到達一種夢幻的高度，反現實性。

或許我們該慶幸，在那樣的時空背景下，類型小說的寫作還是一個開端，系列的概念尚未完全，好萊塢的運作法則也尚未確立，所以不會出現墮落的景觀，史貝德沒有機會成為系列偵探，而仍可以保持一定的「純潔」。

所以他只會是山姆大叔，他會留在那永恆的文字世界中，完美地重複著他所具有的歷史不朽地位：美國男性的英雄典型，冷硬派偵探的「第一」把交椅，美國革命最忠實的代言人（或是吉祥物？）。

作者簡介：

陳國偉，筆名遊唱，中正大學中文所博士候選人，目前在中正大學、虎尾科技大學、南華大學開設現代文學相關課程。新世代小說家，曾獲中央日報文學獎散文第一名、全國學生文學獎、2004全國台灣文學營創作獎等，著有《空間失控》（麥田）。主編《小說今視界》（與江寶釵合編，駱駝）。

推理小說獎：馬爾他之鷹獎

Maltese Falcon Society of Japan

這是1983年日本馬爾他之鷹協會所創立之獎項。

《馬爾他之鷹》原文書封面

　　日本馬爾他之鷹協會，是由一群冷硬派推理小說愛好者所組成團體，以漢密特小說《馬爾他之鷹》中眾人爭奪的寶物〈馬爾他之鷹像〉為名。協會於1981年創立，過去曾以會員投稿的方式發行會報《The Maltese Falcon Cyber Flyer》。

　　自1983年開始，協會成員每年投票票選出該年日本出版最優秀的冷硬派小說，首屆獎項由羅勃·B·派克（Robert B. Parker）作品《初秋》（Early Autumn，早川書房出版）奪下，獎座為日本的木製工藝品「丸太之鷹」。1987及1992年由勞倫斯·卜洛克分別以《酒店關門之後》、《到墳場的車票》拿下此一殊榮。值得一提的是，此獎於1990年頒給了原寮《被我殺害的少女》（早川書房出版），是多年來唯一一本日人創作小說。

　　協會自1999年發行會報第十六號後，便無後續更新資訊，這個獎也就在此年頒布後嘎然而止。

Sam Spade

達 許 ・ 漢 密 特

達許・漢密特，1894年5月27日生於美國馬里蘭州，在巴爾的摩與費城長大。十三歲失學，出外賺錢貼補家用，二十一歲受雇於平克頓偵探社巴爾的摩分社。1942年二次世界大戰爆發，以四十八歲之齡志願從軍三年。

1922年，漢密特以Peter Collinson的筆名首次在《黑面具》雜誌上發表創作，與雷蒙・錢德勒開啓了美國本土冷硬派私探小說的先河。豐富的人生閱歷提供他無數的題材，畢生共寫了八十多部短篇小說、劇本，其中長篇小說《馬爾他之鷹》、《瘦子》、《玻璃鑰匙》都曾被拍成電影。

漢密特輝煌的一生寫作沒得什麼大書特書的獎，原因很簡單：他是創造獎的人，而不是得獎的人。美國當代最重要的冷硬派大獎「達許・漢密特獎」便是以他命名。更追根究柢來說，美國冷硬派及其族裔的犯罪小說，係1920年代中「美國革命」的產物，而漢密特便是「美國革命」的締建者兼首席詮釋者——漢密特在冷硬派和犯罪小說的地位，相當於古典推理的愛倫・坡加上柯南・道爾。

這是做爲偵探作家的漢密特，更多的人不把漢密特看成只是偵探作家，以爲他寫實且悍屬的筆觸和語言，承繼著馬克・吐溫、梅爾維爾的書寫傳統，和海明威、福克納、錢德勒共同撐起20～50年代美國本土史詩時期，讓美國的正統文學得以完全掙脫歐陸小說的長期統治，有了自身反省的焦點和存在的意義。

被譽爲犯罪寫實巨匠的漢密特，極可能是偵探小說史上最了解犯罪的人：他出身貧寒，前半生俱在下層社會打滾，其中最奇特的是，他曾在全美最大的平克頓偵探社任職多年，這使他的小說和眞正的現實世界有著無可替代的繫聯，飽滿而強大。

漢密特於1961年1月10日因肺癌過世，享年六十七歲。

閱讀

達許・漢密特小說的方法及其順序

一 方法

漢密特是改變推理小說書寫規則的人，從美國，到全世界，我們可以先記得這件事。還有，漢密特講過一段凡推理小說迷都差不多會背誦的名言：「漢密特把謀殺交回到有理由犯罪的人手中，而不僅僅只是提供一具屍體而已。」必要的話，也可以再多記住這段話。

如此，我們閱讀的第一步就大致踏對了，讀小說時，你不用再苦苦等候最終答案的來臨，而把前面兩三百頁的小說看成跋涉的苦工──推理小說不是謎題，不是四格漫畫，我們投資的買書金錢和閱讀時間心力，不應該只值最後五頁十頁，而是整一本書。

因此，你可以是「正常」冷硬推理迷的讀法──從小說一開始，就充分享受高度機智的連環追逐，一關衝過一關，直至書末最終的罪案的核心。

你還可以是老練內行、野心勃勃的冷硬推理迷讀法──不只關心一次罪案一本小說，而是拉高成為關心一個了不起的推理書寫傳統，讓漢密特實質的成為這道推理閱讀旅行的起點，從偵探塑造原型，語言文字形式，到犯罪世界的哲學假設，進入美國推理小說最輝煌的五十年。

最終，你還可以回歸到更素樸但更廣大的小說說法，不再只是推理小說，而是單單純純的人類了不起小說讀者──漢密特是介於類型小說和正統小說邊界的大師，他可以把你引入近則海明威、福克納的世界，遠則整個廣大無垠的總體小說世界。

二 順序

漢密特，大概就無爭議的正統順序看來就是這樣子：

《馬爾他之鷹》一定從這本開始，這部小說已不再可分割的和漢密特本人，和冷硬推理小說黏在一起，是永恆的起點，你讀的同時是一部傑作，同時也是一段傳奇，一則歷史，一個譜系，也許你可以因個人因素不喜歡它，但卻不能不熟知它，這本書幾乎就是冷硬推理讀者的身分證。

《玻璃鑰匙》論書寫成績，本書和《馬爾他之鷹》不分軒輊，只是少了它的傳奇和里程碑意義，兩書同出於漢密特書寫最高峰那兩年，同樣的機警、俐落、快速以及帶著殘酷不仁意味的瀟灑。

《瘦子》漢密特晚年的作品，他最異類的小說，走入上流社會的漢密特，發現世界殘酷依舊，但明顯少了戾氣，而代之以幽默和嘲諷，書中退休偵探的有錢熱血老婆，是漢密特小說中最可愛的一位女性。

冷硬派 的 偵探始祖

大陸偵探社探員
Continer

作者 達許·漢密特 （Dashiell Hammett,1894～1961）
登場作 紅色收穫 （The Red Harvest,1929）
代表作 大陸偵探社 （The Continental Op,1945）

在眾多冷硬派偵探當中，來自舊金山的大陸偵探社探員大概是最面貌模糊、難以描述的一個，因為作者始終沒有提到他的長相，甚至連名字也沒有。我們只知道他二十出頭就加入大陸偵探社，在小說中的年紀大概四十歲上下，出現於《紅色收穫》、《丹恩咒詛》二本長篇，以及《大陸偵探社》、《螺絲起子》二本短篇集中。他的身材矮小肥胖，身高約五呎七吋（不到一百七十公分），體重約一百九十磅（八十六公斤），兩臂粗厚、拳頭粗大，穿著長外套，戴帽子，會抽煙喝酒。對女色並非無動於衷，雖然那些容貌和身材足以引人犯罪的女人，通常是想藉誘惑這個中

> 我放棄兩萬五到三萬塊的額外薪資不要，就因為我愛當偵探，愛這工作。而熱愛工作就會叫你竭盡所能把事情做好。要不做它幹麼？
>
> 《螺絲起子》
> 漢密特偵探小說系列 8

年胖偵探從犯罪案件中脫身，然而他總是能盡力把持住。

他辦案時主要靠著自己合法或非法的各種偵查手段，大部分靠自己四處打聽，有時則利用線民（雖然後來被出賣），偶爾和警方合作，而且相處甚歡。身為偵探社成員，他比那些單槍匹馬的私家偵探多了同袍和組織的支援力量，必要時可以動員其他偵探或各地分社幫忙進行跟蹤、調查資料的工作。在追查過程中和歹徒們飛車追逐、拳腳相向、身陷槍林彈雨是家常便飯，不僅鼻青臉腫得像是給放進絞肉機絞過一樣，還常有血光之災。不過再怎麼耐摔耐打、冒險犯難，他可不會隨便拿自己性命開玩笑，「幹

al Op

Continental Op

偵探這行是要抓壞蛋，不是逞英雄。」他很有自知之明的說道。

大陸偵探社探員在首部長篇小說《紅色收穫》中，受雇到一個被眾多流氓瓜分把持的城市，但是才剛抵達就發現委託人已經被殺了，在到處探聽消息後，他決定留下來掃蕩城市裡的惡勢力，

並迫使委託人的父親——原本擁有、控制著城市的富豪——聘僱他來對付那些狠角色。靠著他不遺餘力的合縱連橫、挑撥離間，歹徒們互相殘殺，死傷殆盡，書中有一段他的自白是這麼說的：

瞧！今晚我坐在威爾森的桌旁，玩弄他們像玩弄鱒魚似的，玩得很開心。

我看著努南，知道我對付他的手段，他沒千分之一的機會再多活一天，我笑了，覺得內心暖洋洋的很快樂。這不是我。我一身硬皮，只留下靈魂了。

經過二十年和罪犯鬥法，我可以面對任何謀殺案，什麼都不看，只看到我的飯碗，看到例行的工作。

RED | HARVEST

紅色收穫

達許·漢密特 著 ◆ 林沺修 譯

DASHIELL HAMMETT

《紅色收穫》封面

《螺絲起子》封面

原則（即使幾乎從不掛在嘴上），所以願意瞞著偵探社留下來肅清充滿罪惡的城市；把相信自己受到瘋狂詛咒的女子從絕望中拯救出來；串通警探毀掉證物以幫助那些身陷勒索圈套的女性；將罪犯送入監獄、絞刑架，或者令其死亡......。也許有一天他會變得像偵探社「老總」一樣，歷經五十年偵探生涯，看盡殘酷的現實社會各種光怪陸離之後，變得「對任何事都沒有感覺」。值得慶幸的是，從他一登場開始，漢密特留給我們的仍是一個在冷硬外表底下，堅守正義、具有悲憫心腸的溫暖靈魂。

儘管如此，從他執意留下來清除罪犯的行為，其實就可表明他畢竟不像自己說的那麼冷血無情。他熱愛偵探工作，以追求正義為

平克頓偵探社 簡介

Continental Op

　　作家達許・漢密特曾在「平克頓偵探社巴爾的摩分社」做過貨真價實的偵探，那麼，這是一間怎樣的偵探社？相信是諸多讀者心底深埋已久的疑惑。

　　平克頓偵探社的創始人亞倫・平克頓（Allan Pinkerton, 1819～1894），生於蘇格蘭的格拉斯高，1842年移居美國，定居芝加哥。早年曾在英國投身群眾運動的他，發現自己嫉惡如仇的個性很適合幹私家偵探這一行，於是在1852年成立了平克頓偵探社，也是美國第一間偵探社。創社後很快地抓到許多當時極為猖狂的火車搶匪，摧毀了幾個黑幫組織，建立起偵探社的良好信譽，吸引志同道合者前來應徵，成為城鎮上法律的執行者、市民的守護神。「平克頓守護在你身旁」成為一句響亮的口號四處傳頌，而偵探社的

亞倫・平克頓

偵探社的標誌

標誌──一隻睜大的眼睛，更成為日後另一個代表私家偵探的英語Private Eye的字源：「我們永不休息」（We Never Sleep）的標語也象徵了私家偵探不辭辛勞的精神。

　　南北戰爭期間，厭惡蓄奴行為的平克頓加入了特務局，協助逮捕來自南方的間諜。戰爭結束後，偵探社接下的工作量更加龐大，而平克頓本人也開始當起作家，以過去偵辦的案件為寫作題材，於1874年出版了《The Expressman and the Detective》一書。

　　平克頓偵探社一開始雖廣受好評，但之後卻淪為資本家的打手，以暴力威脅的手段鎮壓勞工運動，招來不少負面的壞名聲。這也正是漢密特小說《紅色收穫》所要揭露的惡行，並替爭取自身權益而努力的勞工階級吐了一口怨氣。諷刺的是，漢密特過去正是偵探社的職員，而偵探社至今仍被人熟知的原因，主要也是來自這部虛構的小說。

文／夜瞳（出版從業人員，推理小說迷）

具有浪漫騎士精神的
無名中年男子

他冷靜實際卻不像山姆‧史貝德那麼實事求是；他悲憫弱者卻不像劉亞契那麼多愁善感；他語帶機鋒卻不像菲力普‧馬羅那麼憤世嫉俗；他雖然看盡人性種種罪惡，卻不像馬修‧史卡德那樣具有歷盡滄桑的老靈魂。

從神探到路人甲

自杜賓和福爾摩斯以降，各個古典神探的形象不斷被作家複製、變形、塑造，透過他們在大量系列作品中的活躍表現，讀者很容易在看到福爾摩斯、布朗神父、思考機器凡‧杜森、白羅或者凡斯等人的名字時，腦中自動浮現這些偵探的外貌及特徵。他們的典型化成爲一種不容錯認的印記，你不會將福爾摩斯的鷹鉤鼻和白羅的蛋頭弄混，也不會認爲手上拿著一把雨傘的矮胖神父叫做菲洛‧凡斯，透過作者的刻意營造，那一個個偵探的名字彷彿被下了咒語，束縛了讀者的印象。

直到漢密特筆下那位無名偵探出現。

沒有名字、不曉得長相，只有一些簡單的身材外型描述，「無名偵探」打破了人們對神探名字和樣貌的直接反射性聯想。他可以叫張三或李四，約翰或傑克，雖然也有某些特定的形象，卻像個面目模糊的路人甲一般，輕易就會隱沒在茫茫人群之中。對他而言有沒有名字不重要，既不必藉屢屢破案來營造神探的名聲，也不必靠這種名聲接案子。尤其當小說場景從封閉的莊園搬到殘酷的大街上時，逡巡於黑街暗巷中的中年無名偵探，宣告著偵探小說歷史中「美國革命」的到來。

這不是個芳香的世界

漢密特最初（幾乎一直到最後都是）爲擁有尖銳積極生活態度的人而寫。

他們不怕事情醜陋的一面，他們就生活在裡面。暴力不會令他們迷惘，因為就在他們居住的街頭。漢密特把謀殺交到那些有理由犯下罪行的人手裡，不只是提供屍體而已；用的是唾手可得的器物，而不是手工精製的決鬥手槍、南美箭毒或熱帶魚。他活生生的

Continental Op

把這些人擺在紙上，讓他們用習慣的語言說話思考。
——錢德勒《謀殺巧藝－論述一則》

二十世紀初期的美國社會，禁酒令仍未解除，經濟蕭條、幫派林立。離開優雅閒適的貴族生活，偵探小說開始往寫實方向傾斜，偵探不再不愁吃穿整日等著案件找上門，為了生存他得努力執行偵探社交派（或者自己攬上）的各種工作，除了離婚訴訟以外，小至守護結婚禮物、尋找失蹤人口，大至追緝銀行搶匪、掃蕩城市幫派等案件都是業務範圍。如同錢德勒所說，犯罪是立基於現實生活中的，而金錢則是最主要、最誘人的動機，故事裡的角色總是因為利益而結盟或反目，自私自利帶來的無盡殺戮，展現出赤裸裸的幽闇人性。無名偵探就在這貪婪與慾望交織的都市叢林中，凝視著現實社會醜陋與骯髒的一面，一次又

THE CONTINENTAL OP
大陸偵探社

達許‧漢密特 著 ◆ 易萃雯 譯
DASHIELL HAMMETT

《大陸偵探社》封面

一次捍衛著他心中的正義。

在大陸偵探社系列小說中，殺人不是用刀槍就是用雙手，凶手們不會特意建一棟屋子、搞一個密室，或者先想好不在場證明。犯罪方式直來直往、粗糙而沒有太多想像力，你不會看到灑滿花瓣的華麗屍體或是吊在天花板上的人頭風鈴，偵探要思考的是事情為何（Why）會有這樣的發展？誰（Who）策劃了一連串陰謀騙局？然而要想把事情經過搞清楚，需要高度想像力和組織能力，他不會悠哉地抽煙斗推敲案情，最後作出令人驚艷的推理，相反的，他必須以機智的口才、敏捷的反應和結實的拳頭，在充滿猜忌、背叛與利益糾葛的緊張人際關係中求取生存的機會。不只是比拳頭大小而已，破案的智慧也不可少，在《丹恩咒詛》裡就提到這點：「想抓凶手可不能天馬行空隨你高興的亂想一氣。你得蒐集好所有資料，坐下來把它們翻來覆去想到全部都解釋得通。」

作者達許‧漢密特

無名而有情

　　無名探員的第一部長篇《紅色收穫》在1929年出版，同年大名鼎鼎的山姆‧史貝德《馬爾他之鷹》也在《黑面具》雜誌上連載，然而在此之前，無名偵探已經偵辦過好幾個短篇案件。對於十三歲起就踏入社會、二十一歲加入平克頓偵探社的漢密特來說，那位無名的大陸偵探社探員，毋寧帶有他個人經歷見聞的投影。漢密特賦予他一個開創

性的地位，卻又如此吝於描述偵探本身，我們只能在小說裡搜尋關於其個人特質的蛛絲馬跡——他冷靜實際卻不像山姆‧史貝德那麼實事求是；他悲憫弱者卻不像劉亞契那麼多愁善感；他語帶機鋒卻不像菲力普‧馬羅那麼憤世嫉俗；他雖然看盡人性種種罪惡，卻不像馬修‧史卡德那樣具有歷盡滄桑的老靈魂。而他最爲後來那些冷硬派偵探們所普遍承繼的一項特質，就是浪漫的騎士精神以及旺盛蓬勃的生命力。儘管這位中年的小胖偵探在書裡不是那種左擁美女右打壞蛋的英雄式人物，讀者卻可以在他一次次與罪犯交手的過程中，領略這位無名中年男子獨特的魅力。

作者簡介：
　　夜瞳，雜食性推理迷，喜愛卜洛克、高羅佩與橫溝正史。

駐市偵探

冷硬派小說中的私家偵探有一個普遍存在的特色：他們不是行遍全國、環遊世界的古典神探，不像身為檀島警探的陳查禮可以飛到舊金山送珠寶，艾勒里·昆恩

從紐約前往好萊塢度假兼查案，狄仁傑在中國各縣邑治所輪調，赫丘勒·白羅來趟東方快車之旅。他們多半緊緊守在開業的城市裡，找熟悉的老朋友聊聊，到酒吧或公園轉轉，在巷口買份報紙看看。所幸他們受委託的案子也不必花太多腳力走去另一個陌生的城市——可能偶爾還是要，但不是經常如此。就像進到夜晚沒開燈的廚房，可以熟練地煮杯咖啡或倒杯酒來喝，一旦熟悉到離不開這座城市，反過來也就成為城市的守護者——我們稱之為駐市偵探。

紐約街景（攝影：蕭怡萍）

這種人對寫作者來說，就像要找一個一輩子住在台灣的中年人到紐約第五大道的餐館點餐一樣，一眼就知道是不是在地人。作家要對這座城市很有感覺，不光只是抄抄地名打打屁就可以，甚至連警察收賄的行情都得搞清楚才行。

在此列舉美國幾位重要的駐市偵探（作家）供讀者參考，其中包括因公駐守在某地的非冷硬派偵探，且偶爾會離開該城市外出查案。

芝加哥（Chicago）－伊利諾州（Illinois）
華蕭斯基 V. I. Warshawski
（莎拉·派芮斯基 Sara Paretsky）

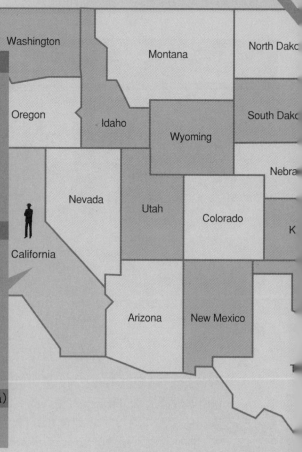

舊金山（San Francisco）－加州（California）
大陸偵探社無名探員 The Continental Op
（達許·漢密特 Dashiell Hammett）
山姆·史貝德 Sam Spade
（達許·漢密特 Dashiell Hammett）
無名偵探 The Nameless Detective
（比爾·普羅齊尼 Bill Pronzini）
秀蘭·麥康 Sharon McCone
（梅西·米勒 Marcia Muller）
洛杉磯（Los Angels）－加州（California）
菲力普·馬羅 Philip Marlowe
（雷蒙·錢德勒 Raymond Chandler）
劉亞契 Lew Archer
（羅斯·麥唐諾 Ross MacDonald）
易老林 Easy Rawlins
（華特·莫斯里 Walter Mosley）
佩利·梅森 Perry Mason
（E. S. 賈德納 Erle Stanley Gardner）
聖塔芭芭拉（Santa Barbara）－加州（California）
肯西·梅爾紅 Kinsey Millhone
（蘇·格蕾芙頓 Sue Grafton）

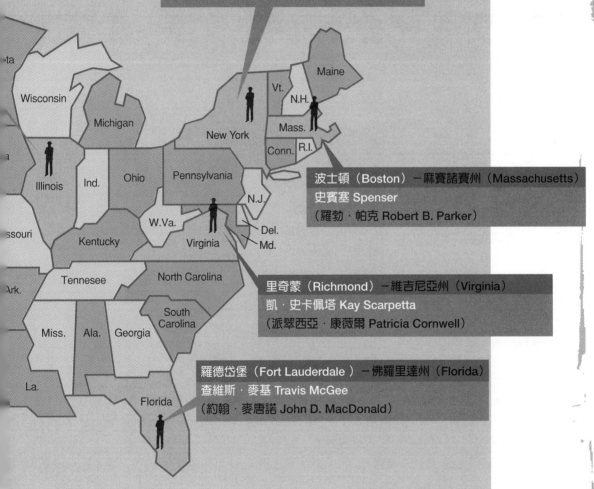

紐約（New York）－紐約州（New York）
馬修・史卡德Matthew Scudder
（勞倫斯・卜洛克 Lawrence Block）
麥克・漢默Mike Hammer
（米基・史畢蘭 Mickey Spillane）
八十七分局（虛構的城市，影射紐約）
（艾德・麥可班恩 Ed McBain）
掘墳瓊斯和棺材艾德
Grave Digger Jones and Coffin Ed Johnson
（卻斯特・海姆斯 Chester Himes）

波士頓（Boston）－麻賽諸賽州（Massachusetts）
史賓塞 Spenser
（羅勃・帕克 Robert B. Parker）

里奇蒙（Richmond）－維吉尼亞州（Virginia）
凱・史卡佩塔 Kay Scarpetta
（派翠西亞・康薇爾 Patricia Cornwell）

羅德岱堡（Fort Lauderdale ）－佛羅里達州（Florida）
查維斯・麥基 Travis McGee
（約翰・麥唐諾 John D. MacDonald）

嘴裡不饒人 的 洛杉磯硬漢

菲力普·馬羅
Philip Ma

作者 雷蒙·錢德勒 （Raymond Chandler, 1888～1959）
登場作 大眠 （The Big Sleep, 1939）
代表作 漫長的告別 （The Long Goodbye, 1953）

人人都敲你頭，
搯你脖子，
揉你的下巴，
灌你嗎啡，
但你仍舊不屈不撓，
直到他們屈服為止。
你為什麼這麼酷呢？

《再見，吾愛》
錢德勒偵探小說系列 2

出生於加州聖塔羅莎，家中獨生子。身高六呎左右，體重一百九十磅，膚色偏黑，迷人的棕髮加上窄鼻灰眼。喜歡抽香菸戴呢帽，有點酗酒的毛病。曾當過地方檢察官的調查員，後因言語不遜觸怒長官而丟了差事，改在洛杉磯（後期搬到南方一點的拉荷雅城）以領有執照的私家偵探為業，辦公室在富蘭克林街上的赫伯阿姆斯大樓。不辦離婚案，接受委託的價碼一天二十五元美金，外加必要花費（當然還是會依實際情況略作改變）。沒有女秘書的幫忙，但時常周旋在眾多蛇蠍美人之間。辦案過程中常遭到痛扁、毒打、監禁、下藥，當他被女人痛罵：「你這個混蛋！你被打得七葷八素，又被下了天知道多少種麻藥，難道回家補個眠，大清早起來就又是個偵探好漢了嗎？」馬羅只是回答：「我想睡晚一點起來。」強烈的道德感與正義感驅策馬羅對抗阻撓他查出真相的擋路者，「我在辦一件案子。為了討生活，我賣我必須賣的。我所能賣的，就是上帝賜給我的一點膽量跟智慧，還有為了保護客戶，寧可吃虧受氣的一點意志力。」

Philip Marlowe

lowe

菲力普‧馬羅真是條血性漢子。

1939年，馬羅在《大眠》中首度登場時是三十三歲，接下一位退休老將軍的委託，處理小女兒遭勒索的事件。受過大學教育的他講起話來有些犬儒，喜愛譏諷嘲笑，略帶玩世不恭的態度加上一口尖酸刻薄的辛辣嘲諷，再伶牙俐齒的傢伙都不是他的對手。擺出高傲姿態傷不了他的自尊，用美色誘惑也不移其心志，「我不在乎妳對我耍大牌，也不在乎妳對我展示美腿，更不在乎妳喜不喜歡我的態度，我的態度向來相當差。」對於私家偵探這份工作的看法是：「我不是福爾摩斯或菲洛‧凡斯，我不打算去搜查警方已

經調查過的地方，撿一根破筆芯，然後從那裡開始建構案子。」、「我冷面無情，無所顧忌，在乎的只是錢而已，而且愛得不得了。」從不隱瞞他對私家偵探這一行赤裸裸的生計需求。「私家偵探任何人都可以盯，人家花錢買他的時間，他就想盡辦法來跟你磨。」這就是馬羅的工作哲學。

接受了委託就一定追查到底，是馬羅的堅持與信用，卻也挖掘出不該被攤在陽光底下的腐臭敗壞，推開了毀壞美好回憶的大門。古典推理小說往往停在凶手落網的那一刻，也就天下太平、心安理得了，事實上，破案後仍有巨大的謎團懸而未決，如同童話故事

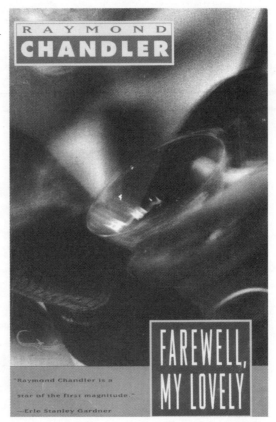

「王子與公主從此過著幸福快樂的生活」般陳腔濫調，現實生活的柴米油鹽告訴我們根本不是這回事。馬羅要揭露與對抗的，就是這道障壁。短篇小說篇名〈找麻煩是我的職業〉正揭示了這一點，也迅速建立起推理小說的另一個重要原型──將案件交給不願遵循正規調查系統的追索者，小說裡私家偵探的工作也逐漸向平克頓偵探社般的現實世界靠攏。

所以菲力普‧馬羅及其他冷硬派私家偵探，他們所面對的不光是「將犯罪當藝術品創作」，有點規矩過頭、純粹鬥智解謎的犯人（他們會邀讀者一起來識破詭計，像舉辦一場運動會般，看你能不能比偵探早一步抵達終點）。而是與城市裡龐大的邪惡力量──不一定是大型犯罪組織，但多半逃不出被這個城市醞釀壯大的氣氛──對抗以求生存。

「如果有足夠的人像他，那麼這個世界會是個安全的地方，不會變成太無趣不值得居住。」馬羅的原創者雷蒙‧錢德勒為這位最受美國推理作家與讀者歡迎的男偵探，下了一段再適切不過的註腳，可能還是至今仍無法取代的說法。而讓世界恢復美好（起碼不要更加敗壞），則是冷硬派偵探們所默默奉行的堅定不移信仰。

推理雜誌《黑面具》

美國推理小說史上的古典黃金時期，正值紙漿廉價雜誌（pulp magazine）大量印行出版，《黑面具》（Black Mask）便是其中之一。《黑面具》發行於1920～1951年間，對於當時美國特有的冷硬派小說發展，扮演了重要角色。

《黑面具》在兩位發行人H. L. Mencken和George Jean Nathan合作下創刊，一開始並非為冷硬派小說量身打造，但之後轉向描述一次大戰後美國人民理想破滅的情節，並夾雜大量暴行的小說，採短篇或長篇連載的形式刊登，內容宣洩了美國社會對於日漸腐壞的治安，以及大城市頒布禁酒令下的不滿情緒，逐漸成為以冷硬派小說為主的刊物。其中誕生了三位著名且重要的小說作家，分別是：達許・漢密特、雷蒙・錢德勒，及日後以律師梅森（Perry Mason）、柯賴二氏（Bertha Cool & Donald Lam）探案聞名的E. S.賈德納（Erle Stanley Gardner, 1889～1970）。此外，《黑面具》也提供了小說作家練習長篇寫作的

《黑面具》雜誌封面

一個跳板，先利用雜誌習作短篇作品後，再轉換成長篇形式發表，雷蒙・錢德勒就是其中之一。

一次世界大戰期間出現的廉價雜誌，到了二○年代初期成為極大眾化的閱讀刊物，街頭的書報攤上可見同時間兩百餘本的出版量，間接培養出大量的讀者和新興作家。推理相關雜誌除《黑面具》外，另有《Dime Detective》、《Thrilling Detective》、《Detective Story Magazine》等，但銷售量及壽命都不及《黑面具》。而輝煌時期的《黑面具》，還曾創下每月銷售量二十萬本的紀錄（註：當時公布的估計數字）。

《黑面具》與其他廉價雜誌從美國人的生活中逐漸消失，起因是電視的日漸普及（電視時代的來臨）。讀者不再需要文字上逐漸平板單一的描述，轉而接受聲音、影像的刺激，《黑面具》因此於1951年宣告停刊。但不容否認的，電視戲劇的確繼承了廉價小說中的精神，只是轉移了發聲的場域，並促成更多元的發展與影響。

文／既晴（推理小說作家）

我所鍾愛的
菲力普・馬羅

馬羅根本上是個浪漫主義下的產物，只不過用了現實黑街來當成包裝的糖衣，語氣柔和地訴
說著一名身無片甲的英雄，如何在是非不分、黑白模糊的世界中證明人性的良善。

既新奇又陌生的閱讀經驗

有很長一段時間，台灣推理迷談起推理小
說，仍然把范達因的〈推理小說二十條守則〉
奉為圭臬。一直到晚近幾年，冷硬派才逐漸
得到認識。

記得當時應該是北方謙三《慾望街頭》、結
城昌治《黑夜結束時》起頭，與一般認知的
推理小說大相逕庭。接著又有米基・史畢蘭
筆下的麥克・漢默系列《審判者》等風格強
烈的野獸異色作。然後，就直接跳到當代冷
酷派大師勞倫斯・卜洛克了。

對那時的台灣推理迷來說，冷硬派是一種
既新奇又陌生的閱讀體驗。案件不講究華麗
炫異的殺人詭計，偵探也絕非天縱英明的傲
岸貴族，與以往夏洛克・福爾摩斯、赫丘
勒・白羅等傳統解謎的思索習慣完全逆左，
常常引起兩極化的讀後感。

然而，推理文學的另一座板塊巍然浮現，

不啻開啟了更為完整的類型視野。在卜洛克
引起廣泛注意之後，我所期待的兩位冷硬派
開山祖師——達許・漢密特及雷蒙・錢德勒才
終於現身。

先驅的珠玉

我很喜歡追溯既往，去探尋、咀嚼一種原
創形式的開端。愛倫・坡的〈莫爾格街凶殺
案〉，是我每年必讀一回的故事，一如《孫子》
對兵學的意義。卜洛克的寫作時代，坐落於
歐美推理文學粲然齊備之時，我認為他的價
值在於滌濾篩洗、統合整建前人的智慧結
晶，技法格局恢弘。我相信未來卜洛克也會
有被後人滌濾篩洗、統合整建的一日。但，
起點則是立竿下的見影，不容忽視、不可抹
滅，當代最巨大的創意，往往憑恃著古典經
籍的再反芻。

頃讀漢密特與錢德勒，我試想抓拾一些先
驅的珠玉。沒想到，我很快愛上了錢德勒筆

《雷蒙・錢德勒傳》，Tom Hiney著

下的偵探菲力普・馬羅。直到今天，馬羅依然是我唯一鍾愛的冷硬派偵探。

雖是閱讀推理，我仍然保有一些天眞的感性情懷，所以我並不偏好漢密特的冷徹骨髓的殘酷濺血。錢德勒則不同。馬羅根本上是個浪漫主義下的產物，只不過用了現實黑街來當成包裝的糖衣，語氣柔和地訴說著一名身無片甲的英雄，如何在是非不分、黑白模糊的世界中證明人性的良善。

他的武器沒別的，是他的生命

記得某年大陸作家余秋雨赴台演講，慕名而至的讀者們將清華大學的大禮堂塞滿。當時我還是個研究生，舉手向他發問：「如何看待人間的善惡？」余秋雨說，人間的罪惡太多，良善脆弱得飄搖欲失，因此，作家之筆應當盡力讓人間一絲良善得以延續。

認識馬羅之後，我驀地想起這段往事。馬羅和山姆・史貝德、麥克・漢默就是不一樣。也許所有的冷硬派偵探都有令人崇仰的正義感，但史貝德工於心計，漢默以暴制暴，客觀地說眞是震撼刺激，卻不如馬羅那樣得我衷心──他的武器沒別的，是他的生命。以性命來阻擋罪惡，有點螳臂擋車，也有點正氣凜然。

馬羅是洛杉磯市的執業私家偵探。洛杉磯住了許多達官貴人，好萊塢也在那裡。因此，像《大眠》、《高窗》、《漫長的告別》總是讓馬羅涉入富豪圈，《小妹》則直寫好萊塢。將上流社會與底層犯罪牽扯、交纏在一塊，處處充斥著金錢、美女、權勢、烈酒、毒品......可說是錢德勒最精湛絕倫的設想，也是馬羅之所以為騎士、之所以為勇者、之所以為凡人的複雜多面體。

魅力的所在

馬羅探案一共有七部長篇，其中我最鍾情的是《再見，吾愛》，最佩服的是《湖中女子》，最動容的是《漫長的告別》——這部作品也是1954年美國愛倫坡獎的最佳長篇推理。

七部長篇中的《高窗》，評價相當有意思。評論家Jerry Speir認為：「故事的組合非常牽強，佈局羸弱不堪，是馬羅探案中水準最低

者。」H. R. F.基亭贊同Speir的意見，卻在他的《犯罪與解謎：作品百選》選入這本書，理由則是「錢德勒的魅力本就不在佈局，而在人物及場景。」令人不禁莞爾。

事實上，馬羅有第八部未竟的探案《Poodle Springs》。1959年，擔任美國推理作家協會主席的錢德勒造訪紐約，回程途中逝世，享年七十一歲。《Poodle Springs》只寫到第四章。1989年，遺族委託專門研究錢德勒、有「錢德勒繼承人」之稱的羅勃‧帕克（Robert B. Parker）將它續筆完成，為馬羅的冒險畫下句點。

作者簡介：

　　既晴，熱愛推理小說，曾以《請把門鎖好》獲第四屆皇冠大眾小說獎。另著有《別進地下道》、《魔法妄想症》等作。個人網站【恐怖的人狼城】在http://windmail.virtualave.net。

嘴裡不饒人的洛杉磯硬漢

菲力普‧馬羅

Philip Marlowe

所謂「冷硬派」

在英美推理小說黃金時期崛起的冷硬派（Hard-boiled）作品，可說是達許‧漢密特、雷蒙‧錢德勒、E. S.賈德納（創造佩利‧梅森律師與柯賴二氏探案的作者，台灣曾出版過前者選集及後者的全集）等人，於一次世界大戰結束後在美國開發出來的重要類型，推理評論家朱利安‧西蒙斯在《血腥的謀殺》這本推理史書上稱之為「美國革命」（The American Revolution），是往後近八十年來英美的主流書寫。

冷硬派小說不似古典解謎推理（也就是日本所謂的「本格派」——正統解謎，但英美不會以本格二字稱之），發生在相對密閉的空間裡（密室、莊園、孤島等），強調神秘（mystery）與偵探

《偵探》雜誌封面

（detective）。冷硬派作品以犯罪（crime）為基調，私家偵探（private eye）為主角，空間相對開放的都市（city）為活動場所，將謀殺交還給有犯罪理由的人手上。特別的是，冷硬派發展初期作品幾乎都集中在美國，大西洋對岸的英國則成了解謎推理的溫室，連密室之王卡爾也從美國渡海而去。但在並肩開創出來的黃金時期中，並未因彼此發展方向的不同削減了共同的成就。

冷硬派的誕生基本上是一個文學新世代對舊世代發出的怒吼與反抗，質疑其強烈的脫離現實感，是閉門造車的愚蠢遊戲。錢德勒在＜謀殺巧藝＞這篇論述中便狠狠地痛批解謎小說一頓，並以一部部描寫真實世界的犯罪故事作為挑戰，引起讀者與同世代的作家熱烈回應。此舉打破了所謂

的歐陸傳統——雖然推理小說之父愛倫·坡是美國人，但日後整體的創作量與所受的重視度，多半集中在以英法等國為主的歐陸上——加上廉價（紙漿）雜誌的大量銷售和出版社的支持、好萊塢電影工業改拍及編寫冷硬派電影等，自二〇年代刮起的冷硬派旋風，摧毀了歐陸推理界的自傲，逐漸表示認同與讚賞。甚至跨過了距離更遠的太平洋兩岸，到日本落腳繁衍，生島治郎、北方謙三、原寮、藤原伊織、桐野夏生等，都是極為出色的作家。

美國革命掀起的創作新浪潮中，有一批作家更往犯罪的源頭探究過去，捨棄了代表正義的偵探角色，關注在犯罪者行動、心境上的描寫，或是市井小民抑鬱不得志的悲苦心聲。此舉徹底打破了「大偵探」的英雄形象，探索到大部份小說作家與讀者不願碰觸甚至排斥的社會底層，《郵差總按兩次鈴》的詹姆士·凱因（James Cain）是其中代表。到了二次大戰之後，錢德勒時代的寫實但仍有一絲的浪漫感也不見了，全然的荒涼將讀者帶至黑暗的深淵，《體內殺手》的金·湯普森（Jim Thompson）、《卡西迪的馬子》大衛·古迪斯（David Goodis）都是這個時期的優秀作家。

在此補充一位重要的作家雷克斯·史陶德，筆下著名的安樂椅神探尼洛·伍爾夫（Nero Wolfe）是個徹頭徹尾的古典神探，但擔任跑腿的助手阿奇·古德溫（Archie Goodwin）卻又是個具有冷硬派特質的偵查者。此一組合不但順利結合原本看似相悖的兩大書寫板塊，還為福爾摩斯以降的「偵探－助手」搭檔注入了新的生命，並明白的告訴讀者：其實兩者是不必被一刀兩半地強制切割的。所以，當讀到一部以冷硬私探為主角的解謎小說時，可就不必為了應屬哪個類型而大傷腦筋了。但有一點很明確的是，日本自松本清張之後掀起的社會派風潮，基本上與起源於美國的冷硬派是無關的，或許兩者本意都是以寫實筆法賦予推理小說新的發展方向，呈現出來的風格顯然大不相同。

作 家 介 紹

雷蒙・錢德勒

如果說漢密特賦予冷硬派小說以方向，錢德勒便是給它靈魂的人。如果說漢密特告訴我們罪惡世界的真相，錢德勒便是為我們存留希望的人。

錢德勒是美國小說史上最偉大的名字之一，他以菲力普・馬羅為主人翁的偵探系列作品，半世紀以來早已突破一般類型小說的侷限，正式躋身經典文學的殿堂。

雷蒙・錢德勒

1888年7月23日出生於芝加哥，但因父母離異，隨母遷居倫敦，錢德勒整個童年都在英國度過，大學念的是英國的杜爾威奇學院，一直到成年之後才返回美國加州定居。

錢德勒開筆甚晚，四十五歲才正式發表第一篇小說＜勒索者不開槍＞，刊載於當時的廉價雜誌《黑面具》上，然而，錢德勒和達許・漢密特所領軍的這批廉價小說，卻成功

的推翻了英國古典推理對美國偵探小說的宰制，開啟了美國本土冷硬派私探小說的強悍傳統，是為推理史上有名的「美國革命」。

他曾說過，「野蠻不是力量，輕佻也不等於機智。」他是個世故成熟的小說家，深刻知道社會的罪惡和人心的陰暗，但他拒絕屈服，他相信世界再壞，人仍然可以勇敢，仍可以保有一己的信念；你可能無力讓正義遍在，但你還是可以在自己拳頭所及的範圍內實踐；你可能無法以一己之力對抗整個不義的世界，但你還是可以努力讓自己成為一個完整的人。「如果有足夠的人像他，那麼這個世界會是個安全的地方，不會變成太無趣不值得居住。」

由此，錢德勒成功創造出偵探小說史上最高貴、最浪漫的一個典型——一天二十五美元的洛杉磯私家偵探菲力普・馬羅。

錢德勒逝於1959年3月26日，畢生共完成七部長篇和為數廿部左右的短篇。

Philip Marlowe

閱讀

雷蒙・錢德勒小說的方法及其順序

一 方法

錢德勒，有人說他是整個美國冷硬派偵探小說的靈魂，代表冷硬派書寫哲學的最高體現，寫出冷硬派可能的最美好面向，因此，只當是簡單的推理偵探小說來讀，將會使你錯過最好的部分，非常可惜，事實上，他和福克納、海明威一樣好，禁得住你當偉大的小說來讀。

錢德勒小說中最光亮、最值得仔細閱讀的部分，首先當然是菲力普・馬羅，他筆下的偵探，一個艱辛鑿刻打造出來的高貴之人，聰明、堅定、極其tough，卻有著太敏感太正直所挾帶而來的必然脆弱。錢德勒賦予他一個黃金色澤的騎士心靈，卻也給他一個浮世之中潦倒私家偵探的不體面職業，並把他悍然拋擲在1930～50這個英雄世代逐步傾斜向平凡現代社會的詭譎接攘時間，於是我們看到了不可免的奮戰和堅持，看到了必然的剝落和消失，同時看到了希望和絕望同在的古怪圖像，如人性

的碎片散落在窮巷垃圾堆裡堅定的閃著寒光，這裡，我們會看到偵探小說未曾有過的動人深奧。

其次，通過馬羅的眼睛和思索，故事背後那一整座龐大並不斷生長高聳的城市，以及這樣一座城市所隱喻的一整個時代，永遠是錢德勒揮之不去的關懷主題，對於今天站在台灣這一方土地看著城市如變形蟲生長、時代強風不停歇打擊身上的讀者而言，尤其會有更深沉的感同身受。

此外，錢德勒小說中的女性角色亦是有趣的注目所在，這不僅是好萊塢電影「黑色女人」的起源，更重要的是，我們會看到走出家庭、和男性平等扮演犯罪主體的聰明狡詐女性背後的脆弱和艱辛——我們從女性敗壞的開始，同樣看到了她們不再屈服的勇氣和機智。

二 順序

錢德勒的小說開筆很晚，直到四十歲之後成熟的階段才開筆，因此他的七大長篇水

《漫長的告別》封面

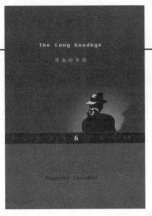

The Long Goodbye
漫長的告別

Raymond Chandler

《大眠》封面

The Big Sleep
大眠

Raymond Chandler

《再見，吾愛》封面

Farewell , My Lovely
再見‧吾愛

Raymond Chandler

準相當齊一，即便連他的短篇集子亦極可觀，最簡單的閱讀順序是按時間順序（但把短篇放長篇之後），如此，我們可以很自然察覺出錢德勒和馬羅在線性時間中的緩緩變化和完成。

然而，如果你尚未決定全體閱讀，想從「試吃」開始，那我們大致可將六大長篇分為兩群：A＋級的包括《漫長的告別》、《大眠》和《再見，吾愛》，A級的則是《小妹》、《高窗》、《湖中女子》和《重播》，而從A＋級三書開始──其中，**《漫長的告別》**最溫暖，是殘酷無常人生之中可信但幾乎不可遇的一則美好故事，一個體面的酒鬼

和一個高貴窮偵探，因一次邂逅和一張大面額美鈔，命運遂穿越了廣漠的時間空間動人的聯結起來（又，本書的中文譯本也是最漂亮的，堪稱傑作）；**《大眠》**則最虛無也最強悍，對人性的陰暗不眨眼的瞪視，女性角色也是最突出的，一向被看成是錢德勒乃至於冷硬派的不朽代表之作；**《再見，吾愛》**則最浪漫，是冷血鐵拳中動人的愛情故事，一名是七呎高如大山的銀行搶匪，一名則是紅髮如火的美麗歌舞女郎。

這三本傑作，你可依據自己的性向找出一本當入口。

酒醒了 的 無牌冷硬私探
馬修·史卡德

作者 勞倫斯·卜洛克 （Lawrence Block, 1938～）
登場作 父之罪 （The Sins of the Fathers, 1976）
代表作 屠宰場之舞 （A Dance at the Slaughterhouse, 1991）

Matthew S

馬修·史卡德從1976年登場至今，悠悠過了近三十個年頭。從年輕到年老，從酗酒到滴酒不沾，從爸爸升格為爺爺，我們很難只抓一個時間點來談他，談這位對大蘋果紐約始終不離不棄的冷硬無牌私探（這樣講不盡正確，他曾領有一陣子牌照，也幫大型偵探社工作過）。愛上他的讀者會待他如老朋友般，向他人細數種種，但對他的容貌始終有不一的想像——很肯定塊頭不小，推測現年六十歲左右，衣著整齊不花俏——作者勞倫斯·卜洛克筆下的偵探總帶給讀者極大的想像空間，但從人物的談吐和思緒中，我們反而清楚了他們的形象，無須再述。

> 私家偵探領有執照。他們竊聽電話，跟蹤別人。他們填表格，他們存檔案，諸如此類的事。那些我全不幹。我只是偶爾幫人忙，然後他們給我禮物。
>
> 《父之罪》
> 馬修·史卡德系列 8

在紐約警界待了十六年後，某個夏天的晚上，下班之後的馬修到華盛頓高地的一處酒吧，遇到兩個槍殺酒保行搶的男孩。馬修開槍打死了一個，一個打到大腿終身殘廢，另一顆不長眼的流彈打中一位西班牙裔小女孩艾提塔·里維拉的眼睛。「射進眼裡，都是軟綿綿的東西，自然就搗進腦內。他們告訴我她是當場斃命。」馬修用發抖的雙手舉起酒杯，一飲而盡。「我失去信念，辭掉警察的工作，辭掉做父親和丈夫的責任，搬進了五十七街上的旅館。」自此旅館便是他的家，第九大道（後來搬到第十大道）的阿姆斯壯酒吧就是他的辦公室，當起「只是幫朋友忙」的私家偵探來。

cudder

Matthew Scudder

馬修在第一部小說《父之罪》中，接下老同事艾迪·柯勒介紹來的男子委託，偵查一件案情偏向古典解謎推理的謀殺案。和委託人對談時喝著咖啡加波本威士忌，將酬勞一部份寄給前妻安妮塔照顧兩個兒子，十分之一捐獻給教堂，並為死者點上一根蠟燭——

包括讓他內疚一輩子的小女孩艾提塔·里維拉。

「我從來不知道怎麼定價。先收一筆款，不知道能用多久，甚至結案後還會跟你收錢。我查案是沒什麼效率的，盡可能到處走走看看問問，嗅出一些蛛絲馬跡。」他給艾迪·柯勒、喬·德肯這些警察所謂「添頂帽子」、「買件大衣」錢（你很清楚它的用途），向這個城市的情報站——患有白化症、總是待在夜店的丹尼男孩打聽情報。在調查的過程中，馬修屢屢與死神擦肩，遭遇讓他心靈不堪負荷的人生罪惡。於是一杯一杯黃湯下肚，「早年時光」、「野火雞」牌是他的最愛，直到認識加入匿名戒酒協會的珍妮絲·肯恩——他自己後來也加入了。

「我名叫馬修，是個酒鬼，我們圍坐在這一個天殺的房間裡，永遠重複著同樣天殺的告白。而在此同時，外面那個世界裡的人與人像野獸一樣自相殘殺。」馬修在辦理妓女謀殺案的《八百萬種死法》中開始有了轉變。「馬修，你知道這城裡有什麼玩意兒嗎？這個他媽的都市叢林臭濫污裡有什麼，

你可知道？有八百萬種死法。」在往後故事戲份越來越吃重的喬·德肯警官，告訴馬修紐約殘酷的一面——住八百萬人，就有八百萬種死法。「沒有捷徑，沒有方便之門，也許必須勉強自己經歷痛苦。」於是馬修決定戒酒，不再用波本麻醉自己。想喝酒的時候會買一瓶走，回到住所的浴室裡，右手扭開瓶蓋，左手順勢將瓶身傾斜，把液體全部倒入臉盆中……

相隔四年、廢掉六本書的草稿，卜洛克在《酒店關門之後》賦予馬修新的生命，新的角色也陸續加入。過去在警界服務時認識的應召女郎，兼職買賣房地產、經營畫廊的伊蓮·馬岱，進入了馬修的感情世界，成為他精神上的最大的陪伴。穿著帶鐵銹色污漬的圍裙，綽號「屠夫」的黑道份子米基·巴魯，是馬修最要好的罪犯朋友，他常在自己開的葛洛根開放屋與馬修對飲到天明（他喝酒，馬修喝咖啡），然後兩人一塊去教堂望彌撒。還有像是馬修助理更像是兒子的黑膚色

青年阿傑，他深諳多變的街頭生存，可以滿口黑話，也可以和大學教授對談經濟趨勢。此外還有匿名戒酒協會裡的輔導員好友吉姆·法柏，素描畫家雷·蓋林戴斯，紐約知名刑事律師雷蒙·古魯留等等。跟隨時代腳步，馬修也開始懂得使用網際網路，用google搜尋查案，從call機換成手機與人聯繫。即使年歲閱歷增長，仍常保生活上的年輕。

生活在一般人眼中的犯罪之都，世界經貿的重心，歷經九一一恐怖攻擊事件的紐約大城裡，馬修·史卡德走出他的生活，指引出新一代冷硬派私探的新世界且持續探詢著，未曾休止。

冷硬派小說師承

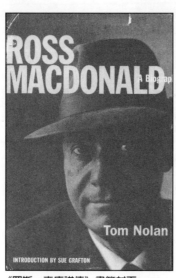

《羅斯・麥唐諾傳》書籍封面

錢德勒提出「將謀殺交還給有犯罪理由的人手上」說法之後，推理小說像是找到出口的洪水般奔騰起來，重新定位了偵探的角色，整個文類從「偵探故事」擴延到「犯罪小說」，漢密特、錢德勒以降的冷硬派作家積極地尋找他們新的寫作方向。

繼兩位開山祖師之後公認的冷硬派傳人，非羅斯・麥唐諾（Ross MacDonald）莫屬。這位出生於1915年美國加州的男性作家，原名肯尼斯・米勒（Kenneth Millar），是位拿下博士學位、曾任教密西根大學的高知識份子。娶了推理作家妻子瑪格麗特・米勒後深受影響，1944年以《The Dark Tunnel》出道，在第五部作品《動向飛靶》（The Moving Target）中創造了冷硬私探劉亞契（Lew Archer）後，確定了日後寫作

風格。劉亞契初期承襲史貝德、馬羅等人的個性，雖面臨經濟窘困但仍不失原則。中後期作品逐漸擺脫前輩的陰影，融合心理學與社會學的分析原則探究事件真相。擅於傾聽且以溫暖的言詞卸除對談者的心防，打破過去冷硬派偵探冷酷的外表，「帶私家偵探牌照的心理醫生」是對劉亞契最貼切深刻的讚美，冷硬派小說自此開始朝「軟化的硬漢」之路走去。

這並不是冷硬派的退縮或妥協，而是呼應「外部真實」的大街景象，偵探不能隱藏「內心真實」的一面。我們可以從馬羅外冷內熱的情感中便可窺知，脫口的譏諷不過是種偽裝，在時代遷移下不宜再堅持下去，否則就是做作的虛偽。但堅持武裝自己的硬漢並未絕跡，羅勃・帕克（Robert Parker）筆下的史

賓塞（Spencer）就是最佳代表。這位接手錢德勒未完遺作的當代硬漢私探創造者，1973年完成《古烏伏手卷》（*The Godwulf Manuscript*）後向世人宣告繼承馬羅的志向。抱持強烈男性主義的肌肉棒子史賓塞健談、耐打的形象，呼應讀者「男性私家偵探就是要這麼陽剛」的懷念，尤其受波士頓居民的喜愛，成為城市印象的一部分。

丹尼斯‧勒翰

史賓塞登場三年後，勞倫斯‧卜洛克的無牌私探馬修‧史卡德在1976年《父之罪》中亮相，主宰了九○年代以後美國軟性冷硬偵探的世界。早期酗酒、離婚、失業的潦倒生活，直到《八百萬種死法》後才撥雲見日，走上較為坦順的人生。他不說教，也不企圖醫治這社會上滿滿的罪惡，只是行走在紐約大街上，隨著一個又一個的故事，陪伴每一個朋友——來自戒酒協會的成員，在酒館認識的酒客，辦案時相識的警察或委託人，曾受他保護過的風塵女子——不帶什麼企圖的活著而已。他保留冷硬派最低底線的堅持，貫徹自己緊咬案件不放的老狗精神，「抬起屁股敲門去」這句口頭禪成了他辦案時最佳寫照。

當梅西‧米勒（Marcia Muller）的秀蘭‧麥康（Sharon McCone）出場時，便是向讀者宣告：「私家偵探這一行不是男性獨占的工作！」這位女性私探第一人在1977年的《古董街謀殺案》（*Edwin of the Iron Shoes*）中現身後，與莎拉‧帕瑞茲（Sara Paretsky）的華蕭斯基（V. I. Warshawski）及蘇‧格蕾芙頓（Sue Grafton）的肯西‧梅爾紅（Kinsey Millhone）成為當今冷硬派三大女傑，比例上雖仍遠不如男性作家／偵探，但其成就卻一點都不輸人。

時至今日，冷硬派作家作品仍不斷推陳出新，華特‧莫斯里（Walter Mosley）的易老林（Easy Rawlins）、丹尼斯‧勒翰（Dennis Lehane）的派翠克‧坎吉（Patrick Kenzie）與安琪‧葛納洛（Angela Gennrao）、麥可‧康納利（Michael Connelly）的哈利‧博世（Harry Bosch）、喬治‧沛倫卡諾斯（George Pelecanos）的尼克‧史戴凡諾斯（Nick Stefanos）系列都極為精采，假以時日便可繼承冷硬派的衣缽，成為新一代的傳人。

文／曲辰（大學推理研究社社員）

史卡德與 他的朋友

前期的史卡德比較單純（或許因為年輕），只顧著要抓到兇手，不惜一切代價威嚇脅逼只是要讓對方自首，後期他遇到了越來越複雜的案子，不只是要知道兇手是誰，還要想辦法「解決」兇手。

要認識一個人，先得知道他的朋友

對於史卡德——在我心目中已經認為他是冷硬私探第一人——這個卜洛克筆下的紐約私家偵探，我常常覺得，我們老是從他的眼睛來看紐約、看犯罪，卻很少看到他自己的影子，他不斷的告訴我們他對這世界的觀感，我們卻無從理解他對自己的看法。以致於他的內心世界固然清晰的展現在我們面前，卻從未讓我們見識到他的身形。

人們常常說，要認識一個人，先得知道他的朋友是哪些人，這在小說的世界中尤其準確。一個作家為什麼要花費筆墨來形容除去主角外的人物，為什麼要費心穿錯交織主角與配角的互動，這些都有某種程度上的背景與目的。面對配角的時候，主角可以有餘裕展現出屬於他的各種面向，讓整體形象在讀者心中活潑了起來。

卜洛克的小說，一個為人所樂道的部分就是他不只是塑造一個主角，而是隨之而起的無論配角或路人，都有著他們自己的骨架。在這種氛圍下，我們更適合跟著史卡德的朋友們，去看看史卡德是個怎麼樣的人。

伊蓮·馬岱

或許從伊蓮開始是個不錯的選擇，作為一個難得史卡德系列的從一而終固定配角，不僅越到後面戲份越吃重，而且隨著她身分個性的調整，也幾乎可以看到史卡德的變化。一開始出現在讀者眼前的伊蓮，是個自家接客的妓女，跟還在當警察的史卡德有著互利

的結構關係——她給他能給的服務，他給她需要的保護。這樣的安排，實在是很漂亮的類型小說人物設定，可以吸引讀者進入「偵探—助手」的古典關係，在穩定的結構中閱讀，並且還可以另闢新意。

只是隨著史卡德的成長，伊蓮也必須要增厚本身的生命。她開始做一些我們不認為一個妓女會做的事情，例如去社區大學修課，唸都市建築、唸當代拉丁美洲小說，小說課甚至還會讀波赫士的小說——這個片段在《屠宰場之舞》內可以找到（時譯成波吉斯）。身分也不再單一，而是個有房地產的妓女，或許她更具社會地位的名稱可以叫做「房東」。

這種改變，讓伊蓮鮮活起來，不只是擔綱助手的角色，更進一步「參與」史卡德的生活，成為過去總是孤獨的史卡德一個在生活上以及情感上都可以給予支持的伴侶。所以有伊蓮出現時的史卡德，往往

史卡德小說中出現的阿姆斯壯酒吧

顯得比較脆弱而軟化，此時伊蓮經常對史卡德說的「嘿，你這隻老熊，過來抱抱我」其中蘊含著兩個孤獨的人互相取暖的意象，成了書中讓人動容的時刻。

這種伴侶需要兩個人的互動夠強烈，而不能讓一個替代性極強的身分給帶過。也就是如此，跟著小說中時程的演進，伊蓮的身分也越趨豐富。這種身分上的複雜與矛盾，同樣也出現在書中其他的角色上。

例如，米基・巴魯。

米基・巴魯

要是從心理學的角度來看，米基_巴魯其實可以說是史卡德「精神上的雙胞胎」，兩個人對於世界的看法近乎相同、喜歡同樣的事物、說話的頻率與節奏也驚人的類似，只是由於彼此生活經驗的不同，讓彼此走上不同的路。在書中，卜洛克讓這兩個你看來實在是前世早已訂下的好友，有著相當雲淡風輕的交往模式，兩人並不約固定時間見面（像跟吉姆・法柏的星期天晚餐之約），每次的會面總還帶著點宿命意味──「我知道你會來，所以早準備好咖啡等你」。越透過這種形而上的方法相遇，讀者就無法去想到兩人身分的差異：一個是追緝兇案的私家偵探，一個是惡貫滿盈的黑道中人。

如此人物，在史卡德系列中，卻是先以一個傳說存在的，一個近乎於都市恐怖傳說的故事：米基因為某個原因殺死了個人，對於一個被暱稱為「屠夫」的人而言，這不稀奇。但讓這件事忽然能夠顫慄穿透人後背的原因卻是在於，米基將那人的頭割了下來，放在保齡球袋裡，提著到處逛大街，遇到人就打開來展示給人看。如此強硬、乾脆的故事，直接標識著米基・巴魯此人──作為一個馬修身邊唯一會為非作歹的人──在於一系列小說的功能：關於死亡，以及影子之下。

人是否有自覺當上帝的權力？

前期的史卡德比較單純（或許因為年輕），只顧著要抓到兇手，不惜一切代價威嚇脅逼只是要讓對方自首，後期他遇到了越來越複雜的案子，不只是要知道兇手是誰，還要想辦法「解決」兇手。這便碰到了冷硬派的私

探一直以來都有的重大問題，面對惡人的時候，是否可以用不義的手段來制裁？山姆‧史貝德無所謂，菲力普‧馬羅可以說服自己是為了內心的公義，而馬修‧史卡德，作者卻做了極致的推衍——人是否有自覺當上帝的權力？當動用了「私刑」，原先的公義與初心能否純淨如昔？

米基‧巴魯在此作為一個對照組，昭示著將自己視為上帝的可能發展方向（但他自己也並未成為上帝，兩個同屬於一個「只差一步」的層級）。兩人的差別也不在於一個是絕對正義、一個是非法正義，史卡德的正直，米基身上可以發現；米基的黑暗面，史卡德也沒少過。這不是光與影的單純分割，比較像是一條向量上的各自為政。

對於史卡德，其實有太多能說的了，當我視他為美國極可能是最美好的私探的同時，也在補綴他在書中留下的一連串足跡。這或許是個開頭，只說了他的生活伴侶伊蓮與他的屠夫夥伴米基，其他諸如是萬能守門人的丹尼男孩、跟史卡德的關係完全混雜於師徒、父子、朋友關係的阿傑，都是可以一一追尋的地標。

史卡德，簡直如紐約一般的氣味。

史卡德小說中出現的火焰餐廳

Matthew Scudder

城市謀殺：紐約

如要認識紐約的謀殺風景，小說《八百萬種死法》不是唯一，但絕對是當下最貼近的閱讀。卜洛克把視野放得更遠，不光只講謀殺，這座城市裡可能面臨到合理的不合理的死亡，都在這部小說中或寫實或荒謬地呈現出來。而你很清楚，這都可能是真的。災難電影中才會發生客機撞大樓的情節，都在九一一這天出現在紐約街頭，還有怎樣的死亡讓人不可思議？

於是乎，美國不光是個民族的大熔爐，也成了死亡的集合場。這不表示紐約像個地獄般血腥恐怖，是罪惡的淵藪、噬人的黑洞，而是讓讀者明白，獲選為最適合謀殺的城市，的確有它不容辯駁的根據。因此，閱讀推理小說不再是抽離現實生活用來打發時間，純然的

紐約的教堂

智性娛樂，而是另一種貼近生活的紀錄、反射與呼應，讓我們堂堂正正地面對在都市叢林生存的風險。

用心的影像製作者，用一捲捲膠捲紀錄下大蘋果的一言一行，是《第凡內早餐》，是《慾望城市》，是伍迪・艾倫云云。一群同具巧思的文字工作者，寫評論、散文、小說等等，勞倫斯・卜洛克便是其中之一。他用推理小說帶領我們穿越大街小巷，在地獄廚房或皇后區，在阿姆斯壯酒吧、火焰餐廳與聖保羅教堂，訴說著一個個犯罪故事，以及一個個自我救贖、釋懷的方式——

雖然我們已經沒有世貿雙子星可以仰望，但還有佇立在哈德遜河口的自由女神，為這個城市召喚來新的故事，新的希望。這，就是紐約。

作 家 介 紹

勞倫斯・卜洛克

勞倫斯・卜洛克，1938年6月24日生於紐約水牛城，當代美國偵探小說大師，目前定居紐約。他的小說不僅在美國備受推崇，還跨越大西洋，完全征服了自詡為偵探小說原鄉的歐洲。

卜洛克十九歲便以短篇＜*You Can't Lost*＞出道（後收錄在《*Enough Rope*》一書），當時他只是俄亥俄州Antioch College的在學學生，其後出版了超過五十篇推理小說、七十篇情色小說，後者多以筆名發表於《花花公子》等雜誌上。推理小說部份，主要有五個系列：

一、 無牌私探馬修・史卡德（Matthew Scudder）系列

一名患有酒精中毒、後以戒酒為目標的離職警察，在紐約做著本質是私家偵探，實際上沒有取得合法執照的工作。

二、 雅賊柏尼・羅登拔（Bernie Rhodenbarr）系列

有竊盜前科的二手書店老闆，常因行竊過程中牽扯上謀殺案而不得不扮演起偵探角色，活躍的舞台多半在紐約。

三、 殺手凱勒（Keller）系列

接受殺人委託的無情殺手，往往因委託人不履行義務，或案件本身有違常理，進而展開額外的調查工作。

四、 睡不著覺的密探伊凡・譚納（Evan Tanner）系列

勞倫斯・卜洛克

Matthew Scudder

在韓戰期間遭迫擊彈擊中，碎片殘留腦中，從此睡不著覺的賊，後因一連串陰錯陽差當起周遊列國的密探來。

五、 奇波・哈里森與里歐・海格（Chip Harrison & Leo Haig）系列

以雷克斯・史陶德（Rex Stout）筆下神探尼洛・伍爾夫（Nero Wolfe）為藍本，塑造出私家偵探里歐・海格及其助手奇波・哈里森的辦案故事。

此外，他還為雜誌專欄寫稿，以及擔任指導小說書寫的工作，並巡迴全國講課。

卜洛克絕對是當今歐美冷硬派私探小說書寫的第一人，在題材上的多方嘗試更大大拓展了他的寫作範圍，是一位成功的大眾小說家。作品曾拿下美國愛倫坡獎、尼洛・伍爾夫獎、夏姆斯獎、安東尼獎，日本馬爾他之鷹獎，德國菲力普・馬羅獎，法國Societe 813 Trophy獎；個人則榮獲美國推理作家協會（MWA）所頒發的大師獎，以及英國推理作家協會（CWA）頒發同樣象徵大師地位的鑽石匕首獎。

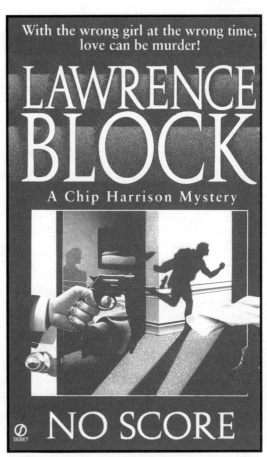

奇波・哈里森與里歐海格系列原文書封面

閱讀 馬修・史卡德小說的方法及其順序

一 方法

在推理小說世界之中，我們何其有幸碰到卜洛克的「馬修・史卡德」系列，我們的閱讀不可奢侈一些、貪婪一些，此時不如此更待何時。

基本上，我們仍可以安全的躲在封閉享樂的推理領域之中，以享受當代冷硬派頂尖傑作的心情來讀它們，讀卜洛克的聰明和大紐約市獨特的謀殺和犯罪，以及它們總是精巧無比的結局。

然而，我個人真心而且強烈的建議，我們可以試著冒點風險，多投入一點點時間和心力，不必急著翻下一頁，不要只被情節誘引，享受那些與案情主軸並沒強烈相干、但毋庸更美好而且無所不在的文字「觸感」；多投入一點點情感，在我們自身承受得住的範圍之內，像把自己毅然拋擲到人性的大海之中，你可能會憤怒、沮喪、絕望甚至心碎，像一波一波海浪打來一般，但不只天地之大、滄海之奇而已，你會在最深邃之處，清清楚楚看到溫柔與同情，以及更多難以言喻的。總的來說，是一種清澈純淨的幸福之感。

這是我們好久沒有過、甚至已忘記了的感覺。

就閱讀的技術性來說，讀慢一點，捨不得一點，好的時刻該想辦法讓時間駐留。我們匆匆忙忙的，難道有什麼更好的事得去做嗎？

二 順序

如果你現在就決定看完整個「馬修・史卡德」系列，那我建議你從頭來──依書寫順序，從最原初的《父之罪》開始，看史卡德，以及他所在的紐約市，以及他所在的整個世界，怎麼跌跌撞撞走到今天的模樣。

如果你尚未下此決心，還多少觀望，那可以從《八百萬種死法》這史卡德脫胎換骨、已是冷硬派歷史名著的一冊開始，等有機會再倒溯回去補修學分──沒問題

Matthew Scudder

Lawrence Block's 01 Eight Million Ways to Die

SCUDDER

八百萬種死法

Lawrence Block's 03 When the Sacred Ginmill Closes

SCUDDER

酒店關門之後

Lawrence Block's 勞倫斯·史卡德 07 A Walk Along the Tombstones

SCUDDER

行過死蔭之地

的，不必太擔心有什麼銜接不上的問題，史卡德系列既連續又各自獨立如山脈，跟所有美好的東西一樣，一定禁得住單獨存在。

至於第二本，我兩個建議：

「正常」來說，我建議是《酒店關門之後》，這是整個系列最文學、最感情用事的一冊。

「不正常」來說，我的意思是，如果你能暫時硬下心腸，敢把自己逼入某個殘酷不人的世界，那我建議是《行過死蔭之地》，這本寫在大紐約市治安最敗壞巔峰時刻的小說，綁架、凌虐、分屍無所不在，但卻是動人無比的傑作，如同在最無光的世界中閃爍的堅定光芒。

DETECTIVE MOOK

1945年以降，推理小說的原鄉英國與美國，以及大量譯介國外傑作的日本，經歷二次世界大戰衝擊後，再度呈現百家爭鳴的熱鬧景象。

喬·利風
Joe
Leaphorn

我們無法逐一介紹成百上千個當代名探，但相信可以從印地安警探喬‧利風與吉米‧契，英國諾丁罕探長查理‧芮尼克，維吉尼亞州首席女法醫凱‧史卡佩塔的身上，找到這群備受矚目的小說靈魂令人神往的異同之處。

里‧芮尼克
harlie
esnick

凱‧史卡佩塔
Kay
Scarpetta

當代名探

美國西南 的 印地安風情

喬·利風和吉米·契

Joe Leapl

Jim

作者 東尼·席勒曼 （Tony Hillerman, 1925～）
登場作 祝福之祭 （The Blessing Way, 1970）
代表作 亡者的歌舞之殿 （Dance Hall of the Dead, 1974）

> 有人違反了行為的基本規則
> 傷害了你，
> 這在納瓦荷人的定義裡是
> 「失去控制」，
> 是「黑風」進到他體內
> 破壞他的判斷。
>
> 《黑風》
> 印地安警探系列 5

　　歡迎來到納瓦荷文化的印地安世界，讓喬·利風隊長與吉米·契警員張開雙臂擁抱你──

　　同台灣原住民的歷史一般，日後被稱為美國的這塊新大陸上的移民，當年迫使原本居住在這片土地上的印地安人，逐步搬遷聚居到某一個特殊的區域。其中人數最多的納瓦荷一族最後落腳在今日新墨西哥、亞歷桑那、猶他與科羅拉多四州交會的保留區，建立起一個直屬美國聯邦政府管轄的行政單位，擁有自己的民選總統及議會，是個國中之國──介紹到此為止，有興趣的

　　讀者或許可以從小說中認識更多，哪怕打原本連感恩節與印地安人間的關係都不甚熟悉的認知開始，建議從偵探故事中最教人熟悉的警察小說下手。

　　窗巖市警局副隊長喬·利風在《祝福之祭》初登場時是四十歲，已婚，作者東尼·席勒曼前三本小說皆以他作為主角，日後還被拔擢到隊長的位置，主管納瓦荷保留區警務工作，與FBI的幹員一同進行案件調查。他對印地安文化相當尊重，話雖如此，內心對巫術等行為並不表認同，對族人的價值觀感到質疑。但在面對案

orn
Chee

Joe Leaphorn & Jim Chee

件時，仍會先以族人的思考邏輯研判事件發生的原因，再以白人的科學辦案觀點行事。「納瓦荷人不會為了錢殺人，但是會因為生氣而殺人。」這句話從喬·利風的口中說出，或許會讓許多讀者感到驚訝，與過去閱讀推理小說的既定觀點不盡相同，對於「謀殺」的想像和認知勢必要部份歸零，利風的任務就是要引領讀者重新看待這件事。

席勒曼到了第四部小說《黑暗的人》（1980）創造了另一個警察角色：剛從新墨西哥大學畢業，任職於船嚴市警分局，年輕未婚的吉米·契。和沉穩謙退的喬·利風不同，他聰明外露、英氣逼人，性情開朗坦率，不排斥來場熱情的戀愛，喜歡上一位名叫梅莉·蘭登的白人女性——但這不代表他是屬於離棄納瓦荷文化的年輕一輩。相反的，他努力學習當個巫者，幫族人醫病驅凶，獨自一人居住在荒野的拖車屋上，喜與大自然接觸，屬於較感性的青年。他同利風一樣對自己印地安人的身分感到困惑，但不同於利風在文化認同上的矛盾，接受白人教育的契對於要在印地安警局服務或轉戰白人

祝福之祭
The Blessing Way

東尼·席勒曼◎著

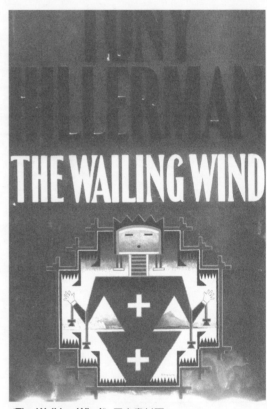

《The Walking Wind》原文書封面

世界的FBI組織，與他熱愛自身文化的情感產生激烈衝突。

從個人內心的交戰延伸到新舊世代的對話，席勒曼在第七部作品《皮行者》（1986）中讓兩人相遇，一同解決保留區內彼此間看似毫無關聯的凶殺案。一老一少，一在總局一在分局，年長者對母族文化感到遲疑、年輕人熱情地融入其中，多股看似站在對立兩端的觀念相互交纏，如同整部系列作品不時透露出白人與紅人世界、古典與現代謀殺的異同，絕對是值得讀者思索玩味的。席勒曼並不會倚著他對納瓦荷知之甚深的熟悉對讀者說教，相反地，他就像個導遊一般，點滴帶領讀者入門，認識當初讓他感動不已，耗費多年光陰去了解認識的納瓦荷文化。

另一個可窺見納瓦荷文化的，是讀者熟悉的吳宇森電影《獵風行動》，故事以美國在二次世界大戰期間，靠納瓦荷語言作為編寫密碼的依據，扭轉戰爭局勢的事蹟。幾位納瓦荷來的密碼兵只是新的致敬對象，對這份原住民文化仍是輕量的對待。同樣具有巨大傳播力量的大眾小說，印地安警探系列應該是更好更方便的選擇，可以同時享受閱讀偵探故事的樂趣。那股厚實感是帶血帶肉的，而不是輕薄的紙上遊戲；是跳脫出「神祕」以外的人性與文化的展現，藉由小說的形式娓娓道來，且是其他推理小說難以深入的部份。

納瓦荷文化小辭典

『祝福之祭』

祝福之祭是納瓦荷人祈求平安康健的一個儀式，誦歌者以舞蹈伴隨陶壺鼓的韻律揚起唱誦：

在黎明之屋中，

在黃昏微光之屋中，

在陰雲之屋中，

他快樂而行，

他完美而行，

因有完美籠罩，他前行，

因著圍繞著他的完美，他前行，

一切亦終止於完美，

一切亦終止於完美。

『仇敵之祭』

仇敵指的是外來的人事物，儀式的舉行是為任何與外來的人事物接觸時，目睹或夢見血光之災、暴力死亡而心神不寧者去除鬼魂或外來負面的影響

『亡者的歌舞之殿』

根據祖尼神話，祖尼人穿過了四個

冥界來到地表，開始他們尋找宇宙中央之地的偉大旅程。有些木之宗派的孩子被大人帶著渡越祖尼河，突然不知怎麼地一陣亂，孩子掉進了水裡。他們被河水沖走，沒有淹死而是變成了水生動物，然後向下游游去，游到了一座湖。那些孩子們從水生動物變成了卡欽那，組成眾神之會——北雨神、南雨神、小火神等等。

眾神之會每年都會回到村子裡，帶

來雨水、作物、各式各樣的福祐，跟人們一起舞蹈，教導他們做事情的正確方式。但當他們離開，要回到亡者的歌舞之殿的時候，如果你跟去，你就會死。卡欽那不希望這種事繼續發生，因此他們對祖尼人說他們不會再來了。為了代替卡欽那，祖尼人應該製作神聖面具來代表他們。卡欽那只會以靈體前來。除了一些法師能看見他們外，看見他們的人都會死。

當人死後靈魂要經過五天的旅程才會到達亡者的歌舞之殿。等到第五天他來到湖邊，在湖岸守衛的靈魂放他通行，然後他就加入了眾神之會，變成一個卡欽那。

『亡者的歌舞之殿』，或者『靈魂的舞蹈之地』，是個相當詩意的概念。在活人的世界裡，儀式舞蹈對於祖尼人而言就是一種能完美表達出狂喜、歡樂、生命、或者族群團結的方式。所以當你的生命結束，沒有勞務要操作的時候，你做什麼呢？就跳舞吧。

『黑風』

維護正義？這種想法對傳統的納瓦荷人來說是件很奇怪的事。若有人違反了行為準則傷害了你，這在納瓦荷人的定義裡是「失控」，是「黑風」進到他體內破壞他的判斷。要迴避這樣的人並為他們擔憂，如果他們暫時性的瘋狂能治癒並重返美之中，要為他們感到歡欣喜悅。但是對納瓦荷心靈來說，懲罰他們的想法就跟他們原先的行為一樣的瘋狂。

『皮行者』

披上獸皮因而得到遠古自然精神力量，可化身為鳥獸、擁有各種不可思議的力量：在黑夜中他們四處潛行，恣意尋找目標以巫術攻擊人們，造成傷害、疾病和死亡。他們是納瓦荷人最害怕的邪惡巫師──皮行者

『說話的神』

白人稱之為＜夜之誦唱＞的治療儀式，納瓦荷人則是以它最主要的參與者雅巴契──納瓦荷玄學中偉大的神靈「說話的神」來命名。這個儀式持續九天，必須繪製五幅極為複雜的沙畫並誦唱許多誦歌。

『噬敵』

chindi納瓦荷語，指人死後成為一個短命又邪惡的鬼魂，在黑暗中漂泊會使人生病，讓黑夜變得危險

文／julius（推理小說迷）

納瓦荷世界

「納瓦荷人如果他們需要的話，會連窗戶上的玻璃也偷走……不過這只在那們有需要的時候。但是白人哪！會為了見鬼的理由偷東西。」道盡納瓦荷人與白人在價值觀上與本質的不同，這也是利風與契兩位警察在辦案時推理邏輯上的依據。

漸入佳境的閱讀經驗

推理小說的讀者中，挑食的人非本格吃不下肚，除歐美看不入眼等等；我向來自認胃口奇佳，無論類型通通先拆吃入腹再說。不過就算是不挑食的人，總也會有幾項平常不會想要吃的東西，印地安警探系列對我而言就是屬於此類。

因緣際會下有這個機會來閱讀目前所有印地安警探系列中譯本，一開始我相當的沒信心，然而從《祝福之祭》下手時，如我原先所料，果真被不熟悉的納瓦荷用語困住，不過本以為書中所提納瓦荷人的信仰及民情會對我造成閱讀上的不耐煩，沒想到在席勒曼巧妙的將其融入情節下，我反倒記憶深刻。與大城市較為冷調的警探不同，席勒曼筆下的警探縱使沒在言語上表現，但小處動作卻反映了人情溫暖，讀來別有風味。當我度過那段「納瓦荷文字困頓期」，接下來《亡者的

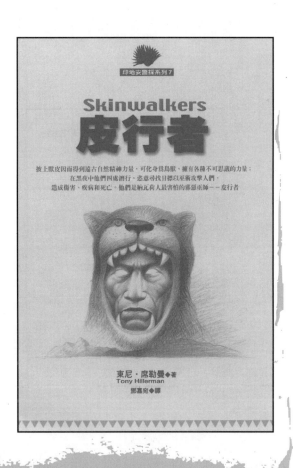

印地安警探系列7

Skinwalkers
皮行者

披上獸皮因而得到遠古自然精神力量，可化身為鳥獸、擁有各種不可思議的力量；
在黑夜中他們四處遊行，恣意尋找目標以巫術攻擊人們，
造成傷害、疾病和死亡。他們是納瓦荷人最害怕的邪惡巫師——皮行者

東尼‧席勒曼◆著
Tony Hillerman

鄧嘉宛◆譯

Joe Leaphorn & Jim Chee

147

歌舞之殿》、《聆聽大地的女人》，到最近出版的《說話的神》，我只能用漸入佳境、逐日著迷來形容。不只是人不可貌相，書也不可只憑第一印象就下判斷的！

納瓦荷之風

　　印地安警探小說主要分成「喬·利風」與「吉米·契」以主角作區隔的兩系列，前者是步入中年的副隊長，後者則是擔任警員的年輕小伙子。兩人同樣相信著萬物相互依存，沒有所謂的巧合，因為凡事都有其因果關係；同樣對所處的環境變化欣賞讚嘆歌頌；對死亡有著一致的觀念；也都對納瓦荷的多種頌唱了然於胸並給予信任。還有許多大大小小的納瓦荷傳統，像是不以手指對方，僅以努嘴示意；拜訪居民時必先將車停在距侯根屋約三十碼處，讓屋主知道有客人到訪，待屋主回應後才接近的禮貌等。由兩人身上的這些相同點，其實就可以大略拼湊出傳統納瓦荷人的面貌，東尼·席勒曼經由描寫兩位警察，以淺顯易懂的方式向大家介紹納瓦荷民族的風俗傳統。

　　唐諾於《祝福之祭》的導讀一開始曾談到另一位當代推理小說巨匠 ── 勞倫斯·卜洛克，將他與席勒曼在推理界的地位相提並

論。卜洛克小說的場景幾乎全發生在紐約市裡，無論是私家偵探史卡德，或是開家舊書店的雅賊柏尼，甚至是以殺手為業的凱勒，這幾位在系列作大大活躍的主角，似乎並沒有機會一窺其他人的風貌，紐約也不過就這麼一丁點兒大，在重疊的年代是誰也不認識誰。別說是卜洛克，其他擁有多位主角的作家也甚少將不同系列的主角組合起來，席勒曼有趣的地方就是他在第七本《皮行者》裡安排了利風與契相見，還攜手辦案緝拿兇手，也在這本書將兩位主角並排才能辨識出兩者的不同處。

老與少·紅人與白人

兩人分開看時並不覺得利風特別老成穩重或是契年輕活力十足，但同出現在一本書中，或許席勒曼有針對此點下功夫，讀者能夠明確的感受到兩人的差別。副隊長與警員在辦案的成熟度與經驗上有了分際，最明確的差異，是兩人對於巫術的態度截然不同－

－利風對於巫術及巫者由早年的輕蔑到現在的厭惡，但契就較像是一般的納瓦荷人，對於巫術相關的事物有某程度上的相信與存有一份畏懼之心。

誠如東尼·席勒曼在《皮行者》一書中麥金尼斯對利風說：「納瓦荷人如果他們需要的話，會連窗戶上的玻璃也偷走......不過這只在那們有需要的時候。但是白人哪！會為了見鬼的理由偷東西。」道盡納瓦荷人與白人在價值觀上與本質的不同，這也是利風與契兩位警察在辦案時推理邏輯上的依據。一個納瓦荷人犯的案件是不會違背納瓦荷之道的，除非事情扯上了巫者，或是他們身處於神智不清的狀態中。納瓦荷人不太注重身外之物的，他們以富有為恥，做事自有一套納瓦荷的準則與時間，納瓦荷人注重的是精神層面的東西，強調與大自然及神明的交流。如同光明與黑暗的對照，在席勒曼筆下的白人切實地將現實生活中的貪婪面貌完整呈現。在席勒曼小說中，鮮少見到一般推理小

說中常見的憤怒以及深刻的恨意所導致的謀殺，幾乎所有案件都是因無窮的慾望衍生出瘋狂的貪婪所造成，名利二字深深地將白人與紅人的世界劃分開來。

回歸納瓦荷之道

有別於近期相當風行的現代科學辦案推理小說，印地安警探系列依賴現代科學的部分可說是少之又少。在書中看不到DNA採檢、指紋鑑定，沒有精巧的辦案工具或設備高級的實驗室，有的只是利風與契因從小生長在納瓦荷保留區而有的環境認知，靠著與大自然的對話來察覺邏輯矛盾之處，依據長久訓練的眼力來辨識案件中的蛛絲馬跡，憑藉著對地理環境的熟悉來追蹤各種可能性，甚至與犯罪的一方纏鬥。納瓦荷警察並不是踽踽獨行的偵探，也非充滿英雄式情懷或是以打擊世上所有犯罪為己任正義使者，他們只是設法讓種種惡意的行徑能夠回歸納瓦荷之道。

如果一時想離開神乎其技的古典推理（暫且忘掉灰色細胞、夾鼻眼鏡吧！），短時間內不想看到一堆化學物理生物學或是病理學上的艱澀名詞（無所不能的法醫與鑑識人員休息一下吧！），避開灰濛都市叢林構築的紙醉金迷、愛慾貪嗔（硬漢也是需要假期的），歡迎來到與大自然共存融合的納瓦荷部落，順著直覺和本能，讓東尼·席勒曼帶領我們一窺納瓦荷的美善，讓祝福之祭洗滌掉所有的邪惡恐懼，回歸和諧之路。

作者簡介：

julius，以「什麼都吃」為座右銘，日漸養大胃口中，不過各種食物中，還是對冷硬食品情有獨鍾些，傳統本格類是另一大偏好；現正與數字餅乾及經濟食糧奮鬥中。

推理小說中的動物

　　印地安警探小說系列中有種特別的動物，叫凱歐狼（Coyote），被納瓦荷人視為狡猾、邪惡的象徵。藉此，我們來談談推理小說中一些有趣的動物。

1. 扮演偵探的動物

　　偵探不一定由人來擔任，以動物作為主角的推理小說其實還不少，最常見的大概是人類飼養的寵物貓了。在台灣，最為人熟悉的動物偵探，應屬日本作家赤川次郎筆下的三色（毛）貓福爾摩斯。這隻無法生育的母貓被一對兄妹飼養，由於哥哥片山義太郎是警視廳的刑警，所以這位貓偵探就有正當的理由接觸到各式各樣詭譎的案情——無論是在家中聽兄妹的對話，或是跟到案發現場一趟，總能在緊要關頭暗示主人搜查上的盲點，屢破奇案。美國作家莉莉安・布朗（Lillian Braun）也在

〈*The Cat Who......*〉系列中以一對暹邏貓擔任偵探助手，早三色貓十年出道，可以說是牠的前輩了。

　　最特別的貓要算是漫畫裡的加菲貓，作者吉姆・戴維斯（Jim Davis）曾讓加菲扮演過「冷硬派貓偵探」查案，走在冷清的大街上那股酷勁，可能連菲力普・馬羅都自嘆不如哩！

2. 扮演凶手的動物

　　猩猩、蛇、馬、獅子、獵犬等各種不同的動物，都曾擔任過「凶手」的角色。出自天性而傷人，或是被有心人利用而變成殺人凶器，難以被發掘動機，實在防不勝防。此外，還可誘使動物將作案用的凶器或將被害者吞食、竊取或拋棄物件等，完成人類無法做到的事，極易誤導偵查方向。但往往又會因動物的本能洩漏了凶手

意圖，使案情真相大白。

3. 被害者是動物

被害者不一定是人類，而是其他動物。小說的趣味便會由此而生——難以從與被害者間的關係追查可能犯案的嫌疑者，而讓調查者自問：為什麼要這麼做？

4. 動物是目擊者／追索者

前者的代表是會模仿說話的鸚鵡，陳查禮系列小說《中國鸚鵡》裡會說

中國話的鸚鵡便是犯罪現場的目擊者；後者代表則是狗，在查緝毒品、追捕嫌犯的過程中具有相當大的效用。

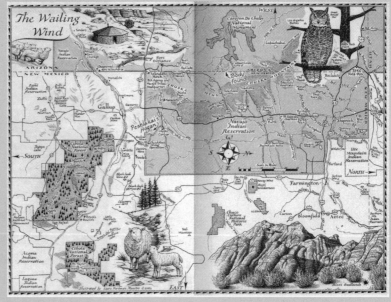

納瓦荷地圖

Joe Leaphorn & Jim Chee

作 家 介 紹

東尼‧席勒曼

　　東尼‧席勒曼，1925年5月27日出生於奧克拉荷馬州鄉下。高中畢業不久即入伍服役，他在二次世界大戰中表現傑出榮獲銀星勳章、紫心勳章等獎章，1945年因傷退伍並進入奧克拉荷馬大學唸書。畢業後席勒曼擔任了幾年新聞記者，隨即展開他的創作生涯，期間他再度重返校園，進入新墨西哥大學，開始認真研究起納瓦荷文化。

　　東尼‧席勒曼曾任美國推理作家協會會長，素有大眾推理小說大師的美譽，他致力於寫作有助於讀者了解美國當代文化的美國原住民推理作品。透過納瓦荷族警探角色的創造，席勒曼對於現代社會的秩序和認同問題的處理手法，為大眾推理小說注入了新的活力，他因此榮獲愛倫坡獎、美國印地安大使獎、銀馬刺獎和納瓦荷族特殊友人獎等。其中最讓他驕傲的是，納瓦荷部落會議在納瓦荷博覽會當中頒給他的一塊匾額，稱呼他為「我族之友」，作為一項「對於能夠真實描

東尼‧席勒曼

繪納瓦荷傳統文化的力量和尊嚴表達感激與友誼」的贈禮。

　　年屆八十的他至今仍寫作不綴，第十七部印地安警探小說《Skeleton Man》甫於2004年12月出版。著名的愛倫坡獎、安東尼獎、阿嘉莎獎等都曾頒予他「終身成就」大師獎，以表他在推理界的貢獻。

閱讀 東尼・席勒曼小說的方法及其順序

一 方法

東尼・席勒曼是當前美國地位最高的推理作家之一，也是最具人文關懷和文化深度的一位，他的「利風／契」納瓦荷印地安偵探系列小說，是推理小說史上最溫柔的作品。

納瓦荷是美國最大的印第安保留區，位於亞歷桑那和新墨西哥州的西南部，那裡，格蘭特河和聖璜河切割過億萬年的岩山，形成地球上最崢嶸、最壯麗卻也最壯闊的地理景觀，這就是席勒曼小說的永恆場景。

這位廣受納瓦荷人尊敬，稱他為「最真摯的友人」的作家，他的推理小說不誇張人的惡意和血腥，他筆下的謀殺總呈現人深沉的無奈，根源於兩種文化、思維模式和生活樣態的撞擊，所產生人的矛盾、衝突、迷途和彼此誤解，就像納瓦荷悲憫的說法，不是人個別的惡念，而是狂暴墮落的「黑風」捉住了你。

席勒曼筆下，在謀殺之外，有納瓦荷人的美麗神話傳說故事，有寧靜的祭祀儀式，有納瓦荷人獨特的智慧，他的書寫技藝和為納瓦荷人發聲的關懷之心，使這些異質的美好東西，不僅不構成閱讀障礙，而且在質地真實的謀殺追索之外，順帶導遊讀者開始一趟豐饒壯闊的旅程。

很少有推理小說能承荷閱讀者這麼多情感，帶領人心到這麼遼遠的地方，你不需要什麼方法，你只要是你自己。打包簡單行囊，準備上路，我們的導遊席勒曼在等你了！

二 順序

東尼・席勒曼的這組納瓦荷小說，找不出什麼失手的作品，原因在於，他的深沉文化關懷，以及納瓦荷國精彩的文化實物和細節，穩穩的撐住、保衛住這組深情款款的小說，就像四面聖山環繞守護這片美國的大地一般。

儘管如此，還是該從《亡者的歌舞之殿》一書開始，這部美國推理大獎的年度MVP作品，得獎並不增添它的光采，而是倒過

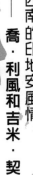

來，說明當年的評審的確稱職有鑑賞力，是這本小說榮耀了這個獎。

《亡者的歌舞之殿》，是納瓦荷國探案，但書名所揭示的美麗神話卻是祖尼族的。書中，那個不意窺見了謀殺秘密、隻身策馬要去尋求答案的祖尼族寂寞少年，要找的是他族裡神話中那個聖潔的湖，那個祖尼代代先祖死後歸返、在那裡歡樂歌舞的無寒暑無時間的最美麗之湖；而心急追蹤他保護他的納瓦荷傳奇偵探喬‧利風，以他印地安追蹤專家的本事，憑藉草木獸跡，尤其是對祖尼少年狩獵鹿群的共同理解，如心有靈犀的尾隨在後，這是推理小說史上無古人無來者的一趟旅程，既有和時間賽跑的驚心動魄，又美麗如夢、虔敬如朝聖。

小說收場於祖尼族的最美麗祭典，是祖靈一年一度回頭拜訪生者、教導生者的節慶日子，大雪紛飛的夜晚。

讀完《亡者的歌舞之殿》，你自然會有自己主意了，如果還需要建議，可直跳《黑暗的人》，因為這是系列中另一位偵探吉米‧契的登場之作，年輕、血氣勃勃、滿心不服氣卻又溫柔想成為納瓦荷誦歌祭師的契，相對於沉穩、理性卻廣闊如大地的利風。

當然，更佳的選擇是從此按時間順序來，是啊，何必心急呢？美麗的東西並不常遇見，一旦遇見了，你應該做的就是讓時間慢下來，甚至駐留下來，如歌德那樣，不是嗎？

嗜食三明治 的 英國警官

查理·芮尼克

作者 約翰·哈威（John Harvey, 1938～）
登場作 寂寞芳心（Lonely Hearts, 1989）
代表作 荒蕪年歲（Wasted Years, 1993）

Charlie Re

等你再度踏入我的門内
你帶來的也只是空空的兩臂
以及空空的許諾
還有另外十個，
另外十個，喔，愛人
另外十個荒蕪的年歲

《荒蕪年歲》
哈威警探小說系列 2

　　查理·芮尼克，英國大城諾丁罕（作家D.H.勞倫斯的故鄉）警局刑事組探長，登場時雖已是四十多歲的中年身分，但在1993年出版的《荒蕪年歲》中讓他穿梭時光隧道兩頭，回到1969年穿著制服、在足球場鎮壓球迷暴動的低階警官。彼時他還是個初入社會的單身小夥子，一個人在外賃屋，喜歡觀賞足球賽，聆聽收藏的爵士唱片，到酒館放鬆累積了一整天的緊繃身心，也在此與他日後結縭的妻子愛蓮相識。

　　不擅表達情感的芮尼克，結婚六年後老婆紅杏出牆，最終以離婚收場，回到孤家寡人的光棍生活。感情受挫的他對漂亮女生有自卑感，只有面對自己的工作夥伴與家裡飼養的四隻貓時——迪吉、麥爾斯、巴德與胡椒，這些名字還是取自他喜愛的爵士名家——才顯得自然不拘束，但這一點都不影響他辦案的成就。沉默寡言的個性反成為他的絕佳武器，率領著刑事組的幹員米靈頓、帝凡、奈勒和琳，配合頂頭上司史凱頓，分工處理發生在諾丁罕的大小刑案。

　　嗜食三明治是芮尼克另一項特徵，「他喝了些黑咖啡，開始大嚼第二片三明治，橄欖油從番茄乾流進他的指縫，在他已有斑點的領帶上又添了幾滴。」這是芮尼克享用三明治時的標準模樣。他曾經說過：「三明治可大有講

snick

Charlie Resnick

究。它必須有兩種味道截然不同卻相輔相成的作料，比方說脆與軟，甜與酸，然後再用芥末醬或酸辣醬調和，最後還要配上水果……」

平日惜話如金的探長講起三明治時便顯得健談許多。獨居與警察不固定的工作時間，使得三餐必須以簡單的方式打理，三明治便成了芮尼

克最愛的餐點，在他眼中是份帶有藝術性的食物。

從感情失意、支持的兩支足球隊老拿不出好成績（瘋狂的英國足球迷最氣不過的就是球隊表現不佳，卻又難以擺脫居住城市所屬球隊每回比賽過後帶來或喜或怒的情緒）、邋遢的吃相看來，芮尼克顯然不是受人以英雄偶像崇拜的神勇警探，只是一位努力在現實中求平凡過活的警務人員。從巡警進入刑事組是他年輕時追求的目標，就算為此失去了家庭，他仍少提生活中的不如意，努力將探長一職作得有聲有色便是最好的解釋與實踐。他是個腳踏實地的治安維繫者，而且還處理著危險性最高的刑事案件，並深受同僚愛戴。

推理小說子類型

與其說芮尼克是個優秀的英國警察，不如說他承接了作者約翰‧哈威的詩人身分，在小說的體裁下散發精鍊爍人的凝聚美感，符合抒情詩簡短又深具爆發力的特質。「冗長緩慢的死，生命緩緩流失，一天一天……矇眼布一旦拿開，一切就不一樣了。」這是《荒蕪年歲》中芮尼克與妻子愛蓮關係陷入低潮，交融警務工作的案牘與縈繞腦海的爵士琴聲時，透露失落無力的心聲。一個具有冷硬性格的警察，但沒有硬漢私探的自由與我行我素的權力。身為警局刑事組探長，所依憑的只有龐大且時顯笨重的警察系統，去完成守護一般百姓的工作。

芮尼克系列的《寂寞芳心》與《狂亂人生》曾在英國被改拍成電視劇，由湯姆‧威金森（Tom Wilkinson）飾演芮尼克探長；《荒蕪年歲》和《刀鋒邊緣》則被製作成廣播劇播放過。約翰‧哈威在完成了十部長篇、十二部短篇的探案後，在1998年以《Last Rites》結束了這個經營了有十年之久的系列，改寫其他非系列作品去了。

警察與一般私家偵探最大的不同，在於業餘偵探有拒絕接受委託的權力，但是警察沒有。有「人民保母」之稱的警務人員從事的是例行性的工作，甚至要花比獨行俠式的私探更多時間在挨家挨戶的訪查上，只是在分工多元、有資訊設備及精密儀器的輔助下，能處理更大量的情報線索，突顯團隊合作下的單一成果。

真實世界的警察角色，到了虛構的小說世界後，開始朝兩方發展。其一是貼近寫實的書寫，美國作家希拉瑞‧渥夫（Hillary Waugh）1952年發表的小說《Last Seen Wearing……》，以追查失蹤案的兩名警探法蘭克‧福特（Frank Ford）與柏頓‧柯麥隆（Burton Cameron）踏破鐵靴的辦案方式，將過去不管是偵探主角或是資訊提供者，只著重情報提供及執法功能的警察角色，提升到組織及個人偵查或私生活的描繪，為「警察程序」（Police Procedural）書寫奠基。這與陳查禮、昆恩老探長、

警察小說

F.W.克勞夫茲筆下的富蘭其（Joseph French）警官等「大偵探」不同，過去賣的是個人魅力，之後則加強了群體的互動，我們可以從芮尼克探案中清楚見到這樣的安排。近代最具代表性的作家是創造八十七分局的艾德・麥可班恩（Ed. McBarn），以暗指紐約的艾索拉城為舞台，一整個分局職級不同的員警都可以是主角，將群體與個人間的比重拿捏得恰到好處，至今已寫了五十餘部系列作。

警察小說的另一端則帶有反諷、對抗的叛逆味。例如喬伊斯・波特（Joyce Porter）筆下生性自私自利、懶散怠惰的威爾福瑞德・多佛（Wilfred Dover）探長，貪婪好吃又喜愛欺壓手下的模樣簡直是警界之恥卻能屢破奇案，實是推理小說中的異數。對抗警察組織腐壞惡德面的硬漢警官，以及警務工作中少被提及的第二線人員，如協助繪製嫌犯圖像的繪圖員、管理車站遺失

物的警察等，其實是這座龐大的治安維護系統中重要的零組件，但往往被邊緣化地忽視。他們的故事同負責凶殺案的刑警精采有趣，且可預見將會是二十一世紀警察小說創作中另一個被大量嘗試的題材。

文／希映（推理小說迷）

另類的優雅

三明治與貓構成了芮尼克的堅持與溫柔、邋遢與沉默，而爵士樂將芮尼克的縫隙填滿，完成漂浮於英式浪漫之河上的一葉扁舟；那是現代英倫人的哀愁與寂寞，一種符合芮尼克的另類優雅，老英倫人的靈魂。

沒有黑頭計程車的英國

月前曾在新聞中看到全英人民集體記憶中的黑頭計程車逐漸換上多彩新裝，這樣芮尼克怎麼辦呢？小說中芮尼克總是走路去警局，到現場總有下屬開車專送，那麼當芮尼克休假時勢必以巴士或計程車代步。不論是到一哩外的商店買特價的燻火腿及乾貓糧，或是到近可能咫尺遠不過跨越市區的諾丁罕火車站去搭車，到一百二十哩外的倫敦買張私人發行的爵士樂專輯，這樣的距離散步減肥是頂好，搭市內公車晃晃也行。如果芮尼克打著沾了橘子醬的領帶與自己的啤酒肚結伴出門後卻坐了輛刺眼的桃紅色計程車？去，想都別想！

不過貓有旦夕禍福，說不準那個夜晚，也許芮尼克那只總是有貓進住的燉鍋總算被丟進食物，上了爐子發揮原本功效，卻有隻來不及看出到底是誰的貓兒砲彈般快速飛躍掉入鍋內。這種時候，芮尼克還不坐彩虹計程車飛奔至有夜間急診的獸醫院嗎？

沒有黑頭計程車的英國，感覺就好像「倫敦若沒有紅色雙層巴士，也就不成為倫敦」。我們不能說英國若沒有芮尼克就如何如何云云，但是放眼望去，冷硬派與警察程序類的推理小說在大西洋另一端的美國落地生根，私探與警探們盤據各個適合謀殺的大都市為其城市風貌做了另一番詮釋，芮尼克身為英國警察程序小說的代表人物，不多擔待起一些英國的世界形象責任怎麼行？

帶了層面紗的芮尼克探案

偉哉英國，身為取代西班牙成為後人口耳相傳的日不落大帝國，彼時英國被賦予的形象充滿了生命力，朝氣蓬勃又不失優雅。隨著工業革命帶來的繁榮，我們對英國人的認識從福爾摩斯周遭那些總是風度翩翩的貴族士紳與名媛，到開膛手傑克直指大城市中最陰暗角落的無名無聲之人，從瑪波小姐眼中的英國鄉村到米涅‧渥特絲筆下的新世紀英

嗜食三明治的英國警官——查理‧芮尼克

Charlie Resnick

國莊園，英國的形象越發複雜難以簡述。約翰‧哈威筆下的諾丁罕光線不足又稱不上陰鬱暗黯、活力不足又稱不上死氣沉沉。看著故事的進展會覺得英國人的步調有點緩慢（哈威自營的出版社之名無巧不巧就叫Slow Dancer），但是這樣的緩慢卻又讓你覺得是適當的，不應按下加速鈕強迫英國人——或該說是諾丁罕人——像紐約人或是東京人那樣說話做事。英國人的個性有點壓抑內斂，但是他們用不同於我們習慣的方式來表現幽默、來搭訕、來諷刺與辱罵，這些表現並不是一個大聲鈕或是強化濾鏡就可以變回我們習慣的樣子。

芮尼克探案系列彷彿帶了層紗，故事總沒有個明顯的色彩或映像；街道雖然有色彩（例如有賣紅白相間的俗亮運動服的服裝店、街角有穿著紫金相間的印度紗麗的婦人走過），但是看到文字描述的剎那間，腦海中想像的街道總會吹起一股夾帶沙塵的風，朦朧罩住那些色彩。這就是芮尼克眼中的英國；

冷光
約翰‧哈威
譯者◎林淑娟

Cold Light
John Harvey

非僵化的絕對、非極端的典型。行走於其中的芮尼克探長有著英倫士紳的習性，卻也混合了其他難以歸類的特質，就像約翰‧哈威自己說的，「我大可把他所有的怪癖都推給波蘭人」——無可救藥的浪漫，就如此合情合理的成為芮尼克的骨肉，隱隱體現在芮尼克不善與人（特別是異性）交際的言行中、在芮尼克聆聽心愛的爵士樂與撫摸溺愛的貓兒時。

這似乎不像我們印象中的警察形象。

說到警察程序小說，麥可班恩的「八十七分局系列」故事中一群美國警察各有各的性格，辦起案來不免有些同僚間的摩擦，也各自有個人的私密問題待解決。芮尼克與手下那群英國警察同僚也不是事事和諧、無愁無慮，上司史凱頓大部份時間都很支持他，但也有意見相左的情況存在，說起來大西洋兩岸的警察沒啥差別。但是芮尼克探案硬是不同於美式警察程序小說：例如英國人的緩慢步調在辦案時與美國佬的節奏明快有多麼不同，或是同僚間隱

諱暗諷的英式利嘴毒舌不像美國警察那樣明顯地逞口舌之快，更別提疲憊、挫折、寂寞與絕望埋藏在故事基調裡而隱隱顯於皮相的差異了。哈威使用的文字非常簡鍊、精準的描述出事物表像，卻又可層層攤開，剝出內裡的意像、挖出人物的血肉。

貓‧三明治‧爵士樂‧芮尼克

芮尼克的喜好與壞習慣都可以是有理由的，例如芮尼克嗜食三明治可以解釋成是血液中的英國血統作祟，加上此種食物是工作繁忙之人的最佳伴侶。所以如此這般，芮尼克對三明治的愛與執著就是這樣來的。但是我寧可直接說芮尼克就是喜歡三明治，沒有這個那個的為什麼；否則，炸魚薯條的歷史雖無三明治那般久遠，卻是現代英倫人心目中最傳統的特色美食，也同樣方便單手取用，與三明治類似的食物還有披薩漢堡熱狗夾麵包叭啦叭啦，為什麼芮尼克不愛呢？在哈威沒有寫明的某種私密心理影響之下，真實人性的呈現讓芮尼克不僅只是一名紙上探長，而是彷彿真實漫步於諾丁罕街頭的平凡人。

平凡？要讓一個人顯得平凡，就給他一隻寵物。芮尼克養貓，但是他愛貓嗎？若是看過台灣出的一本雜誌《貓物語》第四期，你會驚訝於英國人愛貓的程度。比如說，比英國警察制度的建立還早了幾年，「防止虐畜會」是英國第一個有執法資格的組織；根據2002年的調查，現代的英國有20%以上的貓咪有自己的耶誕大餐與禮物。雖然哈威沒有說迪吉、麥爾斯、巴德或是胡椒是否屬於這20%，但是從貓咪漫步在字裡行間的那股悠哉味兒，以及比三明治或爵士樂還早登場（系列第一本小說《寂寞芳心》的第二節）的重要性，哈威肯定是要讓芮尼克溺愛牠們的。

三明治與貓構成了芮尼克的堅持與溫柔、邊邊與沉默，而爵士樂將芮尼克的縫隙填滿，完成漂浮於英式浪漫之河上的一葉扁舟；那是現代英倫人的哀愁與寂寞，一種符合芮尼克的另類優雅，老英倫人的靈魂。

作者簡介：

希映，一名將推理小說當做居家必備品；空有網站卻不常更新、雖有心得卻不常發表的懶骨頭藍星人。

作家介紹

約翰·哈威

約翰·哈威（John Harvey）1938年出生於英國倫敦，是位詩人、小說家及劇作家，1977年起經營Slow Dancer 出版社。他曾為英國國家廣播公司（BBC）及電視台編寫一系列的犯罪小說劇。

約翰·哈威是當前英國推理小說界的怪傑，所使用的中心偵探是一名任職警局的探長芮尼克，這位探長很難讓我們聯想到那種喋喋不休、不講話唯恐人家不知道他有多偉大的神探；相反的，他異常的沈默，有老警察和老於人生世故的疲憊，生活中和居於城市的你我一樣，不僅乏善可陳而且不如意事十常八九；芮尼克好吃，但人到中年得時時為體重煩惱；他老婆和情人跑掉了，只能獨居並自行料理三餐。

生活於倫敦又不富裕的芮尼克，對三明治

約翰·哈威

的熱愛與執著，把吃三明治轉變成一種藝術：「三明治可大有講究，它必須有兩種味道截然不同卻相輔相成的作料，比方說脆與軟，甜與酸，然後再用芥末或酸辣醬調和，最後還要配上水果......」

芮尼克探案曾由BBC製作成電視影集，好萊塢購有電影版權。哈威在2004年以《*Flesh and Blood*》拿下英國推理作家協會銀匕首獎，是近來表現最出色的一部作品，但不是以芮尼克作為小說主角。

Charlie Resnick

閱讀

約翰·哈威小說的方法及其順序

一　方法

休假時，你會想去英國嗎？去那個沉靜有禮的老國家，陰溼有點討厭但人生況味十足的街道氣候？不誇耀但深厚的街景美學？小但卻是全世界最好的書店？糟糕但值得為它忍受的食物？教堂？公園？博物館？畫廊？音樂廳？橋樑？大石頭打造的堅實房子？……

一個奇怪你年紀愈大，就會覺得它愈好看的國家。

如果你有了一點年紀，感覺自己成熟也沉靜許多了，不再毛躁，不再只被流行性、刺激性、感官性的動物本能所統治，你開始可想一點東西，感受同情一點東西，並試著鑑賞一些真正的好東西，去英倫三島是一個非常好的抉擇，長途飛機上，你應該帶一兩本約翰·哈威的小說，也許還可早點開始，就現在，一面訂機票安排假期，一面就可以打開書來讀了。

哈威被譽為是詩人，推理小說世界真正的詩人，他彷彿不在意其他作家搶些什麼，流行些什麼，甚至好像不在意讀者要什麼，他乾乾淨淨寫自己的推理故事，寫出一個有點耽溺於三明治的乾乾淨淨探長，他的語調舒緩，眼神專注，心思流動，像個在老英倫街頭尋尋蒐蒐的人。

如果你有了一點年紀有了些人生閱歷了，或者你在生活中有些安靜無事的時候如某個不大想睡的夜晚，那你自然知道怎麼讀約翰·哈威。

二　順序

如同小說裡提到這位英國探長養貓、聽爵士樂、吃三明治的習慣，哈威利用他詩人細膩的心思（不是否定其他人就不夠細膩，但這點的確需要被拉出來特別一提），在這部系列作品中如縷開展，厚植了每個登場人物的深度，使其立體起來。

在《刀鋒邊緣》裡，被害的醫師、探長芮尼克及其身旁的探員，甚至行凶的凶手，每個人背負著不是三言兩語便可解決的故事──生活中有柴米油鹽醬醋茶要操

Charlie Resnick

煩，有平凡人的七情六慾要發洩。偵探，或是警察，他們絕非聖賢，更不是求六根清淨的出家眾，小說同真實世界，是交錯重疊在一起，而不像蒙德里安以線條色塊組成一幅幅供鑑賞的高價畫作。

哈威展現的是咀嚼人生後的體悟，而非憑空鑄造的輕薄故事。這一點可以從《荒蕪年歲》得到更深刻的印證。

你一定有類似的經驗：在某種情境之下，腦海中自然浮現一首歌或一幅畫，反之亦然。《荒蕪年歲》書名取自一首爵士樂名，帶領芮尼克穿越二十餘年的時空，調查一位出獄者與凶殺案是否和當年入獄的糾葛有關，也觀照了芮尼克從青年步入中年心境上的轉變。在這一系列作品中，哈威除了沿用冷硬派小說中「給謀殺者一個犯罪的理由」外，「給每個人活著的理由」反而是更值得讀者細細品味之處。我以為那是抱持休閒娛樂的閱讀態度之外，可以被觸發的另一種情趣。

冒險犯難 的 女法醫

凱‧史卡佩塔

作者 派翠西亞‧康薇爾 (Patricia Cornwell, 1956～)
登場／代表作 屍體會說話 (Postmortem, 1990)

Kay Sca

凱‧史卡佩塔博士，美國維吉尼亞州首席法醫，主要在里奇蒙市工作。小說《屍體會說話》中初登場時年紀將近四十歲，身高五呎三吋（一百六十公分），金髮，容貌出眾，離過一次婚。出生於邁阿密市的她是義大利後裔，父親在她童年時就因白血病過世，親人皆住在邁阿密（包括母親、童書作家妹妹桃樂絲以及外甥女露西）。

在推理小說中，女性偵探角色原本就比男性來得少，而以科學刑事鑑識為描寫主體的現代推理作品中，雖然有不少女性專業者的參與，男性仍是佔了多數和領導者的地位（如同近來十分熱門的影集〈ＣＳＩ犯罪現

> 每一具屍體都有一個故事，
> 每一具屍體也都說著這個故事，
> 但它的語言我們聽不懂。
> 我們得仰賴一個
> 熟悉屍體語言的人，
> 我們稱之為法醫
>
> 女法醫史卡佩塔小說系列

場〉，那幾個頭頭還是男性）。作者康薇爾推翻傳統觀念裡對法醫的刻板性別認定，以女性首席法醫為主角，注定了史卡佩塔必須背負的命運——時時刻刻身處在男性霸權世界下，孤立無援的處境。小說裡她曾不只一次提到自己在念醫學院時被其他男同學歧視、排擠的經驗，這也讓她養成堅強不服輸的性格。「生還是我的希望，成功是我對他們的報復。」也因此在後來一次又一次面臨陷害與磨難時，她總能靠著堅持與毅力，以及友伴們的支持度過各種職業危機（雖然最後還是辭去維吉尼亞州首席法醫職務，轉而擔任私人法醫顧問）。

Kay Scarpetta

petta

她在法醫學領域上的專業不輸男人，對自己在工作上的要求和責任感也很高，然而她最獲得讀者青睞和認同的，還是她對人性的關懷，以及對死者的尊重、不忍與悲憫。「死於非命是一樁公眾事件，依我個人的感覺而言，我很難接受自己職業中這殘酷的一面。我一直盡力維護被害人的尊嚴，然而一旦一個人變成了一個案子的號碼，一項被人傳來傳去的證據，我可以出力的地方就非常有限了。」所以在小說裡這麼多駭人聽聞的死亡暴力陰影籠罩下，我們格外需要一個堅強的靈魂作為對抗世界上無窮無盡惡意的力量。

然而，光靠她一人的力量未免有獨木難支之憾，如同每個系列小說的設定，女法醫小說中也有幾個固定的重要配角：總是和史卡佩塔一起合作辦案（還曾救過她性命），身材高大、言行粗魯、嗜煙好酒的刑事組長彼得‧馬里諾；從小崇拜史卡佩塔、性格敏感纖細、精通電腦、後來也加入FBI的天才外甥女露西；嚴肅英挺、冷靜能幹、後來成為史卡佩塔情人的FBI嫌犯人格分析專家班頓‧衛斯禮。隨著時間增長，這些配角的份量越來越重，經由一次次案件的歷練，作者賦予他們更多的血肉骨架，以及更深的情感，讀者不時可以在書中看到角色們的脆弱與堅強，雖然小說中史卡佩塔的個人色彩十分濃厚，讀者卻可以體會著她的心境，產生認同與共鳴。

以法醫學、刑事鑑識為重點的現代推理小說，跳脫出古典推理作品的案件類型模式，主角們要面對的不是難以破解的謎團詭計，而是藉由解析死者的遭遇推論出

「是誰」以及「為什麼」犯下那些罪行，因此史卡佩塔要面對的大多是心理異常的連續殺人犯，甚至是恐怖份子、跨國犯罪集團。在系列第一本作品《屍體會說話》中，就已經明確指出這點：「你的說法很像是阿嘉莎‧克莉絲蒂的小說情節。……但你知道，在真實人生中，謀殺案通常十分簡單。我相信這些案子其實並不曲折。沒有隱藏的故事，就是那種隨機的，不把人當人的謀殺案。凶手跟蹤被害人，熟悉到某種程度後，知道什麼時候是下手良機。」排除了謀財害命、恩怨情仇的傳統動機，我們只能透過法醫這個死亡的翻譯者，在一句句屍體中拼湊出線索，維繫人間猶存的公理與正義。

淺談鑑識科學

前言

在1887年出版的福爾摩斯探案《暗紅色研究》一書中，華生博士發明鑑定微量人血（偵測極限為純血濃度百萬分之一）的方法來協助案件偵察。但隨著科學的日新月異，這不再只是小說家筆下編織出的故事情節（鑑別不明血跡是屬於人或其他動物的免疫沈澱法，直到1901年才被廣為應用），而已成為鑑識科學家的日常工作。真實的案件往往會比小說更加撲朔迷離，因為在現實生活中，人心複雜的程度總是遠超出我們想像。

鑑識科學家是一群以科學方法來協助調查犯罪案件的人，他們所接觸的，不僅僅限於凶殺、竊盜案等刑事案件，也包括親生子女鑑定等的民事案件。鑑識科學家的職志就是要找出事實真相，並讓心存僥倖的違法者無法逃脫法律制裁的人；他們是除了身手矯健的外勤刑警及調查幹員

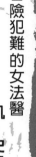
實驗室裡的偵探

文／NANOFORENSICS

外，另一群在實驗室裡默默耕耘、與歹徒鬥智的無名偵探。你可能看過將鑑識科學戲劇化呈現的電視影集〈CSI犯罪現場〉（CSI: Crime Scene Investigation），現在就讓我們來看看他們的真實工作內容。

鑑識人員的真實生活

台灣治安單位的鑑識人員，都具有公或軍職人員資格（包括警察、調查局人員以及憲兵調查處的軍職人員）。此外，為避免影響蒐證時的活動，不像影集中能擁有配槍。以警察單位的鑑識人員而言，其所受的訓練由蒐集刑案現場證物、保存到實驗室的分析，一手全包，因此他們都有獨立處理案件的能力，能夠思考並判斷案件的來龍去脈。在成員超過兩百五十人的美國紐約市警局鑑識實驗室，現場採樣由資深警察人員（多半是由與警局高層熟識者）擔任，而負責實驗室分析工作的，大多是不具警察資格的文職人員（civilian），或是一些轉任文職的帶槍警官。

致命暴露
Unnatural Exposure
Kay Scarpetta

這些文職人員的專業知識很紮實，但由於分工太細，他們只負責實驗室的分析，除非是重大案件，才會到現場參與蒐證工作，因此不瞭解現場的實際情形。此制度的缺點是：現場蒐證人員不清楚什麼樣的證物對實驗室分析人員來說比較重要或是比較容易分析，而實驗室人員則對證物採樣的情形較不熟悉。

鑑識科學簡介

鑑識科學的概念，可追溯到古代，雖然當時法律的規範以及科學依據，並不如現代嚴謹。在拜占庭帝國查士丁尼大帝（Justinian，西元 526～565 年在位）時代，認可醫師為法庭內的專家證人。在西元八世紀的中國，採用指紋畫押來證明個人身份。

然而，現代的鑑識科學到底是什麼呢？簡

單而言，是以科學的方式分析法律案件相關證物，來辨認（identification or discrimination）出這項證物是什麼，接著尋找出證物的特別來源（individualization）和評估（evaluation），之後重建（reconstruction）犯罪現場，以提供偵辦方向及法院量刑的依據。鑑識科學的發展伴隨案件偵察而起，這是門解決法律相關問題的科學。鑑識科學家們相信兩件事：(1)不可能有完美的犯罪案件，任何案件一定會有蛛絲螞跡可循；(2)當所有相關證據能夠取得時，經過正確的分析及邏輯推理後，一定可找出眞正的犯罪者。

美國鑑識學會（American Academy of Forensic Science）將鑑識科學分爲下列十大組：

（一）刑事偵察學組（Criminalistics）：

檢驗、分析和比較刑案現場的物理證物，例如毛髮、衣物纖維、血跡、各種體液、槍彈、工具痕跡、鞋印、輪胎痕或其他相關證物，用以判斷與嫌犯的關連。這一些證物包羅萬象，也最富有挑戰性，因爲這些工作需要多領域的專業知識，且必須有系統、細心地推理及分析，並解決所遇問題得到結論。

（二）工程學組（Engineering）：

以工程學的原理來調查故障及工程設備的效率問題，並發展出方法及步驟來解決問題。例如汽車機件故障，是生產瑕疵還是使用者不當使用，都屬於本組範圍。

（三）一般組（General）：

無法明確歸納分類於其他各組的，都歸於此。

（四）判決彙編組（Jurisprudence）：

Jurisprudence經常被譯爲法理學。本組較精確的描述爲法的起源、法的概念和基本特徵與鑑識科學的關係。

（五）齒科組（Odontology）：

因地震、火災、空難、或戰爭而無法進行DNA比對之遺骸，可使用牙齒或咬痕等證物來確定個人身份。由牙齒的咬痕所產生的傷害案件，也是本組另一項重點。

（六）刑事病理學與生物組
　　　（Pathology/Biology）：

刑事病理學簡單來說是以病理學的角度來

找出非預期、原因不明或刑案受害者的死因。以國內現行制度，一方面來說，法醫人員就視同為刑事病理學家。在他們未抵達現場前，鑑識人員不可以移動屍體；另一方面而言，在國內平均一個縣市不到一位法醫的情形下，許多病理學家不定期擔任法醫工作，實際上顯示國內相當缺乏受過完整訓練的刑事病理學家。就美國的制度而言，培養出一位能夠獨當一面的刑事病理學家，需要十二年時間（大學四年，醫學院四年，再加上最少看過成千上萬張切片後，四年的住院醫師訓練）。生物組就是利用血跡、毛髮、精液、皮膚屑甚至頭皮屑等人體證物，經由DNA分析來判別其來源，進一步協助案件的偵察。

（七）人類學組（Physical Anthropology）：

以人類學的研究方法協助鑑定人類遺骸，判斷其年齡、性別、人種、身高、骨骸是否受到外力傷害以及死亡時間推算等。

（八）精神病學及行為科學組

（Psychiatry & Behavioral Science）：

判斷嫌犯是否因精神失常而犯案，以及從犯罪的模式來判斷嫌犯人格，預期並描繪其行為模式，以期在歹徒下次作案前能逮捕到案。

（九）毒物學組（Toxicology）：

將人體組織器官、血液、眼液、膽汁、腦、胃容物、肝臟、腎臟、尿液，經萃取後分析是否含有毒物質。常見的毒物可分為：揮發性毒物，如醇、酚、醛、汞（揮發的金屬）等；非揮發性毒物，如有機酸鹼、農藥、四級氨等；金屬毒物，如砷、鉛、鎘、錫等；離子性毒物，如強酸鹼、氟化物或氰化物等；氣體毒氣，如沙林（sarin）、芥子氣（mustard gas）、VX等。

（十）文書鑑定組

（Questioned Documents）：

主要以鑑定文書（如股票、鈔票等有價證券，或遺囑及身份證、護照等身份證明文件）上之筆跡、紙張、印章、印刷使用的墨水分析，判斷文件是否遭偽造或變造。

作者簡介：

NANOFORENSICS，美國John Jay 刑事司法學院鑑識科學碩士，現攻讀化學博士學位。研究領域包括微物鑑識、環境毒物學以及生物奈米技術。致力於科普寫作。作品見於科景（SCISCAPE，http://www.sciscape.org/）網站。

文／紗卡（遠流謎人電子報主編）

我是法醫，不是「女」法醫
不讓鬚眉的
凱‧史卡佩塔

除了法醫的專業以外，史凱佩塔還比一般男性法醫多了幾分對於死者的感同身受。基於尊敬，史卡佩塔對於無名死者身份的追查，更是不遺餘力；她總是希望可以讓這些不幸的靈魂得到最後的一點安慰，安慰死者，也慰藉自己。

「男」護士，「女」法醫？

現在是兩性平權的時代。但是很顯然地，我們還是存在許多既定的僵化性別觀念，對於某些行業總有刻板性別印象。我們人人都承認，男女天生大不同，各有各的性別特質，雖然這只是表現差異而已，無關優劣。然而，我們還是會不由自主地，叫出「男」護士、「女」法醫這種稱呼。事實上，當我們未特別冠上性別形容詞時，該行業從事人員的性別，幾乎不必經過確認：護士一定都是女的，法醫一定都是男的。也就是說，儘管理智上告訴我們男女平等，但是情感上我們還是存在一些很難被動搖的固有觀念：會有誰在心裡想到「小護士」時，浮現心頭的

居然是個小男孩？

直到最近，隨著好萊塢電影、影集的盛行，女性醫師、女性法官、女性律師等女性專業人員頻頻在影片中出現；而現實生活中，女性也的確將觸角伸進了這些行業的領域。當我們提到醫師、律師或法官時，如果沒有特別說明，通常是很難確定其性別的，因為男女都有同樣的機會從事這類專業職位。

那麼，為什麼臉譜出版的這一部史卡佩塔系列，要特別稱為「女」法醫探案呢？或者說，是否是因為法醫這個職業對男性來說具有先天的優勢，以致於當女性踏入這個領域時，必須付出更多額外的努力，方可與其他男性同僚並駕齊驅呢？

戰戰兢兢的史卡佩塔

事實上，法醫這個行業既無須大量的體力，也不具有特殊的危險性；相反地，他必須有顆縝密的心思，有個清楚的頭腦，加上過人的精力，最好還要有一副感同身受的胸懷。是啊，法醫不醫治客戶，他們只幫已經無法言語、失去生命的客戶代言，設身處地為客戶著想，伸張正義才是他們的使命。就這幾個角度來說，不僅沒有理由認為女性無法勝任，甚至就細部工作而言，說不定女性的纖細特質更適合從事呢！

可是凱·史卡佩塔醫生所面臨的環境，可不是這麼理想。身為首席女法醫，就本職學能與專業能力來說，史卡佩塔無懈可擊，學歷、經驗、訓練樣樣不缺。然而從系列作第一部《屍體會說話》開始，史卡佩塔卻一再受到挑戰，包括她的上司，她的同僚，以致於她的下屬等等，這其間甚至有其他女性也質疑起她的能力。然而如前所述，史卡佩塔的專業能力無庸置疑，她也一直戰戰兢兢，在故事中幾乎不曾出過差錯。那麼這些人為什麼會對她產生質疑呢？

作者康薇爾雖然沒在故事中明講，但是強調這個現象的意圖十分明顯。而這些人之所以會對她產生質疑的原因很簡單，但也很荒謬：「我知道妳爬到這個位置是靠自己的努力，妳的本職學能也沒有問題，但就因為妳是個女人，所以我預期妳將會犯下大錯！」由於作者康薇爾本身就是個法醫部門的檢驗紀錄員，真讓人不由得聯想到：史卡佩塔的這些遭遇，該不會就是作者本身的寫照吧？

讓不幸的靈魂得到最後一點安慰

其實康薇爾並沒有刻意透過小說來鼓吹任何提升女性地位的議題，她只是非常詳實地描述史卡佩塔身為法醫的故事。凱·史卡佩塔就性別上來說，是個很平常的女性——她可不是陽剛味十足，粗手大腳的男人婆。然而除了法醫的專業以外，史凱佩塔還比一般男性法醫多了幾分對於死者的感同身受。基於尊敬，史卡佩塔對於無名死者身份的追查，更是不遺餘力；她總是希望可以讓這些不幸的靈魂得到最後的一點安慰，安慰死者，也慰藉自己。史卡佩塔的堅持，並未給她帶來更多的名聲，反倒讓她惹上難搞的罪名。然而，如果連這一點卑微的憐憫都無法給予死者的話，那更遑論正義的伸張了吧！

天地不仁的人性試驗場

此外，女法醫探案確實也點出，伸張正義是必須付出代價的，然而並不是所有人都願意付出這個代價。逝者已矣，至於正義？再說吧！也難怪女法醫探案總帶了點陰暗的氛圍：連續殺人犯橫行世界已經夠教人難受了，但是更讓人無法坦然面對的是，驚覺自己竟是活在一個天地不仁的人性試驗場之中。

還好，我們還有女法醫史凱佩塔，以及她的伙伴，大男人又有種族歧視，但卻嫉惡如仇的馬里諾探長，再加上風度翩翩，學有專精的聯邦調查局衛斯禮。至少，他們能夠在邪惡擴張之前加以遏止。女法醫是活生生的一個人，女法醫的故事，就某種層面來說，就是現實社會的縮影。然而，現實世界裡，真有女法醫這般風釆的人物嗎？

我們實在應該以更謙卑的胸懷來面對性別差異，評斷工作能力時，更不應該牽扯上性別。唯有寬廣的眼光，才能正確地處理問題。人人方可真正貢獻所學，謹守於自己的崗位之上。這個世界，還是充滿希望的。

作者簡介：

紗卡，已婚，育有二女，目前於南部某大學攻讀博士。兼任遠流推理擂臺版主與謎人電子報主編。喜讀小說，生冷不忌，只感嘆好書太多，時間太少。

小說之外——
淺談現實生活中的毒物分析

鑑識毒物的歷史進程

　　目前社會大眾廣泛認爲鑑識科學就是可鑑定出被害者及犯罪者身份，或是判斷小孩是否爲自己親生的DNA鑑定，但這只是鑑識科學其中的一個分支。對專業背景爲化學的鑑識科學家而言，最主要的就是參與毒物分析的工作。毒物學是一門研究物質對身體可造成毒害影響的學科，若應用於刑案的偵察方面，可分析死者是否有被毒殺的嫌疑，以及毒藥種類；如果應用在濫用藥物方面，則可判斷當事人是否有違法，如濫用快克（crack）、搖頭丸（MDMA,3,4-Methylenedioxymethamphetamine）、安非他命（amphetamine）等藥物，或是運動員是否違法使用類固醇等禁藥。

感應耦合電漿質譜儀（感謝台北市政府警察局刑事鑑識中心提供照片）

　　毒物學源自於希臘字toxon，意指射箭的弓，因爲在當時會將有毒物塗在箭的前端，該種有毒物質就稱爲toxicos。古羅馬時期，毒藥是很出名的秘密武器，暴君尼祿（Emperor Nero）就是雇用殺手以氰化物毒

殺了他的幾位妻子和他的兄弟。但是羅馬時代暗殺者最喜歡使用的是有毒藥之王之稱的砷（Arsenic）。

文藝復興時期，毒藥的使用到了鼎盛。其中比較著名的女性下毒案發生在十六世紀，法蘭西皇后Catherine de Medici of Florence（該家族以毒殺與其為敵者聞名）在成為皇后前曾在窮人及病人身上測試過多種毒藥。

第一位以化學方法鑑定毒藥的是Hermann Boerhaave，他將可疑物質，放到炙熱的煤炭上，藉產生的氣味作為辨別的依據。然而，這種方法以現代的眼光來看並不科學。1787年，Johann Daniel Metzger發明了在溶液中（而非人體組織）測得砷的方法。這方法的原理是：砷氧化物（arsenic oxide）加熱後會形成一種黑色的鏡狀物，沈積於加熱盤上，只要加熱所要鑑定的液體並觀察其顏色變化，就可判定其中是否含有砷。

第一件審判的毒殺案

1972年英國發生了第一件有醫學專業人員對毒藥證物作證的謀殺審判。Mary Blandy被控以白色粉末三氧化二砷(arsenous oxide)，下毒在給自己父親食用的麥片粥裡，不久之後死亡。法醫在炒菜鍋上發現不明白色粉末，經鑑定後發現，這些粉末在加熱後有大蒜味，如加入水中則成乳狀，並且部份浮於水面上形成薄膜，其他則沈澱於底部。這些現象與三氧化二砷經過相同測試的反應相同（以現在的分析角度來看，這個結論並不精確，因為其他物質也可能產生相同的反應）。該案中，Mary辯稱這些白色粉末是用來改善她父親易怒且衝動的性格。這並不算是太離譜的證詞，因為在當時，醫生常以砷化物當做補藥及消毒劑。但她並沒有成功的逃離法律制裁，因為家裡的僕人作證說曾看到Mary將這些粉末丟入火中銷毀，此舉在審判中被視為有湮滅證據之嫌，最後判決將Mary處以絞刑。

現代毒物學之父

真正有系統的毒物分析法，是由巴黎大學的Mathieu Joseph Bonaventure Orfila建立的。這位西班牙出生的化學及物理學家，

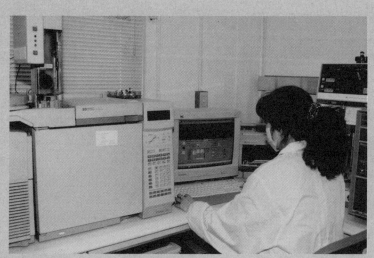

氣相層析質譜儀(感謝台北市政府警察局刑事鑑識中心提供照片)

分佈到全身,這個發現推翻了之前認為毒物只會和單一的身體組織反應的觀念。除此之外,他也是第一位從身體器官,而非過去僅是由胃容物中萃取出砷的人。但Orfila最為一般大眾所知的,是他於1939年一件不光彩的謀殺案中的證詞——在該案中,他建立了第一次對毒物案件的科學證明。

在談這案件之前,我們得先瞭解一種可鑑定微量砷的新方法——Marsh 檢測法。此檢測法由英國皇家軍事學院的化學家James Marsh於1836年所創。方法是:加入純的鋅(Zinc)於可能含有砷的溶液,之後再加入硫酸或鹽酸。由此化學反應所產生的氣體,經由火焰燃燒,並將一白色瓷盤置於火焰中,如果產生黑色鏡狀物,就表示砷元素的存在;如在火焰之上放置一黑色瓷盤,而觀察到的白色鏡狀物,就是三氧化二砷。

在1813年(二十六歲時),出版了現代毒物學的名著Trait des poisons(或稱 Toxicologie generate),有系統地將毒物分類為:侵蝕劑(corrosives)、收斂劑(astringents)、辛辣劑(acrids)、麻醉鎮痛劑(narcotics)以及腐敗劑(putrefacients)等,進一步奠定他在現代毒物學的地位,也因此被尊為現代毒物學之父。Mathieu Orfila主要著重於砷的研究,將砷注入動物體內後,觀察到毒物會

先前所提到的那件謀殺案是Marie Lafarge涉嫌在結婚一年後，以砷謀殺她破產的的丈夫。但屍體下葬前的鑑定，並沒有在胃容物中發現砷的蹤影；開棺驗屍後，也沒有在死者的器官中發現砷。然而，調查人員卻發現被害者死亡前未吃完的食物裡，含有大量的砷。Orfila受原告所託重新檢驗所有證據後，才確認了砷確實存在於每個組織樣品中。而之前的鑑定，因爲測試人員沒有以正確的方法進行Marsh檢測法，所以產生了「假陰性」誤報結果。此外，Orfila主張僅確定毒藥的存在不足以定罪，應該考慮所有證據才可做出正確的判斷。這觀念也讓現代鑑識科學除了重視細節外，也強調要能推理出事件的全貌。

毒物分析之新技術

犯罪者有時視犯案過程爲藝術創作，犯罪者的知識也會隨著科學進步而增加。例如在Marsh檢測法之後，許多下毒者改用生物鹼(Alkaloids)作案，因爲當時沒有可以分離與鑑定有機毒物的方法。直到1850年，比利時化學家Jean Servais Stas發明可以由死者器官中萃取出菸鹼(Nicotine)的技術，才獲得改善。Stas的方法之後發展成爲可以萃取及分離出非揮發性有機物質的新技術。

到今日，毒物實驗室仍使用改良後的Marsh及Stas檢測法，隨著氣相層析質譜儀（Gas Chromatography/Mass Spectrometry，GC/MS）、液相層析質譜儀（Liquid Chromatography/Mass Spectrometry，LC/MS）、感應耦合電漿質譜儀（Inductively Coupled Plasma/Mass Spectrometry，ICP/MS）等分析儀器的發明，儀器靈敏度與精確的提升，以及新式分離方法的發現，鑑識科學家擁有更能有效打擊犯罪的新利器。國內近年有幾件毒物懸案需要更多方面的調查，例如2000年花蓮吳姓夫妻猝死案，究竟是漢他病毒還是重金屬中毒，至今仍是羅生門；2002年五月發生的國內首例陳姓夫婦鉈（Thallium）中毒案，至今無法確認下毒者是誰。期望大家能對這門科學有更多認識，並有更多對鑑識工作有興趣的人，投入這領域，來找出案件的眞相。眞相只有一個，讓我們一同來尋找！

Kay Scarpetta

作家介紹

派翠西亞‧康薇爾

派翠西亞‧康薇爾，1956年6月9日出生於美國佛羅里達州邁阿密。她的職業生涯從主跑社會新聞的記者開始，1984年在維吉尼亞州的法醫部門謀得一份工作當一名檢驗紀錄員。1984～86年間，康薇爾根據自身的法醫工作經驗寫下了三本小說，然而出書過程並不順利。

後來她聽從建議，推翻原本以男偵探為主角的構想改以女法醫為主軸，終於在1990年出版了她的第一本偵探小說《屍體會說話》。這本書問世後一炮而紅，為她贏得1991年愛倫坡獎最佳年度新人獎、英國推理作家協會約翰‧克雷西獎、安東尼獎、麥卡維帝獎，以及法國的Prix du Roman d'Adventurei獎。此後，康薇爾以女法

派翠西亞‧康薇爾

醫為背景陸續寫了十三本書，這些作品不僅是暢銷排行榜上的常客，也被翻譯成多種語言。

女法醫系列成功之處，在於揉合了刑事案件偵查中最重要的警察程序與法醫研究，後者不再只是一份簡短的調查報告，而是剖析真相的一把利刃。康薇爾的專業背景加上善巧的敘事筆法擴大了小說的懸疑性，一般作家難以運用得如此純熟，成為她特有的風格。

康薇爾目前分別居住在維吉尼亞州里奇蒙和紐約兩地，並且自組公司、設立個人網站處理她的創作事業。

除了女法醫系列，康薇爾還寫了用現代法醫學追查開膛手傑克真實身分的《開膛手傑克結案報告》，以及另一個警察Judy Hammer和Andy Brazil的系列作品，臉譜預定於今年（2005）推出與讀者見面，敬請期待。

閱讀 女法醫史卡佩塔小說的方法及其順序

一 方法

康薇爾是臉譜出版公司一千推理大師中，暢銷熱度最高的一位，在台灣如此，在美國也如此。康薇爾熱賣，不因爲她比較「通俗」，而是因爲她的「不俗」——她的女法醫系列切中了推理讀者某種長期的需求甚至不滿。

以英式理性神探爲主流的推理小說，長期以來，一直棄絕人的情感，而且瞧不起實驗性的科學，此種純心智性的邏輯推理是最迷人的，但百年下來也逐漸出現詭計耗竭、抽象性瞎編胡謅的窘狀。康薇爾徹底的反此道而行，她的小說有實證性如鐵石的科學，亦有飄忽微妙但人皆有之的情感困境。

這使得康薇爾小說同時呈現兩個不容易並存的強烈特質——一是屍體會說話，通過女法醫的精準科學專業，講無可辯駁無從抵賴的眞相，答案明明白白，有一種不裝神弄鬼的正直力量；二是科學之外或說科學下班時刻，人仍保有一個無法科學實證、更無法理性滿足的所謂心靈，這理則沒有明白立即的答案，有的只是人的感受、對話、彼此同情並相濡以沫。

二 順序

康薇爾有她很了不起的地方，我指的是，像她這樣一位大暢銷型的作家，有人性上很難抗拒的巨大誘惑，那就是，社會會逼迫她快快出書，出版經紀人會天天打電話甚至捧著錢等在門口，名和利會魔鬼般試煉她如同兩千年前對耶穌做的那樣。但康薇爾抵擋住了這一切，她依然按自己的書寫節奏進行，她的作品水平穩定不跌落，她成功的把路走得很長。

因此，建議從《屍體會說話》開始，儘

Kay‧Scarpetta

管康薇爾的作品其實不分軒輊，但從時間序，從廣大讀者世界對她的認知，甚至從書名的象徵意義，《屍體會說話》都是最合適的起點，事實上，這本書，這個書名，已經和女法醫史卡派塔牢牢黏合，一體成形。

然後，便乖乖跟著時間來最好，一個重要的理由是，康薇爾實踐派的法醫科學辦案部

分，令她的書個個獨立完足，但康薇爾投注於史卡派塔的豐沛情感部分，卻讓整個系列呈現進讀性的跌宕起伏，在法醫的下班時刻，她有

她深刻的生命煩惱和抉擇，像所有認真生活的「正常」人如你我一樣。

記得抽個空檔，讀康薇爾自己於演女法醫史卡派塔之外的專著力作《開膛手傑克

結案報告》，這部康薇爾對推理永恆之謎「開膛手傑克」的終極破案報告，不僅一定留存推理歷史，而且最讓我們閱讀到她的人品、情感和價值信念。

DETECTIVE MOOK

三百六十五行，行行出偵探。偵探工作不只有私家偵探、檢警人員才能擔任，官員、間諜、小偷、殺手都能兼差扮好偵探的角色，漂漂亮亮地劘奸鋤惡一番。

詹姆士·龐德
James
Bond

狄仁傑
Judge
Dee

在此選出古今中外五位代表，有唐朝宰相狄仁傑、英國情報員詹姆士·龐德、從小偷轉行密探的伊凡·譚納、開二手書店的雅賊柏尼·羅登拔，以及住在紐約的殺手凱勒。他們對這份工作甘之如飴或身不由己，但都能漂亮地完成任務，不負名探美名。

奇職怪業

·譚納
van
ichael
nner

柏尼·羅登拔
Bernie
Grimes
Rhodenbarr

凱勒
John Paul
Keller

公案小說西方化 的 唐朝宰相

狄仁傑

作者 高羅佩（Robert van Gulik, 1910～1967）
登場作 迷宮奇案（The Chinese Maze Murders, 1957）
代表作 銅鐘奇案（The Chinese Bell Murders, 1958）

Judge

　　留著一把引以為傲的烏黑長髯，身配家傳的雨龍名劍，擁有一身精湛的拳腳功夫和劍術，信奉儒家思想，忠君愛國，體恤部屬和百姓，具有敏銳清晰的推理能力，個性善惡分明。這就是高羅佩筆下的折獄明公——狄仁傑。

　　狄公初次登場作是在《黃金奇案》（這與作者高羅佩的寫作順序不同），為了向世人證明自己有能力報效國家、治理一方，寧可放棄京城的大理寺評事之職，外放到蓬萊當縣令，真正親近民眾。在赴任途中，他遇到日後的得力助手——喬泰和馬榮，此後二人一直跟隨著狄

> 你思維敏銳，
> 具有非凡的直覺力，
> 是個能把看來毫無關聯的
> 事情串起來的怪才，
> 用巧妙、驚人的方法一下子
> 就讓嫌疑犯招供，
> 這是你的典型方法。
>
> **《廣州奇案》**
> **狄公案全集14**

公鞍前馬後、出生入死。後來在《湖濱奇案》中又遇到陶干，一個浪跡四方的江湖騙子，從此也成為故事主要配角。狄公一共活躍於十四部長篇和二部短篇小說中，歷任蓬萊、漢源、浦陽、蘭坊和北州五個縣的縣令，最後又因政績卓著被拔擢回京擔任大理寺卿。故事中大部分的案件都是發生於擔任縣令之時。

　　高羅佩撰寫《狄公案》的緣由，是因為他在公餘之暇英譯清代的《武則天四大奇案》（又稱《狄公案》）時，深感中國本土其實也有許多記載歷代賢明諸公奇案的作品，在他

公案小說西方化的唐朝宰相

狄仁傑

Dee

Judge Dee

一系列新撰的故事中，有幾個角色就是沿用清代《狄公案》一書的設定，即上述的馬榮、喬泰、陶干以及參軍洪亮。這幾個常設人物圍繞在狄公身邊形成一個偵查集團，老家臣洪亮的作用類似於衙門師爺或者現代所謂的機要秘書，除了要幫狄公整理案件文書、管理衙門日常公務之外，有時也會幫忙案情的打聽詢問，他也是狄公最爲信任的朋友和謀士；在赴任途中收服的馬榮與喬泰，因爲武藝高強又曾混跡綠林，主要負責明查暗訪案情以及保護狄公的安全；至於熟悉三教九流生活方式的陶干，則以其特殊的雞鳴狗盜之技助狄公破解各種暗門密道或詭計騙術。至於主角狄公本身，則是要以縝密的思考和推理能力使案情眞相大白。

在小說中，狄公身爲一縣之長，小至農民爭地、財產糾紛，大至殺人命案、通敵謀反等罪行，都是他必須處理的，除了負責在公堂上審問之外，「喬裝打扮，混跡市井」是狄公和隨從們最常使用來探聽案情的方式，他本人就曾經喬裝過乞丐、郎中、拳師，甚至是盜匪，此外詢問熟悉當地事務的老書吏，拜訪各行會首長獲知相關消息，利用乞丐頭頭和無賴首領的人脈與勢力也是獲得消息的有效方式。他做事一絲不苟，重視所謂的「官樣文章」，對例行公文事項和法規不厭其煩，即使是細微處也要求正確。雖然和傳統中國公案小說相同，也有刑求取供的舉動，不過狄公堅持「沒有令人信服的證據，決不能嚴行拷問案犯」。此外，身爲法律的

大唐一代名相狄仁傑

狄公案 ⑩

高羅佩 著
姜漢森、姜漢椿 譯

迷宮奇案

The Chinese Maze Murders

捍衛與執行者，他有插手案件、號令百姓的權利，比起偵探接受委託的被動性，他主動查緝犯罪的意味更濃厚。

在他長達十五年的辦案生涯中，曾對這種每天只是填寫公文的生活感到倦怠與疑惑（畢竟命案可不是每天都在發生），進而萌生退休之意，繁瑣的紙上官司並不是都讓狄公這麼甘之如飴。不過一旦為無辜百姓伸張正

義，就能讓他重燃工作熱情。他認為律法是不可違背的，因此在《鐵釘奇案》中，和狄公互相傾慕的郭夫人為了拯救他的仕宦生涯，將自己多年前殺夫的方式透露給狄公知曉，讓狄公能順利勘查出嫌犯陸氏謀害丈夫的證據。狄公內心雖然感到非常矛盾和痛苦，卻無法不追究她的刑責，最後郭夫人以自殺收場，留下深深的遺憾。當人情與理法產生扞格時，只有最理性的人能把持住原則。律法雖神聖不可侵，正義和公理卻是狄公奉行的最高圭臬，在《朝雲觀奇案》中，沒有證據將權勢龐大的凶手定罪，狄公採取的是私刑了結，雖然世人不知真相，凶手卻為自己所犯的罪付出了代價。

融合西方偵查的邏輯分析與中國公案小說的形式，高羅佩成功的賦予歷史真實人物狄仁傑斷獄如神的小說形象，重視謎團、伏筆和推理的內容，或許可讓那些無法接受傳統公案小說中鬼神充斥現象的讀者，另一種具有智性思考的閱讀選擇。

Judge-Dee

高羅佩著狄公案自序

前清末年，英國柯南‧道爾所著福爾摩斯之偵探小說譯成華文，一時膾炙人口；是後此類外國小說即遍流國內，甚至現代人士多以為：除英美德法四國所出以外，全無此類述作。果爾，中國歷代循吏名公，豈非含屈於九泉之下？

蓋宋有棠陰比事，明有龍圖等案，清有狄彭施李諸公奇案：足知中土往時賢明縣尹，雖未有指紋攝影以及其他新學之技，其訪案之細，破案之神，卻不亞於福爾摩斯也。然此類書籍，聞有狗獺告狀，杯鍋粟辭，閻王指犯，魔鬼斷案，類此妄說，頗乖常識，不足以引今人之趣。故光緒末年，吳趼人首以九命奇冤一書改編作警富新書，曾見贊於世；惜後起乏人，致外國偵探小說仍專擅文壇也。是以不佞於公餘之暇，於歷代名探漫撰三件，刪其虛而存其實，傍摭宣和遺事以下諸書故事而編輯此書，一以唐朝顯宦狄梁公仁傑為主，故名曰狄仁傑奇案。並擇舊藏明末版書為底本，略參新義，畫製為插圖。茹古咀新，其能否和芍藥以成虀醬，仍待博識君子之雅鑑爾！

公元一九五二年
荷蘭高羅佩識於尊明閣

第十九回
語寓玄機賴徵士
心通脈絡幸有賢官

（作者原稿手蹟之二）

話說狄公這日用過午飯，見馬榮喬泰出去拿人，他便一面翻閱文卷，一面尋思案情。他見洪亮在旁伺候，便放下文卷，長嘆一聲，對他說道。此一番馬榮和喬泰如不能悄悄的將那匪徒拿到，則這個難辦的他在危險了。洪亮道老爺自管放心。比這個難辦的他們都辦過了。這一回決定可以手到擒來。狄公你了一會又說道。他們兩人此番也要費些手段。一時下

高羅佩著狄公案手稿

187

狄公案故事整理略表

篇名	篇幅	任所	收錄合輯
黃金奇案	長篇	蓬萊	
紅亭奇案	短篇	蓬萊	《太子棺奇案》
羽箭奇案	短篇	蓬萊	《太子棺奇案》
古塔奇案	短篇	蓬萊	《太子棺奇案》
漆畫屏風奇案	長篇	蓬萊威平縣	
湖濱奇案	長篇	漢源	
朝雲觀奇案	長篇	漢源朝雲觀	
蓮池奇案	短篇	漢源	《太子棺奇案》
斷指奇案	短篇	漢源	《斷指奇案》
銅鐘奇案	長篇	浦陽	
紅閣子奇案	長篇	浦陽樂苑	
黑狐奇案	長篇	浦陽金華	
玉珠串奇案	長篇	浦陽河川鎮	
御珠奇案	長篇	浦陽	
兩乞丐奇案	短篇	浦陽	《太子棺奇案》
黑狐奇案	長篇	浦陽金華	
真假劍奇案	短篇	浦陽	《太子棺奇案》
迷宮奇案	長篇	蘭坊	
紫雲寺奇案	長篇	蘭坊	
太子棺奇案	短篇	蘭坊	《太子棺奇案》
豬血奇案	短篇	蘭坊	《太子棺奇案》
鐵針奇案	長篇	北州	
還魂奇案	短篇	北州	《斷指奇案》
柳園圖奇案	長篇	京城	
廣州奇案	長篇	廣州羊城	

文／呂仁（推理小說迷）

回到唐朝，剷奸鋤惡

他對抗的不只是一個一個數得出來的罪犯，而是更深入到整個社會結構的深處，從一般的市井小民至富商巨賈的犯罪，乃至於欺世宗教與陰險的政治謀殺，高羅佩在狄公案中所表現出來的，毋寧說已有了日本後來出現的社會派意涵。

迷人又取巧的偵探

古人偵探的迷人之處是，身懷推理絕技在某個過去的年代智解謎雲。古人偵探的取巧之處是，不受現代科技進步的牽引，可以純粹進行智性遊戲；不受現代法律所羈束，而遵照在其所處時空下的遊戲規則即可。

荷人高羅佩筆下的唐朝名相狄仁傑，正是這樣一個迷人又取巧的偵探。

說他迷人，原因在於他具備神探的才能，在唐朝剷奸除惡，儼然東方古裝版的福爾摩

斯化身，必要的時候還能持家傳的雨龍劍與惡徒鬥上一陣；說他取巧，絕未帶有一絲輕蔑詆毀之意，狄仁傑或以縣令，或以宰相的身份翩然出場，同時扮演神探揭發犯罪與法官的制裁者角色，多麼方便，我們甚至不用考慮這樣的作法是否符合法治社會的要求。

在科學昌明的今日，要寫出邏輯嚴明的浪漫作品已不容易，想要隱瞞推理小說中最被輕視的「警察」角色也不可得，所以作家另闢蹊徑，一是將科學鑑識推向極致，傑

佛瑞·迪佛筆下的鑑識專家、凱絲·萊克斯（Kathy Reichs）與派翠西亞·康薇爾（Jeffery Deaver）筆下的法醫均屬之，另一則是反璞歸真，將案件搬到孤島，讓現代科技無法涉入，不然就是回到過去，回到科技不發達的過去。這回，高羅佩不是把我們帶到唐朝了嗎？

東方題材·西方邏輯的絕妙搭配

宋朝時，《新唐書》裡記載的狄仁傑「歲中斷久獄萬七千人，時稱平恕」，頗有威風事蹟，可惜細節無可深究；清光緒十六年時，《武則天四大奇案》裡的狄仁傑跑去廟裡「求靈籤隱隱相合，詳夢境鑿鑿而談」，住在廟裡以求鬼神給予破案契機。高羅佩筆下的狄仁傑，相較於此二者，顯得既符合我們對神探邏輯嚴明的要求，且生動親切。

或許就是因為高羅佩筆下的狄仁傑與我們所熟知的現代偵探太像了，他或派人查案，或親自升堂問案，他重視證據講求動機，所以在閱讀的過程中遇見高羅佩手繪的稚拙插畫時，甚至會有一種強烈不協調的感覺浮現──咦，偵探怎麼會是個穿長袍的大鬍子？更

高羅佩繪製的狄公像

別說畫中還常出現坦胸露乳的小妞了。就在這種東方題材、西方邏輯的搭配下，十六部精彩至極的《狄公案》就出現在世人眼前。

如同華生之於福爾摩斯，海斯亭之於白羅一樣，馬榮、喬泰、洪亮、陶干成為狄公破懸案、雪陳冤的最得力助手，除辦案查探外，亦稱職地烘托狄公的天縱英明。

公案小說西方化的唐朝宰相
狄仁傑

Judge Dee

歷史與虛構

金庸總不能讓張無忌開創明朝，所以讓朱元璋用計離間驅趕，以符合正史脈絡。狄仁傑亦隨著正史的安排，由小小縣令做到高高宰相，位居不同職位，狄仁傑關懷民膜的態度倒是始終如一，任何一個升斗小民的案件都可以使他出馬，解決人民的冤屈。

但是他對抗的不只是一個一個數得出來的罪犯，而是更深入到整個社會結構的深處，從一般的市井小民至富商巨賈的犯罪，乃至於欺世宗教與陰險的政治謀殺，高羅佩在狄公案中所表現出來的，毋寧說已有了日本後來出現的社會派意涵。

說社會派似乎有些沈重，或許作者根本沒那意思，以實際的作品來說，有部作品將和尚描述為壞人，在成書之時日本出版界甚至擔心觸怒佛教界而不出日文版。但《新唐書》所載：「吳、楚俗多淫祠，仁傑一禁止，凡毀千七百房，止留夏禹、吳太伯、季箚、伍員四祠而已。」所以在歷史題材的取捨與虛構杜撰的故事中，高羅佩選擇了貼近史實的寫法，雖然控訴唐代的社會黑暗面對於當時動亂的中國起不了什麼作用，但我們可以清楚感受到，透過狄仁傑，高羅佩指出了曾經發生過的不公義之事。

狄公名垂青史

我們也可以說，高羅佩寫《狄公案》，使得中國傳統的公案小說在西方浩瀚推理文學史上佔有一席之地，聽來或許諷刺，卻是事實。華人世界推理小說開拓先驅程小青，其代表作《霍桑探案》模仿福爾摩斯探案痕跡明顯，在大量引入西方優秀作品之後，公案小說更被拋諸腦後，僅存文獻價值而已。

身為華人，或許該感謝高羅佩寫《狄公案》，感謝他讓狄仁傑成為一個西方家喻戶曉的神探。

作者簡介：

呂仁，推理迷，曾為暨南大學推理同好會與中正大學推理小說研究社成員，現隱姓埋名於勞工保險局。

文／夜瞳

中國公案小說

公案小說是中國古典小說類型的其中一支，其源流可遠溯至史籍經典中皋陶治獄，獬豸以角觸牴辨曲直等記載，然「公案」一詞作爲文藝題材類別的名稱，則是在宋代說話四家之一的「說公案」類才首次出現。以犯罪事件的訴訟、審查、判決等內容爲主題的故事，在中國小說中已有長遠的歷史發展，早期筆記史料中雖多所記載，眞正蔚然成大觀卻要到明清以後，當時許多文人投入編輯和寫作的精力，出現了許多以各個清官爲名的公案編輯作品，如《龍圖公案》、《海公案》、《施公案》等。也因此後人一般提到公案小說時，指的多是明清時期的白話公案小說。

早期的公案類作品多包含有敘述與評議二項，且以短篇爲主，內容主要包括案情敘述、告狀訴訟、偵查、判案等幾項，案件題材從詐欺爭占事件的裁決、偷盜案件的審理、到奸謀命案的偵查都有，此時的公案小說著重刻劃描寫的是市民百姓的生活百態以及對受冤屈之人的同情。晚清時，公案小說與俠義小說合流，漸漸變成長篇章回的形式，原本以清官辦案爲主的形式，變成敘述綠林好漢俠義行爲的小說。

公案小說的內容大致有幾項特色：

1. 描寫採全知觀點，通常是由事件開始敘述，後導引入偵查、審理的情節，讀者往往已經知道凶手。
2. 常靠冤魂託夢、神人指引破案，內容不乏怪力亂神。
3. 以「清官」爲偵查主角，突顯清官的能幹和昏官的愚庸，以及其與豪富貴族階級的對立。

中國的公案小說雖然描寫案件的偵破，但關注的重心卻不在此，除了想藉由這樣的描寫形式宣洩百姓們對吏治敗壞現象的怨怒，作爲一種道德寄託之外，還希望能藉善惡有報的情節安排，達到教化人心的目的。

綜觀中國的公案類型作品，雖然有很多是流於鬼神夢兆傳說，但也有很多是運用人爲的觀察推理、巧施計謀來破案的。然而和西方偵探小說比起來，公案小說畢竟更缺少科學的辦案方式，於是隨著政治體制的改變、外來文類的刺激和其本身的限制，到了清末公案小說逐漸式微，以福爾摩斯爲主的西方偵探小說大行其道。作爲一種曾經盛極一時的文類，它仍有其歷史指標的價值。

狄公推敲案情，高羅佩繪

作家介紹

高羅佩

高羅佩

Robert H. van Gulik，漢名高羅佩，1910年生於荷蘭，1967年逝於荷蘭海牙。是名荷蘭外交官，亦爲著名漢學家。

1935年進入荷蘭外交部工作到去世爲止，他一直是個職業外交官，通曉15種語言（荷蘭文、印尼文、日文、中文……），待過日本、中國、開羅、黎巴嫩、馬來西亞等地，派駐中國期間（1943）與曾任京奉鐵道局局長水鈞紹之女水世芳結婚。

高羅佩大學時期主修東方文化史，十分喜愛中國文化，能奏古琴（師承中國古琴大師葉詩夢，撰寫《琴道》一書，旁徵博引將各種琴學論述、古琴樂譜，蒐羅成書），下筆文言，吟詩作對，寫過許多討論唐詩、六朝志怪、赤壁賦的著作。

高羅佩曾在一九六六年的日記上，陳述從外交官工作涉足推理小說的創作態度：「十餘年來，這項寫作已成爲我生活中重要的一部分，與我的學術研究同等重要……在創作小說時，作者可以完全控制故事，任憑他的想像力飛馳。文學創作是我生活上的第三部分，是消遣，是遊戲，使我對於外交及延就工作的興趣不致消沉。」

狄公案之外，高羅佩最被注意的作品是《秘戲圖考》（*Erotic Colour Prints of the MingPeriod*）、《中國古代房內考》（*Sexual Life in Ancient China*）、《琵琶考》（*The Lore of theChinese Lute*）、《長臂猿考》（*The Gibbon inChina*）等著作。《秘戲圖考》、《中國古代房內考》二書，更是中外漢學家用來瞭解傳統中國社會兩性生活的重要作品。

閱讀

狄公案小說的方法及其順序

一　方法

　　寫《狄公案》的荷蘭人高羅佩是個傾慕中國的漢學家，他從歐陸帶進來推理小說的種籽，播種在中國傳統的民間平話故事上，成為一組推理史上極其特別的小說，歷史與當下，理性和神怪，東方和西方……

　　狄公，是唐代盛世的聰明宰相狄仁傑，原來的《狄公案》是流傳民間說書故事的所謂公案小說，像我們更熟悉的開封府中，有王朝馬漢的《包公案》。

　　把推理小說置放到某一個古老的時間中，即所謂的歷史推理小說，有一個非常重要的趣味——那就是，彼時生活條件和民智水平的限制，既形成推理辦案的限制，亦因此種種限制而爆發出有趣的解答途徑和可能。比方說，在沒有DNA可追蹤，沒有電腦可比對，甚至沒有指紋可密不透風指證凶手的情況下，一名神探如何在他窘迫的配備下解開事實真相。

　　歷史推理，沒有科學儀器，亦沒整套方便的心理學可援引，通常它就得更純淨、更素樸的訴諸人的理解、同情的想像，乾乾爽爽的講道理，用我們凡人都聽得懂的語言，這部分是最精采的。

　　高羅佩是個中國通，懂畫、懂古董、懂琴棋、懂性愛和一些老掌故。一幅畫如何不小心記錄下凶手的腳跡，一曲琴音，如何導引我們找到真相，一件價值不斐的古玩，又在謀殺中扮演哪一塊拼圖……

二　順序

　　高羅佩不只使用了狄仁傑這位理性、務實的唐朝一代名相為偵探，也一併使用了中國《狄公案》的平話小說體例，這是東方西方的碰撞，是現代和傳統的碰撞，也是理性和神秘的碰撞，聰明的閱讀者得貪婪一些，不能只取一邊，你要魚與熊掌一起兼，兩樣我都要。

　　因此，《狄公案》再沒第二種閱讀順序建議了，你用推理小說讀它，也用平話傳奇小說讀它，從頭來，從狄仁傑猶是年輕、英氣逼人的縣令辦案讀起，一路看他過關斬將、愈搞愈大，到最終的位極人臣。

持有殺人執照 的 英國情報員

詹姆士·龐德

作者 伊恩·佛萊明 (Ian Fleming, 1908～1964)
登場作 皇家夜總會 (Casino Royale, 1953)
代表作 金手指 (Goldfinger, 1959)

James

詹姆士·龐德 (James Bond)

蘇聯情報單位SMERSH檔案報告
出生年：1922年
體格：身高183公分，體重76公斤
特徵：身材瘦長，黑髮藍眼，右臉頰及左肩有傷痕，右手背有做過整形手術的痕跡
能力：運動全才，精於射擊、拳擊、飛刀、柔道，不化妝掩飾真面目
擅長外國語：法語，德語
癖好：煙癮大（抽有三道金邊的特製香菸）；飲酒，但不過量；女色
個性：沒有受賄念頭
其他：左腋佩掛槍袋，內裝貝瑞塔點二五口

> 他的工作需要殺人，
> 雖然一向不喜歡，
> 但必要的時候他還是會殺人。
> 他知道如何殺人，
> 也知道如何選擇遺忘。
>
> **《金手指》**
> **007龐德系列小說1**

徑連發手槍，彈匣量八發。左小臂綁著小刀，曾使用鐵頭鞋子作武器，對痛苦有極高的忍受力

個人資料：蘇格蘭瑞士混血兒。父親安德魯·龐德，蘇格蘭人，韋克士軍備公司駐外代表；母親摩妮科·迪拉克羅伊斯，瑞士人。雙親在龐德11歲時因山難意外身亡，由姑媽夏蜜恩·龐德扶養長大。19歲加入英國海軍，升至海軍中校後進入英國秘密情報局(MI-6)，對外稱「環球貿易公司」員工。隸屬00情報部門，編號007──帶有「00」(Double-0)代碼的情報員持有殺人執照，執

Bond

James Bond

行任務時有殺人的豁免權。精通槍法、拳術，拿手的攻擊方式是手刀，使用槍枝為點二五口徑的貝瑞塔自動手槍。喜飲酒（伏特加馬爹利或雙份波本威士忌），加冰塊搖晃後入口；熱愛名牌、美食及美女，道地的享樂主義者...

通過他者的眼睛，尤其是敵人的眼睛，可能好些，以下是龐德的死敵SMERSH所拍攝照片的描述——他的臉孔膚

《金手指》原文書封面

色黝黑，輪廓清晰。被陽光炙晒過的右頰上有一道白森森的三吋長疤痕。兩道粗黑的濃眉下，有著一對大眼睛。黑色的頭髮從左邊分線，由於未經細心的梳理，有一絡厚厚的髮捲垂到右眉之上。長而直的鼻子直下短短的上唇，上唇則緊接著尾端微翹的寬闊下唇，看起來滿冷酷的。下巴的稜線分明有力。深色西裝，白襯衫，再加上黑針織領帶，組合成這一張完整的照片。「堅毅、威嚴、毫無悲憫之心」這就是他所能見到的特徵。

上述的文字化成影像，他可以是史恩·康納萊（Sean Connery），是羅傑·摩爾（Roger Moore），是皮爾斯·布洛斯南（Pierce Brosnan）。不能説不對，但真的要認識龐德，我們還是得乖乖地（而且還算方便）回到源

文／唐諾（臉譜出版總編輯）

電影龐德與小說龐德

我們很容易注意到，他既擁有無限的行動自由包括殺人，卻永遠站在被動防禦的位置，既目標神聖到不受任何法律道德規範的節制，又永不踰矩的停止在絕不遂行「第一擊」。

伊恩‧佛萊明的這組間諜小說，是二十世紀長達半世紀之久的冷戰時代產物，它代表這段重大但荒謬歷史較淺薄但也較多人相信的一個心理面向，那就是整個人類世界裂解成索羅亞斯德式的善惡兩方，對方那個是惡魔，處心積慮的要消滅我們，因此這個世界是危險的還是脆弱無比的，這於是構成了人們一個每年三百六十五天、每天廿四小時纏繞著伺伏著的戲劇性夢魘，那就是毀滅，或者被征服，在冷戰終極善惡二元的思維中，這兩者同樣都等同於世界末日，差別極可能只是一次痛快的死，或分期付款的緩緩痛苦絕望死去而已。而詹姆士‧龐德這個身懷秘密任務又有殺人執照先斬後奏的英國特工，不管在電影中或書中，於是都扮演這個阻止世界末日封印被揭開的不懈守護英雄，我們

很容易注意到，他既擁有無限的行動自由包括殺人，卻永遠站在被動防禦的位置，既目標神聖到不受任何法律道德規範的節制，又永不踰矩的停止在絕不遂行「第一擊」、也就是說並不思直搗黃龍乾脆一次拔光所有罪惡勢力的界線這邊，這既是冷戰時期人盡皆知防堵嚇阻戰略的同義實踐，事實上更是彼時西方陣營的終極哲學思維甚至信仰，接近於某種半宿命性（罪惡是永在的？惡魔是永不可能剷除殆盡的？）的宗教。

然而，也正是在防堵世界末日如啟示錄預言上，我們看出了電影龐德和小說龐德的第一點不同，這是有意思的。

電影龐德，是直接把末日威脅直接推到臨界的那個戲劇點上，只差一分一毫就萬能（因為只有上帝才是唯一萬能的，但祂特懶或

《你只能活兩次》原文書封面

特愛和平，不太樂意阻止祂這個始終奮鬥不懈戰志昂揚的可敬對手）的惡魔，讓各行各業、各國各鄉的但凡野心之人，都想而且很奇怪都擁有毀滅世界的能力，管他是傳播鉅子、是海洋生物學家、是鑽石屯積商人、是黑社會角頭老大、是綁架勒贖犯、是哈薩克裔英國反叛特工、或根本只是小小一名北韓上校云云（我們被迫相信或接受，因為只有這樣我們才能享受接下來的影像滿足）。於是電影龐德也得上昇到如此層次工作，和超人、蝙蝠俠、蜘蛛人和大法師併肩但分別作戰，只是用的武器配備是貝瑞塔點二五手槍而已。

但小說龐德不是如此，小說龐德的任務比方說《俄羅斯情書》只是想帶回一具蘇俄的密碼機，《金手指》為的是捕獵黃金走私罪犯，以阻止金融市場遭到攻擊，或像《你只能活兩次》，改編後的電影〈雷霆谷〉成了在太空軌道上綁架美蘇兩國衛星的龐大毀滅世界計畫，但原小說不過是一名瘋狂博士在日本某小島建立了一個死亡樂園，吸引了好自殺的

日本民眾爭相前往赴死，彼時心思寥落的龐德奉命和日本情報單位合作予以翦除而已。

也就是說，小說龐德的故事之中，末日威脅是存在的，但這只在龐大蘇聯帝國非一朝一夕的世界革命計畫之中，很多重大犯罪皆被懷疑甚至最後也證實皆直接間接是這個計畫中的一次出擊，皆由蘇聯情報單位SMERSH所指揮發動。和SMERSH於公有對抗責任、於私有個人仇恨（他的英國情報員同事好友不乏有死於SMERSH之手者）的龐德，也相應的只是西方同等龐大防堵力量的一環，他戰功彪炳，但職位只是中校，做的只能是中校能做的或最多到能想像的事罷了。

把任務由全球縮小到特定的一城一地會有什麼差異？這就像同樣大小尺寸的地圖或畫面，當它由世界略圖直接縮為只是某一城一地時，此一地圖或畫面中的每一部分內容便被急劇放大了，我們開始看見有小丘、山徑、樹林、谿流、湖泊和農舍，開始可以容納牛羊、人群乃至於汽車火車等交通工具，也開始可以想像其間人的活動，包括熱烘烘的市集、有樂聲流瀉的酒吧咖啡館、餐後爐火邊的打盹、閱讀和一局雙陸棋、街頭一次

不意的戀愛或鬥毆云云─尺寸大小的差異到達某個臨界點，便不只是量的差異而已，而是呈現了質的變化，由抽象的概念符號轉變為具體實物，由「假的」變成「真的」。

從龐德小說的龐德電影，構成了一則現代成人童話，或仔細些來說，讓我們看見（甚或參與）一則童話的緩緩打造形成過程，歷時半世紀之久─第一部龐德電影〈007情報員〉（即小說《NO博士》）1962年完成推出，那是我個人的童年時光，當時007情報員電影上映是天大的事，是定期的嘉年華，總選在春節檔期，我們從小就未錯過任何一部，錯過不起，它在記憶中永遠和彼時歡快的過年氣氛聯在一起，而且當時，人們是認真快樂在過年的。

（節錄自龐德系列小說導讀「詹姆士‧龐德：一個職業是間諜的騎士」）

作家介紹

伊恩・佛萊明

伊恩・佛萊明生於1908年5月28日，他的家世優渥，祖父是銀行家，父親曾擔任國會議員也是一個戰爭英雄。佛萊明在伊頓公學求學期間，始終生活在英年早逝的英雄父親與表現傑出的哥哥陰影下，而這也使他決意闖出一番事業以建立起自己在家族中的地位。他曾進入英國桑德赫斯特皇家軍事學院就讀，之後前往奧地利深造。1931年佛萊明申請進入英國外交部遭拒，轉而加入路透社擔任記者。第二次世界大戰期間，他在情報工作上表現十分出色，成為英國海軍情報局局長倚重的助手，最高軍階為中校。透過這段戰時的工作經驗，他擁有許多第一手的情報工作背景知識。

戰後佛萊明任職《肯斯里報》（*Kemsley Newspaper*）的

伊恩・佛萊明

國際新聞部主任。他在牙買加興建自己的宅邸「黃金眼」（Goldeneye），並於四十四歲寫出第一本以007情報員詹姆士・龐德為主角的系列小說《皇家夜總會》（*Casino Royale*）。1964年佛萊明過世前，007龐德系列小說的銷售量已超過四千萬本。第一部龐德電影《第七號情報員》（Dr. No）於1962年上映，由史恩・康納萊主演，之後的系列電影更持續了全球賣座佳績至今不衰。

佛萊明的小說廣受同時代作家推崇，作家金斯里・艾米斯（Kingsley Amis）、推理小說家雷蒙・錢德勒、詩人約翰・白傑明一致認為其作品為驚悚小說的經典。而佛萊明所塑造的007情報員詹姆士・龐德更成了二十世紀後半最偉大的英國小說代表角色。

閱讀 龐德小說的方法及其順序

一 方法

幾乎每個人都至少看過一部以上007情報員龐德的電影,它成為我們這一整代活著的人,為數幾十億之人的共同記憶,不論語言、膚色、宗教、生活習慣有多不同,想想這真是神奇不是嗎?光因為這樣,就構成我們回頭重讀龐德原小說的理由不是嗎?

好消息是,伊恩·佛萊明的原龐德小說,其實遠比電影好,好一大截。

閱讀龐德小說,能夠的話,盡量先把你記憶中的電影畫面給擱在一角,不管是史恩·康納萊或皮爾斯·布洛斯南的造型,抑或那些感官上的電影特效,充分進入佛萊明更精采更豐碩的故事之中 —— 小說中的龐德,沒那麼多眩目的、想像的、每種危險都彷彿預見並備妥的救命道具,小說龐德,就一個人,一把貝瑞塔手槍,也許還貼身藏一把小刀,就這樣來應付比電影中更狡猾更強悍的敵手(電影中的壞蛋其實都挺笨的),因此,他得更機智、更聰明、更因時因地找出方法來。機智,是佛

萊明本人和他筆下龐德,最醒目也最異於常人的特質。

其次,請充分欣賞佛萊明的描述能力和說故事能力。在文字和書寫技藝上頭,佛萊明在通俗小說史上尚見匹敵,他這上頭的規格是一流的文學作品,每個人物、每個場景、每個動作乃至於細瑣的事物,皆有豐碩的文學風情 —— 大概除了千篇一律的美豔龐德女郎而外。

這是一組已然公認的經典小說,而且奇妙的是,它還是享樂的、好看的。

二 順序

如果可能,讀龐德小說的順序,可以考慮由非臉譜出版的《俄羅斯情書》開始。大體上,不論從小說成績或電影改編成績,這以伊斯坦堡這個冷戰邊界城市為落點,因一封來自蘇俄鐵幕動人情書、同時更動人附帶一具解碼機器的邀請,是龐德最佳的任務之一。

如果以臉譜公司所有,《金手指》一書

則是個好閱讀開始選擇，這部改編電影成績幾乎一樣好、也同列企鵝版經典小說的龐德故事，是一趟現實感十足的奇想，罪惡勢力選擇搶劫全球黃金儲備所在的諾克斯堡，是貪婪的奪取，也是全球金本位貨幣時代的危險經濟危機，因此，除了007情報員的華麗冒險，也順便上一堂基礎的黃金學課程，一魚兩吃，很划算。

然後，我們搶奪了著名的《NO博士》，推薦以日本為場景的《你只能活兩次》，這部龐德改裝成啞巴日本漁夫轟太郎的故事，是龐德妻子被狙殺後頹喪不振生命低潮時刻的任務，因此遠比《NO博士》深沉而且這露出龐德「正常人」的一面，書中，龐德和日本探鮑魚海女那段共同生活的勞動歲月，是龐德一生冒險故事最恬靜也最淒美的一段，一改他和其他龐德女郎以上床為職志的典型情節，而且改編成電影《雷霆谷》後完全略去，因此我們更該從小說中找它回來。

睡不著覺 的 賊轉行密探
伊凡‧譚納

作者 勞倫斯‧卜洛克 (Lawrence Block, 1938～)
登場作 睡不著覺的密探 (The Thief Who Couldn't Sleep, 1966)

Evan Michae

三十四歲，家住紐約，十八歲時參加韓戰受傷，一枚榴霰彈的碎片殘留腦部，破壞了睡眠中樞。「似乎沒什麼大礙——其實只是一小塊碎片而已。他們替我包紮一下，把槍還給我，就又送我上了戰場。然後我就不能睡覺了，完全睡不著。」譚納從此成為不用睡覺（也睡不了覺），月領軍方百餘元傷殘撫恤金的男子。

不用睡覺的生活會不會累？當然會，只是不用睡。正確來說，譚納已不知睡眠為何物，但還是會累。他需要的只是休息，運用瑜珈術中一種深度放鬆的技巧，讓肌肉鬆

> 我一旦適應了不必睡覺的生活，就總能找到可做的事、可以聊天的對象、可以讀或研究的題材。但無論是醒著還是睡著，人都不可能盡知天下事。
>
> 《睡不著覺的密探》
> 卜洛克密探系列 1

弛、腦筋空白，花個二十分鐘就能恢復活力，連一瓶提神飲料都不用。

挺讓人羨慕的，是不？

譚納的生活足足比別人多了一個晚上，一段不用睡覺的時間，而且每天皆是如此。當然，這會有可預期的負面影響，醫生說根據統計數字來看，他只能活正常壽命的四分之三（很科學的計算，一個人一生的睡眠大概也佔了生命四分之一的時間），可是他並不在乎。「這是在人生不出意外的狀況下所做的計算，而因抽菸得肺癌折壽的時間可比不用睡覺的影響來得大，過這種殘疾生活還蠻划算的。」譚納

Tanner

Evan Michael Tanner

With a beautiful blonde on one arm,
and a fortune in gold in the other,
who wants a good night's sleep anyway?

LAWRENCE BLOCK

THE THIEF WHO COULDN'T SLEEP

AN EVAN TANNER MYSTERY

《睡不著覺的密探》原文書封面

如此解讀。

因此，譚納的生活規劃是「連續」的，不必因睡眠中斷，不會有失眠的困擾，出國更不怕有時差的問題。在他未來的密探生活中，不用擔心疲勞轟炸式的偵訊——他遠比那票想從他嘴裡套出情報的特務人員來得有精神，可以慢慢跟對方耗，獨自一人的時候還會喃喃自語：「沒人跟我聊天的時光真是無聊。」

還沒成為密探之前，以及在不必出任務期間，譚納專靠社會上所謂的知識分子、或要成為高級知識分子的一群人維生：幫大學生或研究生寫論文交報告，或者當槍手去考試。別看譚納只有高中畢業的學歷，睡不著覺的他很肯上進，博覽群書、學習多國語

言，寫他所謂「具有原創性的論文」絲毫不是件難事。他會說亞美尼亞話（這當然是後天學來的），反正教授們也沒那麼大的能耐（主要沒那麼多時間）查太多參考資料，從圖書館裡找來幾本講亞美尼亞歷史的書，加上幾個自己的見解，一篇可觀的論文就此出爐，收費一千美金。你高高興興拿學位，我快快樂樂拿錢，譚納的生活就可以過得很愜意。

在不用睡覺、四處東學西晃的時間裡，譚納也加入了一些奇奇怪怪的團體，諸如反氟化聯盟委員會、塞爾維亞兄弟會、英格蘭地平協會——一個篤信地球是平的而不是圓的，致力推展這個信念的組織。他可不是填表格入會而已，偶爾在「團

譚納長得像年輕的卜洛克嗎？

結的愛爾蘭人」上發表一篇《我們需要北愛同胞的代表》文章，天涯若比鄰，即使人在美國的譚納，在愛爾蘭也成了傳奇人物。

正因譚納的見多識廣，他從文獻中得知一筆意外的寶藏，促使他離開美國，準備竊取這筆折合三百萬美元的黃金，卻從此讓他踏上轉行當密探的不歸路⋯⋯

伊凡·譚納是美國推理小說大師勞倫斯·卜洛克最早寫成的系列作品，處女作《睡不著覺的密探》於1966年出版，較史卡德和雅賊系列早了十年。系列前七本寫於六〇年代，相隔二十八年後才又推出第八集，至今仍未完結。

Evan Michael Tanner

凶器大全：自然萬物

如果要給睡不著覺的譚納一個任務，或許可以請他讀遍各國推理小說，寫一篇取之於大自然的凶器讓讀者們開開眼界。

在此先做個簡短介紹。

殺人的凶器百百種，國外曾為此舉辦讀者票選「最受歡迎的凶器」第一名便是個自然物：冷凍的羊腿（羊腿凶殺）。這篇故事本身嚴格說來推理性並不夠，重點是凶器最後是怎麼被處理掉的，於是推理小說作家發現以自然萬物作為凶器的極大優點：好處理，容易被誤導而不易察覺。

其他名列前矛的自然物有：溶化成水的冰塊，氣化的乾冰，從天上掉下來的隕石，天上的太陽；還有其他變形，例如被羊吃掉的紙，沒被紀錄的氣象活動等。有時這些東西不盡然是直接殺害被害人的物品，可能是輔佐密室的形成，製造不在場證明等。

自然萬物不被察覺的特性通常是起源於一般人對凶器的既定印象，對大小或攜帶方便度有先入為主的觀念而產生意想不到的盲點。此外，證人亦會因個人的經驗忽略或誤解了某些訊息，將其視為自然物的一部分，必須倚賴調查者觀察判斷加以釐清，才能識破不見得是人為造成的事件。

除此之外，某些固定自然現象會依場所的不同而有改變，例如運用時間的絕對性，潮汐的漲退，太陽升起與落下等既定觀念，在某些特殊環境下其實是不適用的。

對此，推理小說在創作上有個不成文的規定，詭計的設定必須符合現實條件。例如不可將凶器設定為不存在且無法檢驗的有毒植物，或類似消失在百慕達三角洲等缺乏具體科學證據的情況。即便是科幻推理，也需要在設定上遵守現有生活經驗，否則極容易被視為違規的失敗作品。

跟屍體過意不去 的 樑上君子
柏尼‧羅登拔

作者 勞倫斯‧卜洛克 (Lawrence Block, 1938～)
登場作 別無選擇的賊 (Burglars Can't Be Choosers, 1977)
代表作 喜歡引用吉卜齡的賊 (The Burglar Who Liked to Quote Kipling, 1979)

Bernie Grimes

> 只要把自己放進別人的住處，
> 我就會不自主的心癢癢，
> 而且一旦沾到別人財產
> 據為己有的時候，這
> 種興奮也會冒出來。
> 我愛偷東西。
> 愛就是愛。
>
> 《衣櫃裡的賊》
> 卜洛克雅賊系列 2

現年三十五歲，五月底生的雙子座，單身，身高不及六呎二，運動神經佳，曾因偷竊失風被捕，蹲了幾年苦牢，出獄後仍以此維生的樑上君子柏尼‧羅登拔，是個住在紐約的現代小偷紳士。

柏尼行竊前有一個習慣，在前往光顧的人家門前按很久的電鈴——雖然他不知道電鈴是不是壞了。之前就是因為如此，開鎖進門後與吃著英國鬆餅的屋主撞個正著，連閃躲的機會都沒有，直接進了牢房。即使如此，他還是愛偷東西，愛就是愛。

做案前先改穿輕便的衣褲，套上行動方便的膠底鞋（曾不小心透露是Puma而非Nike的）。為避免留下指紋，雙手戴上在手掌與手背分別劃出一道開口的橡膠手套（防手汗透氣用），後來跟著時代進步，改換薄膜式的立可丟手套。身上會攜帶開鎖工具，並在每一次開鎖過程中，對屋主安裝的鎖頭評價一番。

有了曾經坐牢的經驗，柏尼總是小心謹慎地準備每一次的行竊計畫。他的原則是：即使有再周全的潛入路徑，還是有被目擊到的風險，那又何必累死自己像隻老鼠般爬來鑽去？從正門進攻才是最直截了當的做法。柏尼曾自傲地說道：「有些人

Rhode

擅長迎擊曲球，有些人會變數字魔術，我會開鎖。對大多數人來說撬鎖可是勞心勞力的過程。你幾乎就要搞到手指麻木兩手抽筋，而且搞不好你乾脆把鎖弄壞，或者一腳踹門而入。除非你剛好有這魔指。兩個鎖加在一起花我不到兩分鐘。沒話說。這就叫天賦。」開門進去對柏尼來說不是問題，但麻煩事往往在跨過那道門檻之後。

進到行竊對象家中後，柏尼不像有些賊跟戀人一樣，喜歡一直進進出出；或追尋房間主人的心路歷程，感受房間擺設傳遞的訊息。他會全神投入周遭的環境裡，花好幾分鐘的時間遐想，琢磨如果我是這裡的主人，會過怎樣的日子。「這雖然很蠢、很孩子氣，也很浪費時間；但這麼做可讓我輕鬆一

下。」柏尼解釋道。

接下來的事情可就不輕鬆了。他是個極為倒楣的賊，老是在「工作」時蒙受不白之冤。現場躺著一具溫熱或冰冷的屍體，警察剛好找上門或不小心留下「嫌犯可能是柏尼‧羅登拔」的證據，逼得他百口莫辯，只好扮演起偵探的角色，找到謀殺案的真凶讓自己徹底脫罪。

在作者勞倫斯‧卜洛克的筆下，安排了這樣一個固定追捕柏尼的警察，雖然口口聲聲說「羅登拔太太的兒子不會殺人」，仍老是找柏尼的麻煩。因為他知道，柏尼是個「真正偷得到值錢東西的賊」。從系列第一本《別無選擇的賊》開始，便要求柏尼交出贓款的一半，甚至暗示他「我老婆需要一件毛

皮大衣」來敲一頓竹槓。但他不是個腦筋死板、是非不分的惡德警官，最後還是會聽從柏尼的推理，逮捕案件真正的犯人，放這個算是搖錢樹的賊一條生路。

自《喜歡引用吉卜齡的賊》開始，作者確立了這個系列的書名與故事主軸，讓柏尼有個特定的行竊目標。例如文學家吉卜齡的小說，哲學家史賓諾莎的書，藝術家蒙德里安的畫，美國職棒傳奇人物泰德・威廉斯的棒球卡，傳說中推理小說作家雷蒙・錢德勒題字給同行達許・漢密特的成名小說《大眠》等。柏尼・羅登拔也在此書中轉行於紐約東十一街上，當起「巴尼嘉二手書店」的老闆來；從只偷不搶的「夜賊」搖身一變，成為具有文化氣息的「雅賊」。除此之外，新夥伴卡洛琳・凱瑟也在這一部作品中加入，她是一位與柏尼擦不出火花的女同性戀，兩人各自感情上的發展為小說添加了不少趣味。

柏尼・羅登拔要算是美國推理小說大師勞倫斯・卜洛克筆下，最遵循古典推理小說辦案的系列偵探。小說以遇上謀殺案為開端，柏尼擔任偵探角色貫串全書，最後再將所有嫌疑犯齊聚一堂，推理出事件真相，將犯人繩之以法。其中還開了不少推理小說作家與偵探的玩笑，例如安樂椅神探尼洛・伍爾夫，密室之王約翰・狄克森・卡爾，冷硬派作家羅勃・帕克等，其中又以好友女作家蘇・格蕾芙頓最常見，在書名上開了不少無傷大雅的玩笑。

柏尼破案的手段雖然不那麼光明正大，卻符合小偷這個職業的方便性，進出各個關係人不可告人的世界中。雅賊系列故事跳脫出古典神探行事規矩的侷限，又不遵循怪盜濟弱扶傾的俠義形象，行文風趣幽默，將舊有的題材注入了新生命，在美國當代推理小說閱讀上佔有一席之地。

謀殺犯大全：死者

在眾多令人意外的謀殺犯中，最讓調查者感到沒轍的，既不是難以撼動的高官權貴，也不是組織嚴密的犯罪集團，而是已經死去的人物。

俗話說：「死無對證。」當案件發生後，通常會朝各個關係人身上找尋犯罪動機與不在場證明，除了證人的說詞外，最重要的還是要與關係人正面交鋒才能取得詳盡的資料，從言談的態度與內容中找到破綻，揭穿謊言逼近事件的真相。在這樣的邏輯下，死者往往是首要排除的對象，除非有確切的證據指向死者，通常沒有人會將其列為第一嫌疑犯。

因此，在推理小說的情節安排上，必須佈下更嚴謹的線索，「排除」生者犯罪的可能，才能合理地追查到死者身上，否則很容易掉入交代不清的矛盾中。而以死者為謀殺犯的作品中，大致可分為下列幾類：

1. 這是一樁死後犯罪。死前做了精細的規劃，像是啟動機械或程式一般，甚至

胸口插著一把匕首的屍體

必須在凶手死亡的時機才能執行，死後仍能確實執行殺人計畫。

2. 凶手死亡。凶手的死不在原本的計畫中，死於意外或被他人所殺，但被誤以為同一人所為。

3. 凶手假死。涉及身分掉換，或一人扮演兩角等，使調查者忽略凶手的可能性。

4. 死而復活的凶手。從無意的證詞中誤以為凶手已死，使得凶手得以不被列名嫌疑犯名單中，是第三項的變形。

文／李欣倫（散文作家）

在你的性感帶上撥弦

作為柏尼的讀者，即使開鎖過程只消短短一兩分鐘，但已輕易地點燃你的犯罪基因。我喜歡柏尼火力十足但又不失優雅的嘲諷，尤其是他邊開鎖邊分析防盜產業的種種，不禁讓人遙想怪盜紳士的風範，或是開鎖教授的博聞多學。

LAWRENCE BLOCK
竊賊系列 4
閱讀史賓諾莎的賊

勞倫斯‧卡洛克◎著 林敏馨◎譯

The Burglar Who Studied Spinoza

有價值的手指

自傲的人類以為置身網絡時代，只消一根指頭就能掌握全世界。然而，我們過度信賴的一指神功並未讓世界俯首稱臣，充其量只是被電腦輻射和大量被消耗的可樂洋芋片搞得日益壞損、日趨肥大，由一指交換的資訊洪訊讓我們成為新出爐的病號：焦慮、精神分裂、體脂肪指數節節升高。

同樣是手指，柏尼‧羅登拔的手指無疑有價值多了。他當然是個名副其實的賊，關於他，履歷表已交代得夠清楚——幽默、風趣、正直善良、經營一家二手書店——無需贅述，除了他的手指之外。他的手指怎麼了？比起吸引大批信徒的佛指，他也許無法為人們指引正道，但他了不起的地方就在於將看似歪道、旁門左道的行徑昇華成另類的生活哲學，以指頭撬開的人生智慧雖不中，亦不遠矣。正如他的自白：「這是天賦。有人擅長迎擊曲球。有些人會變數字魔術。我會開鎖。」柏尼將人人喊打的竊盜式開鎖行徑，提升到天賦人權的境界，事實上，那已無關乎偷竊所延伸出來的道德、法律議題，柏尼的手指無疑是藝術

跟屍體過意不去的樑上君子

柏尼．羅登拔

Bernie Grimes Rhodenbarr

性的、美學層次的，你大可將它視爲民俗雜耍，但在整個開鎖過程中（也不過半分鐘到二分鐘），你已參與了靈巧的手工業製造，柏尼成功地用機智和手指解構了機械複製時代的防盜神話，（超屌地）擊潰了製鎖專家和購鎖富豪的圍堵，更酷的是，爲了不讓廠商傷心，柏尼在幹完賊活後，還把廠商自豪的普拉德鎖鎖上，裡頭帶著炫學、高傲的成分。柏尼當然有理由驕傲，不是學院象牙塔式的自以爲是，而是素人性格的替天行道。

點燃你的犯罪基因

作爲柏尼的讀者（另一個形式的共犯），即使開鎖過程只消短短一兩分鐘，但已輕易地點燃你的犯罪基因，你的眼神如貓瞳般雪亮，摩拳擦掌等待幹活。我喜歡柏尼火力十足但又不失優雅的嘲諷，尤其是他邊開鎖邊分析防盜產業的種種，不禁讓人遙想怪盜紳士的風範，或是開鎖教授的博聞多學。在

《畫風像蒙德里安的賊》裡，柏尼發現防盜系統的觀賞性質和護身符作用，那「一個什麼也不連的鍍鎳圓柱體」就像「內有惡犬」的牌子般，儘管警告意味濃厚，然而不外乎虛晃一招、敷衍了事。

在這裡，柏尼的手指悄悄疊合了催眠師之手和靈療大師之手，表面上柏尼不過是再度嘲笑了資本主義或中產階級眞是了得的表面功夫，但從更深層的角度來看，此舉正爲這個「骨子裡就帶著一股偷竊衝動」的「天生的賊」正當化、除罪化，他的正直善良、幽默風趣顛覆、洗刷了我們對猥瑣竊賊的刻板印象，我們知道他的喜好，聽得懂他的幽默，我們同情他、理解他，彷彿他是我們的朋友而非爲警察通緝、登上社會新聞版面的牛鬼蛇神，我們多麼容易就被他的魅力收買了（甚至連賄賂的證據都找不到），多麼輕易地成爲他迷人風采的追隨者，因此我們認同他的「道德辯護」就根本不意外了：「我並

不是在偷蓋在死人眼上的錢幣，不是在偷小孩手裡的麵包，也不是在偷具有深厚紀念意義的物品。跟你說，我最愛收藏家了，因為我將他們的收藏品洗劫一空的時候簡直一點罪惡都不會有。」是是是，柏尼說的對，那不是「道德辯護」——沒有幹壞事，幹嘛要辯護--真正該辯護的是那些他媽的收藏家，外表光鮮亮麗但無視人間煉獄的吸血鬼，他們才真該通通進大牢，像本雅明（Walter Benjamin）在《單行道》的建議：「應該在一天早晨，把庫爾菲爾斯藤達姆大街的三千名貴婦們和先生們悄悄地從被窩裡逮捕，並關押二十四小時。」這麼看來，與其說柏尼手持鑰匙，不如說他握有針灸浮華社會的藥石。

請加入柏尼後援會

更令「柏尼後援會」瘋狂尖叫的場景是，當他摸入陌生的房間，週身湧現既像性高潮、坐雲霄飛車又像被電流電到的快感，他光明正大地享受這種「血液在燃燒、每個細胞都活起來的感覺」。柏尼把人類的諸種慾望悉數轉化成偷竊衝動，你大可幫他在犯罪（抑或變態）心理學的名目下掛號，但你甘願

冒著窩藏頭號罪犯、背負情感分贓的罪名，為他對細緻的慾望分類學所做出的貢獻「辯護」，這是沒有目睹過柏尼風采的人無法體會的瘋狂信仰，也許他們只會搖頭嘆息，納悶這傢伙哪來的魅力，讓現代讀者甘願讓出他的手指，不再流連於滑鼠開啟的新感官世界，而願意一次又一次地將指紋留在柏尼的犯罪紀錄上，體驗科技再如何進步亦無法取代的熱血沸騰。

蘇珊‧桑塔格（Susan Sontag）對一本書的定義是「它值得再讀一次」，這對偵探小說而言確實是一大考驗，但柏尼勾人魂魄的手指重寫了這一句，他的犯罪筆錄——應該說素人筆記——讓我們一再淪陷。只能說，他摸透了人性荒原的性感帶，是解剖師，也是調情好手，當他開鎖，所有人束手就擒，乖乖就範。

作者簡介：

李欣倫，1978年生於中壢。現為中央大學中文所博士班學生，碩士論文為《戰後台灣疾病書寫研究》，著有散文集《藥罐子》、《有病》（皆由聯合文學出版）。

推理小說中的賊

推理小說的書寫中，擔任偵探工作的人物造形千變萬化，在作家們絞盡腦汁創造出來的角色裡，過去被追捕的罪犯也可以搖身一變登上主角的位置，「賊」便是其中一個成功扮演神探的迷人職業。

這麼說有點奇怪，因為在身分職業欄上鮮少人填上小偷、盜賊的稱號，雅賊柏尼後來也爭取到了「二手書店老闆」這份至少可以說得出口的頭銜。雖然在中國有個挺優雅的代稱：「樑上君子」，終究得還是個「賊」──他們的專業就不必多做說明了。

我們一時間無法追尋到賊的先祖為何人，1905年於法國登場的亞森‧羅蘋要算是最響叮噹的一號人代表了。這位由作家莫理斯‧盧布朗所創的俠盜今年（2005）就要歡度他面世一百年的紀念，

小說《伺機下手的賊》原文書封

法國將出版一套三冊的《亞森‧羅蘋超凡歷險記》，改編電影也即將上映。才貌兼具的紳士怪盜羅蘋最受讀者喜愛的，是他劫富濟貧的作為、神出鬼沒的行徑、縝密的推理能力，以及千變萬化的造型。不只能夠輕易地改變衣著容貌，連聲音筆跡都可以變化得隨心所欲。我們該慶幸他的本性還算良善，否則就是場壞事做盡的災難，而非浪漫了。

當今在台灣最受歡迎的賊，漫畫《名偵探柯南》中的怪盜基德肯定穩居王座。作者青山剛昌顯然將福爾摩斯、亞森‧羅蘋百年前的交手轉換時空來到現代的日本，亦敵亦友的交鋒已不似當年在盧布朗未徵得柯南‧道爾的同意下，冒用一個名字看似福爾摩斯的神探與羅蘋對決。看樣子，這種＜怪盜VS名探＞的組合至今未褪流行，仍是大人小孩的最愛。

閱讀

柏尼·羅登拔小說的方法及其順序

一 方法

老實說，羅登拔小說尤其適合此時此地的台灣──社會敗落不義之時，一個正義感十足的賊最讓人得著安慰，就像羅賓漢（好巧，同姓羅）和亞森·羅蘋（姓氏在後，所以還姓羅，看起來人間好賊皆一脈相承香火不絕）；而羅登拔小說又是成人童話，好玩夢幻，因此閱讀的人除了安慰，還可以哈哈大笑，帶著好心情入睡。

因此，羅登拔小說比較合適就擺床頭手邊，不必費事豎回書架上頭。

然而，這只是其中「賊」的這部分，完整的羅登拔小說尚包括「書店老闆」這部分──我們知道羅登拔日落之後是個賊，日昇時卻是個二手書店老闆，他的黑夜比白天華麗奇情，而他的白天卻遠比黑夜深奧知性，從文學的吉卜齡、哲學的史賓諾莎、繪畫的蒙德里安、影像的亨佛萊·鮑嘉、美國國家娛樂的棒球英雄泰德·威廉斯，到影響改變美國整整一代人思維的《麥田捕手》一書及其神秘傳奇的書寫者

沙林傑云云。羅登拔以圖書館替代寶藏，以圖書目錄替代藏寶圖，以哲人志士的思維結晶替代金玉其外的珠翠鑽石，竊取智慧，鑑賞創造，並收藏美善和價值，這是一個內容最豐碩動人的賊。

於是，我們還可以跟隨這個賊的腳步，闖書的空門，開啟守護思維寶藏的大鎖，侵入、竊佔、收藏沒人再能從你腦中心中奪回去的人間智慧成果，你也可以就是個好賊，一個警察告不了你、原主對你莫可奈何的豐收好賊，一個在人類思維歷史中縱橫出入但完全犯罪的智慧好賊。

二 順序

羅登拔小說，我們只，而且強烈的，建議一種順序，那就是時間的先後順序，這本來就是閱讀小說最好、最不會出錯的方式，尤其對某種特別「氣質」的小說。

卜洛克的小說書寫一直有種「對話」的特質，這一點不太相似於一般性的類型小說，卜洛克的小說，時間一向扮演相當清晰而且要緊的角色，我們會很清楚察覺出

來，時間在小說中是延續的、堆疊的、帶來有層次有意義的變化，人在其中會學習、反省或頹敗蒼老，一如季節更迭，城市榮枯，這是我們採取斷裂或跳躍式的閱讀所捕捉不到的。

讓我們規矩的、好整以暇的、穩穩的從第一部《別無選擇的賊》開始，從時間之流的源頭開始，慢慢的，你會發現你的呼吸和小說的呼吸開始一致，你的心跳和小說的心跳疊合一起，摩擦消失，一切「流水般的進行」，最終，你會感受到一件做為一個閱讀者最美好的禮物，那就是你居然可以完全貼合一個作者的思維細微變化，你像一個多年老友般瞭解他，甚至看出他沒寫清楚的，乃至於表達失敗的原來心思。

試試看，不一定會成功，但這終究是閱讀者可能的最好時刻，你一旦到達，就會懂的。

嗜好是集郵 的 殺手

凱勒

作者 勞倫斯・卜洛克 （Lawrence Block, 1938～）
登場作 殺手 （Hit Man, 1998）

John Pau

凱勒是位尋常男子，美國公民，住在紐約第一大道八六五號，單身。花店老闆不知是真心還是客套，曾對他說：「你別起花來挺有品味，或者該說挺神氣？」但我們始終不知凱勒長什麼模樣。

殺手該長什麼樣子？酷酷的？沒有表情？眼神帶有殺氣？我們不清楚，也不用清楚，如同他乾淨俐落的工作方式，不做過多的描述便沒有什麼可用的線索方便追到他身上。客戶要的是一個滿意的「解決」就夠，凱勒只要把交付的工作完成等著領錢就好，讀者在意的不是他的長相，而是「殺手」這

> 如果客觀來看，
> 他得承認，
> 他也許正是歹徒。
> 他自個兒倒不覺得。
> 他自覺只是個紐約單身漢
> 邊吃早餐邊玩紐約時報的
> 填字遊戲。
> 《殺手》
> 卜洛克殺手系列1

個身分與生活。

凱勒（Keller）這個名字與殺手（Killer）音近，我們不知道這究竟是不是他的本名——反正不重要，他在故事裡頭假名也用得多了，只要他的老闆認識他，有個可以稱呼的名字就好。他在短篇小說＜名叫士兵＞中首次登場，從紐約飛到波特蘭，完成他被交付的工作——去「開車載人兜風」（黑社會用語，意指送人歸西）。這部作品在美國《花花公子》雜誌刊載時，作者卜洛克尚未確認要寫成一系列作品，只交代「白原鎮的男人」是他的經理人，另有一名叫桃兒的秘書協助聯絡。

Keller

John Paul Keller

第三短篇＜凱勒的心理治療＞交代了他的住所，他養了一隻名叫士兵的狗，因為他父親生前是個士兵。＜遛狗澆花一手包＞中結識了女子安德理雅，並在這個故事裡加重了桃兒的描述，並延伸到2000年的長篇《黑名單》中。

原本凱勒在第十篇短篇＜退休的凱勒＞中看來就要鞠躬下台，對工作心生厭倦的他接受桃兒建議培養集郵消遣，把任務完成後的酬勞拿來購買世界各地的郵票，作為休閒之用。而從未現身的白原鎮老頭也在這一故事裡死亡，接下來就是凱勒與桃兒——殺手與老闆兼朋友的合作關係了。

到了長篇小說《黑名單》，凱勒遇上「好像被追殺」的危機，似乎有人以「殺掉他這個殺手」為目標卻錯殺他人，凱勒必須學著保護自己並早一步將對方幹掉。但案子照接，人照殺，郵票照集——

時至二十一世紀，凱勒還是個殺手。

殺手

HIT MAN

● Lawrence Block 勞倫斯・卜洛克

易萃雯 譯

凶器大全：繩索

短篇小說集《Enough Rope》原文書封

繩索是推理小說中一個極特別的凶器，具有取得容易、殺人不見血的特性，可供自殺或他殺用，作為設計或逃離犯罪現場的工具。

一般人對「繩索」的印象是用來捆綁、圈套、串接等等，推理小說作家便利用這些特性，設計出不一定是用做凶器的各式詭計。繩索可細可粗，從縫衣線到粗麻繩，在生活中的實用性遠大過如槍枝、刀刃顯見的傷害性，容易形成事件搜查上的盲點。

在機械式的密室詭計中，繩索常常扮演極為關鍵的角色。在長與細兩項特性上，進出人體無法通過和觸及的空間，例如透過門縫牽引門閂將房門反鎖，用繩索遠距取回犯案凶器，或利用繩索往返兩地製造不在場證明等等。

繩索除了上述具體描述的實物外，可以其他類似物品做替代。例如結床單製成可攀爬的繩索，植物的藤蔓同樣具繩索的功用，甚至將成束的毛髮紮捆後產生強韌的拉力，都可作為繩索使用，且拆解後不見形體，造成調查上的困難。

文／冬陽（臉譜出版編輯）

幹掉一千哩，
去騎一個女人

「有人要你的命，要殺掉身分是殺手的陌生客。」很抱歉，凱勒不是傻子，更不是只會四處殺人的瘋子，他有點聰明，聰明到處理上面的事情游刃有餘，只是看他怎麼搞定而已。

他是職業的

「他騎了千哩路，」凱勒出任務前，在機場的書報攤買了本平裝西部小說，念著封面上的一段文字：「去幹掉一個從未謀面的女人。」我們順著故事走下去，真的，凱勒真的要去完成他的工作，去幹掉一個人，卻和一名異地女子上了床，結果是：「幹掉一千哩，去騎一個從未謀面的女人。」

凱勒是個殺手。

即使在廣義的推理小說書寫上，這仍是個不容易被接受與掌握的反道德人物。他的工作是殺人，還是職業的；要乾淨俐落，還得不讓自己感到罪惡感；要懂得隨機應變，迅速反制對方的行動。這與一般閱讀推理小說的讀者「慣性」不同：犯罪者不但逍遙法外，生意還一筆筆找上門來，也不見執法者

的追捕──作者勞倫斯・卜洛克藉由他的小說，不是瑣碎地告訴讀者殺手這一行是怎麼幹的，而是在講殺手這個人，一名叫凱勒的男子。

快、狠、準的節奏

我一直懷疑卜洛克有種「作家的人格分裂」，將他自己與所想像的形象分割到作品的角色之中，彼此還互通聲氣。這種「分裂的人格」跟隨作家的年歲增長一塊成熟，成熟到讓無牌的私家偵探馬修斷除酗酒的習性，讓凱勒這一號殺手熟練的出場。文字所展現出來的快、狠、準，就像隨時自背後勒住脖子般讓人無法呼吸，一發子彈直向腦門衝來取人性命。一句語帶雙關的揶揄或黑話，不造作的黑色幽默滿溢，分不清是凱勒跑進我

John Paul Keller

腦子裡，還是自己進入了凱勒的身體——

突然之間，手上閱讀的書變成了冷硬的鐵塊，或是亮晃晃的蝴蝶刀，或是粗糙的繩索，短暫地以為自己是個精明到不會被抓的專業殺手，而且不會有太多的罪惡感，接下來限制級的畫面隨你想像或快轉跳過，然後任務完成，走人。

不平凡中的平凡

殺手也是個人，大抵上同你我一般人一樣，並過著單身的生活。蹓狗澆花一手包，出外用餐或帶外食回家，將換洗衣物帶到自助洗衣店洗，還有童年傷痕需要心理治療。想像為自己在一個新城鎮買下合宜的住所，休閒娛樂是集郵，用以怡情養性。工作之外他是個循規蹈矩的好公民，會去投票、會去擔任陪審員，也就有機會在遭遇險難之時，跳出來充當業餘的偵探。更多時候會在工作之際扮演起偵探這個角色來，尤其在殺錯人或領不到酬勞的情況。

委託人沒把餘款繳清，有個男子找上門來要你幫山姆大叔料理掉一些人，兩位委託人同時要求把對方幹掉，接到一個自己並不想殺的人，還遇到更可怕的事：「有人要你的命，要殺掉身分是殺手的陌生客。」很抱歉，凱勒不是傻子，更不是只會四處殺人的瘋子，他有點聰明，聰明到處理上面的事情游刃有餘，只是看他怎麼搞定而已。

真的夠迷人

凱勒不是站在一個「完全惡」的位置，另一頭更不是全然的「善」；他也不是迷人的反派角色，但他真的夠迷人。美國女作家派翠西亞‧海史密斯（Patricia Highsmith）筆下聰明的瑞普利先生（Mr. Ripley），不擇手段地一次次自警方的搜查行動中兔脫，徹底顛覆推理小說「正義必然伸張、真相終將大白」的道德傳統。但凱勒的天平只是微微傾斜，至少在工作以外還是良善正直的一號百姓，如同他工作上的專業度一般。這也是合理的生活態度，身為一個殺手，怎麼好在工作以外時間給自己添加不必要的麻煩？

我們可以從這一個殺手，這一個點去擴充連結，如果讀過卜洛克其他系列的讀者，肯定能從凱勒身上看到雅賊柏尼的慧黠與冷硬私探馬修的世故；居住在紐約、行走四地的冒險氣息，同樣可以在睡不著的密探伊凡‧譚納身上嗅到。在難以書寫的反道德角色中，如同他殺手的身分，「清理」出一條新的道路，讓讀者滿懷好奇的跟隨，探索推理小說發展上的更多可能。

作者簡介：
　　冬陽，推理小說迷，現任職臉譜出版社編輯。

謀殺犯大全：所有人都是凶手

令人意外的謀殺犯中，在此介紹的是「所有人都是凶手」的群體犯罪。

當命案發生，調查人員聽取相關證言時，同時會朝可能的犯罪動機找尋嫌犯。小說中最常見的方向會先判斷：「這是自殺還是他殺？如果是他殺，誰是獲利者？誰對被害者有殺意？」再針對嫌疑程度列出疑犯清單，逐一查證不在場證明云云。例如夫妻其中一人死亡，另一半的嫌疑往往最大；與被害人有金錢或感情糾葛的，尤其是鉅額保險金受益人，通常就是首要調查對象。

早期推理小說書寫，多採取「單一犯」簡化人物的複雜度，從「現場證據指向一人犯罪」，用歸納法連結證據與人犯間

小說《殺手》原文書籍封面

牢不可破的關係，採消去法排除疑犯，最後剩下來的就是凶手。美國推理小說家范達因在其著名的推理小說二十條守則中，第十二條便清清楚楚地寫著此一原則，強調一人挑起所有罪行的聚焦性。這一條原則直到1934年才被某位英國小說家，以「所有人都是凶手」為詭計的小說打破，並在當時造成極度轟動，成為推理小說史上的經典名作（在此恕不漏露書名）。

即便如此，這種群體犯罪模式在日後的推理小說中仍屬少見，但卻引起一些變形模仿。最有趣的當屬「所有人都殺了被害者一次，但搞不清楚究竟誰才是造成被害者死亡的決定性凶手」，或「每個人都是行凶者，但受害者怎麼殺都殺不死」的另類故事。

DETECTIVE  MOOK

「偵探」在推理小說裡，是眾多角色中最獨特的一員，讀者們會將目光聚焦，投注最多的情感在裡頭，因此促成了所謂「系列偵探」的誕生。

推理作家中偏偏有人反其道而行，不拘泥於單一人物，在不同的作品中彰顯「有故事的人」——無論是被害者、嫌疑犯，或是偵探。尤其是後者，多半由平凡人來主導故事的進行，英國的米涅·渥特絲與日本的宮部美幸便是善於此道且獲獎連連的名家。

·渥特絲
inette
alters

宮部美幸
宮部みゆき

不固定偵探

文／vence（推理小說迷）

新一代英國推理女王
米涅・渥特絲

身為新世代女性推理作家的代表，米涅・渥特絲開拓出屬於自己黑暗但迷人的驚悚懸疑風格。倘若她能繼續維持她的創造力，相信假以時日，將會和海史密斯、詹姆士與藍黛兒齊名。

米涅・渥特絲 Minette Walters　偵探作品系列②

The Sculptress 女雕刻家

胡引緯 譯

從哥德到羅曼懸疑

檢視米涅的作品前，我們先來看兩個推理子類型：哥德（Gothic）和羅曼懸疑（Romantic Suspense）。

哥德式小說，常以女性角色為主（瞄準的讀者群也是女性），故事主要描述女主角在不知情的巧合下踏入險地，遭遇危難和不解的謎團，主角抱持著不屈不撓的精神直到最後真相大白。最原始的形式是描述十八世紀的英國，以衰敗、徘徊不去的恐怖以及靈異現象的風格為特色。公式不外乎巨宅、黑影、弱女、秘密。

然而，在1970和1980年代，隨著婦女地位及對其態度的改變，哥德式小說逐漸由更成熟的羅曼懸疑小說取代，小說中那群依然處於危險境地、依然吸引謎樣英俊男士的女性主角也有不同。如今，她們在書中的身份已由海洋生物學家或是醫生等職業來取代家庭女教師；同時，場景也把陰森詭異的巨宅拉到考古實景。

女主角踏入危險境地的原因再也不是諸如「那股邪惡但又不可抗拒的吸引力，終使得我一步步踏入⋯⋯」的陳腔濫調，取而代之的是因為已經成年、因為是職責所在，所以有權力、有義務親自前往探知真相。所以，她有足夠的應變能力靠自己處理，再也不是手足無措的弱女了。

新一代英國推理女王——米涅·渥特絲

Minette Walters

於是，從《蝴蝶夢》到《冰屋》，新一代女王出現了！

厲害的得獎好手

翻開米涅的犯罪推理小說寫作紀錄，不難發現為什麼出版社當她是一塊寶。1992年，米涅的處女作《冰屋》甫出版即獲得當年度的英國推理作家協會約翰·克雷西獎。隔年，第二部小說《女雕刻家》又榮獲美國愛倫坡獎最佳小說獎。第三部小說《毒蛇鉤》獲頒英國推理作家協會金匕首獎年度最佳小說。第四部小說出版後即造成轟動，第五部

小說米涅自此起登上英國書市暢銷排行榜之列。同時，BBC將她的作品拍成電視劇（最新消息是，米涅的第六部改編作品《死巷》也將搬上大螢幕）。一直到近作《The Tinderbox》，共十本小說加一篇中篇，其中就有七本是得獎作品。

這樣的輝煌記錄，無怪乎評論家將她視為繼 P. D. 詹姆斯（P. D. James）和露絲·藍黛兒（Ruth Rendell）後的新一代女王接班人。

走出自己的路

然而，真正讓讀者我佩服及好奇的，還是為什麼米涅不發展像是白羅系列的固定主角呢？

「我對系列主角從不感興趣，因為我想自由的處理自己想要的題材，而不會被特定的人時地物受限。」米涅如是回答。

的確，捨棄了系列主角，米涅讓每部小說的內容充滿了創意。從種族歧視到群眾暴力，從戀童癖到失智失常，米涅展現其宏偉的創作野心。另外，米涅更以信件、e-mail、新聞稿、圖片、驗屍報告、警方事件報告、偵探調查報告或甚至是作中作等多變的技巧

來豐富小說的可看性。

然而，即便每部小說處理不同題材，角色也大相逕庭，我們可以發現米涅這十本小說其實還是有不變的連貫主題——即人性中的偏見、歧視。透過筆下人物偏頗不實的觀點，真相隱蔽不明，總能把讀者騙得團團轉。例如：《蛇之形》中對「瘋子安妮」的黑人女性種族歧視；又或是《冰屋》中警探對三位女主角女同性戀的惡意偏見。

你永遠無法預測接下來會發生什麼事

好啦，既然米涅不是撰寫系列偵探的作家，就沒有什麼閱讀順序的顧忌了。或許該提醒的是，閱讀的焦點。

乍看之下，米涅的風格很古典。然而，除了開頭四頁的「莊園裡發現無名男屍，警探隨即登門拜訪……」，剩下的可就大不相同。沒有神探翩然登場，被害者不單只提供一具屍體，嫌疑犯也不再是扮演燻紅魚（註：誤導讀者洞悉真相的人事代稱）。所有的角色人物，不分紅花綠葉，都是焦點。

於是，讀米涅的書，你會發現，每個人都有嫌疑，都有極佳的動機犯下凶行。你的任

務，不在於找出誰沒有不在場證明（或是唯獨他有無堅不摧的不在場證明），而該把焦點放在是誰越過良心譴責的那條界線。

有趣的是，即便是米涅本人，在創作的過程中，也不知道凶手是誰。她說，一旦筆下人物被賦予性情個性，就彷彿脫韁野馬，只能任由情節發展，連她也無法預測接下來會發生什麼事。小說劇情的張力往往在此爆發，尤其是失控的臨界點，可能你才見到凶嫌慢條斯理的撒謊，下一秒就卸下面具，大肆咆哮滿口污穢惡語。

身為新世代女性推理作家的代表，米涅‧渥特絲開拓出屬於自己黑暗但迷人的驚悚懸疑風格。倘若她能繼續維持她的創造力，相信假以時日，將會和海史密斯、詹姆士與藍黛兒齊名。

作者簡介：

vence，雜食性推理迷，曾為暨南大學推理同好會成員，剛踏入社會成為新鮮人。喜歡米涅‧渥特絲，期盼來日能飛到英國參加簽名會。

Minette Walters

作家介紹

米涅‧渥特絲

米涅‧渥特絲

米涅‧渥特絲，1949年生於英國哈特福郡，九歲時父親去世，由母親獨立扶養三名子女長大。杜漢大學法文系畢業後，進入雜誌出版社擔任編輯工作，並以筆名創作羅曼史小說。

1978年八月與丈夫艾歷克結婚，三十七歲那年開始著手撰寫推理小說。1992年，處女作《冰屋》獲頒英國推理作家協會約翰‧克雷西獎（最佳新作），自此迅速建立了最富刺激性的現役偵探小說家的聲譽。第二本小說《女雕刻家》被書評家譽為最引人入勝、最具萬鈞筆力的年度小說，獲1993年美國愛倫坡及麥卡維蒂、德國菲力普‧馬羅獎最佳小說。1994年，米涅‧渥特絲再以《毒舌鉤》獲頒英國推理作家協會金匕首獎（年度最佳小說），只花三年時間便拿下大西洋兩岸重要的三座獎項，極為風光地踏入英語推理界。她相繼推出的小說《暗室》、《回聲》、《暗潮》、《蛇之形》、《死巷》，出版後普遍獲得世界各地的好評，多部入圍重要推理小說獎，2003年又以《狐狸不祥》奪得英國推理作家協會金匕首獎。目前最新作品為第十部長篇小說《失常》（2004）。

1996年，《女雕刻家》被改拍成電視電影於英國上映，此後接連五部作品都被搬上螢幕，頗受觀眾好評，可惜台灣讀者無緣得見。

目前米涅‧渥特絲和丈夫及兩個孩子垷居多塞郡，預計在2005年推出新的長篇小說。

閱讀

米涅・渥特絲小說的方法及其順序

一 方法

讀渥特絲，可能有一個必要的準備工作，就像到教堂禮拜要先禱告把自己平和沉靜下來一樣，不同的是，讀渥特絲，你先要堅強，甚至暫時性的冷酷，走向魔鬼統治的黯黑王國如同行過死蔭的山谷。

推理殺人小說，尤其是渥特絲的推理殺人小說，是惡魔盤踞的世界。

這位狀似甜蜜，而且極有氣質教養的女性小說家，奇怪擁有一對凝視不眨的眼睛，一根堅硬不折的脊骨，一雙穩定不發抖的手，還有什麼也嚇不跑的勇氣，哪裡罪惡哪裡去。

但渥特絲不是單調的殘酷，更不是惡意挑釁的殘酷，她仍是一個溫柔、深情款款的小說家，她只是不想視而不見遍在的罪惡陷阱，如果人性有意義，如果人的善念和同情仍值得我們信守並認真保衛，那就到外面的殘酷大街去看去抵抗，或掘入我們心靈最陰暗、光線到達不了的深處去檢視去對話去好好自己清滌。

光是殘酷，不足以讓渥特絲拔高到英國當代推理小說的塔尖位置。我們都在夜空抬頭看過星星是吧？就用那樣的方式、那種心思來讀渥特絲小說吧！

二 順序

在推理大師級的書寫者中，渥特絲選擇了一條奇怪的小說之路，那就是她「重寫」每一部小說——意思是，她不援用推理小說慣用的系列形式，她書中偵探和人物每一次都是新的、用後即棄的，她的每一部書都是徹徹底底獨立的，像永不安定下來、只四處留一夜情的花花公子人物。

因此，閱讀渥特絲是最自由的，風吹到哪一本讀哪一本，讀書的人連最終一絲掛礙都不必有。

Minette Walters

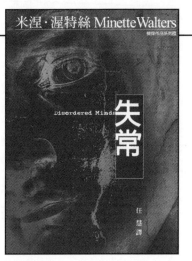

　　既然不必選擇，或者就從她的首部小說《冰屋》開始好了，這是一本半點不生嫩的強悍小說，幫她拿下英國推理大獎年度新人、並當下宣告渥特絲時代開始的作品——推理小說在這上頭和正統小說不大一樣，一個正統小說書寫者的成熟傑作通常會來得晚一些，但很多推理小說家會一步到位，一出手就到生涯的高位，甚至還可能就是他一生的最佳作品。

　　然後，也許可考慮《失常》這一本，這部寫於911世紀災難的精采小說，有重大的現實意義，在台灣，我們比較熟悉也比較在意美國的影響和變化，但文化厚度較足、反省力較強的英國又是何種景況呢？渥特絲在這本小說中，啓用了一位血緣、膚色飽受質疑的大學教授為偵探，告訴我們大西洋另一岸的秘密。

文／張筱森（推理小說迷）

日本平成國民作家
宮部美幸的怪物

宮部以往總將重心放在與怪物對抗的人們，讚揚人性的光明與溫暖，但在《理由》與《模仿犯》中，她把主角的位置交給了怪物。

不同凡響的出道

1987年是日本推理小說史上重要的一年，因為在推理文壇上退位許久的本格派作品，換上了「新本格派」的外衣，重新取得市民權，引領往後十數年的日本推理文壇的風潮。不過，另一件同樣重要的事情是宮部美幸在同年九月，以《鄰人的犯罪》（臉譜即將出版）獲得「ALL讀物推理小說新人獎」出道，和同時出道的綾辻行人堅持本格推理小說的創作不同，宮部在出道之初就展現其越界的能耐。細數她在剛出道的兩年內所獲得的獎項，1987年《鄰人的犯罪》第二十六屆ALL讀物小說新人獎、1988年《鐮鼬》第十二屆歷史文學獎佳作、1989年《魔術的耳語》第二屆日本推理懸疑大獎。連續獲得三種傾向截然不同的獎項的出色表現，已經預告了

她在日後自由自在地悠遊於現代小說、時代小說（近幾年她還跨入了幻想小說的領域）的能耐。

宮部美幸的成功

在經過了十餘年後的如今，宮部不僅在作品銷售量上取得絕大的成功，連續數年進入年度納稅排行榜作家部門前十名；在作品成就上，出道至今拿遍日本各大重要大眾文學獎項（共十一項）也是最佳證明。到目前為止，台灣出版的宮部作品幾乎都是屬於現代推理小說的範圍，一來是因為對台灣讀者來說現今日本與台灣的社會現象多有相似之處，二來雖然宮部在時代小說上成就斐然，但對外國人而言或多或少會有閱讀情境上的障礙，應該也是出版社不選擇宮部時代小說的原因之一。不過，就我認為，宮部美幸最

宮部みゆき

出色的作品就在她的現代推理小說作品群中，如果我們真的非得透過翻譯才能閱讀某位作家的話，那就應該把時間花在最出色的作品上，也就是宮部的《理由》與《模仿犯》。

閱讀最出色作品的理由

《理由》是宮部在1998年獲得第一百二十屆直木獎的作品，不少評論視為宮部最為傑出的代表作。本作以報導文學風的乾澀筆法描寫發生在東京荒川的高級社區中的一家四口殺人事件。宮部除了探討被害者是誰？殺人者又是誰？事件如何發生？事件後又留下什麼？除了事件的獵奇性、凶手的凶殘程度引人注意之外，宮部利用與事件維持著或遠或近距離的各個生活有破綻的家庭，一方面細膩描寫泡沫經濟的崩壞如何衝擊一般民眾，道德觀逐漸稀薄、家庭觀逐漸變化的過程；另一方面也藉由這些家庭來與事件中的擬似

小說《火車》文庫版書封面

家庭對比，以強調家庭真正的價值所在。而放棄了真正的家庭價值的怪物，終究只能潛藏於社會的底層，最後消失無蹤。

在《理由》中，這個痛恨家庭、不被道德與倫理束縛的怪物，因為在故事開始時已經死亡，讀者只能以其他角色的發言來揣摩其消失在黑暗中的真正想法。追隨著怪物的足跡，宮部在2001年後推出了超過一百四十萬字的巨著《模仿犯》，正面描寫冷酷無情的怪物形象。《模仿犯》

講述一個囂張跋扈的快樂型連續女性綁架殺人犯與被害者家屬對決的故事，宮部在其中探討了被害者家屬與加害者家屬之間的對立、大眾媒體如何操弄社會人心等當今重要的社會問題。更重要的是，宮部嘗試解釋未曾在《理由》中詳細說明的怪物形象以及殘酷瘋狂，自絕於體制、道德之外的怪物究竟會對一般社會大眾造成多大的傷害，她花了巨大的篇幅讓怪物發聲，逼迫讀者一同與書中人物與怪物對決。

火車

宮部美幸

譚 張秋明

無法被限制住的物語作家

宮部深受擅長描寫殘酷瘋狂人物的美國作家金‧湯普森的影響，在《理由》的卷頭便引用了金‧湯普森作品的片段。從這點可以了解，「怪物」其實一直都是宮部作品中的重要主題。她筆下的角色總是在與怪物們對抗。例如在《魔術的耳語》中力抗事件幕後黑手的少年、《Level 7》矢志找出真凶的男性、《火車》中追查消失女性的停職警官等等。宮部以往總將重心放在與怪物對抗的人們，讚揚人性的光明與溫暖，但在《理由》與《模仿犯》中，她把主角的位置交給了怪物。而讀者也在怪物的身上與不幸和怪物打了照面的登場人物們身上，各自找到反映自身糾葛的部份。這樣的糾葛提醒著讀者，那條瘋狂的界線其實極其細微、不可靠，隨時都可以跨過去。從某個角度來說，《理由》跟《模仿犯》真是真實到殘酷的作品。

有些讀者或許認為宮部是九○年代乃至二十一世紀最出色的社會派作家，也有評論指出宮部其實是無法被限制住的物語作家。不過，我想從《理由》與《模仿犯》兩作來看，宮部龐大的作品群，其實就是面鏡子，它反射出現代社會既黑暗又光明的一面，人們既是怪物也不是怪物的一面。

> ### 作者簡介：
>
> 張筱森，推理小說嗜讀症末期病患，喜歡的推理作家不少，想翻譯的推理小說很多，想看的推理小說數也數不完。

宮部みゆき

作家介紹

宮部美幸

宮部美幸

　　1960年12月生於東京都江東區。1987年以《鄰人的犯罪》榮獲第二十六屆ALL讀物主辦的推理小說新人獎；1992年《本所深川神怪草紙》榮獲吉川英治文學新人獎，並以《龍眠》榮獲日本推理作家協會獎；1993年以《火車》榮獲第六屆山本周五郎獎；1988年《鐮鼬》第十二屆歷史文學獎佳作；1989年《魔術的耳語》第二屆日本推理懸疑大獎；1999年以《理由》榮獲第一百二十屆直木獎；2001年以《模仿犯》榮獲第五屆司馬遼太郎獎、第五十二屆藝術選獎文部科學大臣獎、第五十五屆每日出版文化獎特別獎、2002年最佳推理小說「日本國內篇」第一名、《週刊文春》2002年前十大推理小說傑作「日本國內」第一名及《達文西》月刊「BOOK OF THE YEAR 2001」

綜合排行榜第一名六項殊榮，完成六冠記錄。

　　宮部美幸堪稱日本文學史上罕見的奇蹟創造者。到目前為止，能像她這樣一手寫現代推理小說、一手寫江戶神怪故事的日本作家，而且能獲得多項文學大獎、連續締造暢銷佳績的，不僅是前無古人，即使在往後，恐怕也很難再出現第二人。如果勉強要用比較具體的方式來形容宮部的奇蹟，或許可以說，她等於是一個歷史小說大師高陽，再加上一個「推理女王」阿嘉莎・克莉絲蒂，是在兩個類型小說領域中，兼具開發性與暢銷實力的作家。許多日本作家公認，她最有資格繼承吉川英治、松本清張和司馬遼太郎的衣缽，還將她封為「平成國民作家」。

閱讀 宮部美幸小說的方法及其順序

一 方法

宮部美幸是當代日本紅到不行的小說家，她的崛起像一則灰姑娘的神奇故事。做為日本平成時代的「國民作家」，宮部和前輩司馬遼太郎、吉川英治等最大的不同在於，她的「國民作家」頭銜，除了說明她老少咸宜、適合全日本國民人手一冊之外，她還真的現實的、庶民的寫此時此刻日本民間社會的故事，通過謀殺案、通過案發後認真追索，她既解開日本人現實生活中一個一個謎，還代表著廣大庶民的說話聲音，這是她不忘出身的最可貴地方。

除了適合日本人讀它之外，宮部小說也非常適合台灣讀者，一方面，因為稍稍走我們前頭的日本社會真相，本來就對我們充滿啟示和揭示未來的功能；另一方面，我們這些年來累積了諸多破碎的、東一點西一點的日本社會訊息，宮部小說地毯式的說故事方式，正正好可幫我們把這些理解給串起來、立體的建構起來。

宮部小說總是長的，我們可像看連續劇般穩定讀它，意思是我們每個晚上臨睡前都有書可看。

宮部小說總是人類學調查報告式的，不鑽入特定一兩個人物之中，而是平面的描繪出一幅日本社會的整體風貌和一幅當代日本人的整體圖像，這於是讓閱讀成為一趟比方說七天六夜的東京下町旅遊行程，謀殺和那名隱身的凶手是精采的帶團導遊，我們提心吊膽跟著它走，最終找到答案大快人心，還一路有吃有看的玩過來。

宮部寫的是東京，包括現在東京和過去的江戶，那一直是我們想去的城市不是嗎？

二 順序

看宮部美幸，就從《模仿犯》開始吧，這部得獎累累、把宮部推上書寫巔峰的小

宮部みゆき

說，格局、厚度、調動的角色人物都是宮部小說之最，我們擒賊擒王，直接下手。

閱讀《模仿犯》，除了趕赴灰姑娘宮部美幸奇蹟般成功盛會之外，有兩個實質的閱讀理由，都來自它特異的規模，一是你選擇一次，保用很久；二是宮部小說最精采二處，在於它實質的站在廣大的日本庶民社會之上，橫向的編織出一幅整體的日本人圖像來，《模仿犯》是宮部所撒下最大最密的漁網，成功的捕捉到最多的漁獲量的魚種。

讀完《模仿犯》，呼口大氣休息一下，然後便可以開始《理由》一書的閱讀了。

《理由》是由房地產法拍屋的熟悉現代社會糾紛，一樣橫向的開啟宮部式的社會描繪。

《理由》的規模略小於《模仿犯》，但看得出宮部更自由更自信也更專注，這是她聲名帶來的重要禮物，她不必再援用那種典型的犯罪心理學來增加小說的戲劇張力，也因此避免了這類小說的矯飾，坦白、大方、乾淨，所有子彈都集中打在同一個點上，應該是到此為止，真正最見宮部美幸本色的一部小說。

(本書所列書價如與該書版權頁不符，則以該書版權頁定價為準)